QUELQUES SECONDES D'ÉTERNITÉ

JEAN-LUC MALBRUNOT

City
Roman

ISBN : 978-2-8246-3764-8
Code Hachette : 34 6032 7
Collection dirigée par Christian English & Frédéric Thibaud
Catalogues et manuscrits : city-editions.com

Dépôt légal : Mai 2023

À toutes les étoiles filantes
qui illuminent nos vies.

All those moments will be lost in time,
like tears in rain. Time to die.

RUTGER HAUER, *BLADE RUNNER*

Note de l'auteur

Cette histoire est inspirée de faits réels.

1

Demain, dès l'aube,
à l'heure où blanchit la campagne,
Je partirai. Vois-tu, je sais que tu m'attends.
J'irai par la forêt, j'irai par la montagne.
Je ne puis demeurer loin de toi plus longtemps.

VICTOR HUGO, *LES CONTEMPLATIONS*

« Que ferez-vous, madame Castelas, si le traitement fonctionne ? Si votre mari se réveille après tout ce temps dans le coma ? Que ferez-vous quand vous croiserez son regard ?

Imaginez quelques instants vous réveiller un matin d'une longue nuit, avec vos proches à vos côtés, et le sentiment d'émerger simplement d'un sommeil un peu trop profond. Et les voir, là, autour de vous, des larmes plein les yeux, de l'espoir plein le cœur, sans comprendre ce qu'il se produit, sentir l'angoisse monter en vous, avec peut-être la perception inconsciente de l'imminence de la fin.

Imaginez que la journée qui commence sera la seule, la première et la dernière, que lorsque la fatigue reviendra et deviendra insurmontable, quand ses paupières ne tiendront plus, ce sera pour s'endormir définitivement, vous laissant tous ainsi, qu'il n'y aura plus d'après, plus rien. Juste une nuit totale.

Imaginez cela réellement, de votre point de vue et du sien. Mettez-vous à sa place quand il comprendra. Un jour, juste un jour à vivre, et puis plus rien… La certitude du néant.

Imaginez ce que Guillaume devra affronter s'il se réveille, ce que vous devrez lui dire, les yeux dans les yeux, ce que vous lui offrirez et qu'il perdra inéluctablement. Ce retour à la vie pour le dernier jour d'un condamné. Pouvez-vous formuler ces mots ? Pouvez-vous juste essayer de les faire naître sur vos lèvres ? Peut-on simplement y arriver ? Peut-on lui infliger ce deuil immédiat de la vie, de sa vie, de sa famille, de son avenir ?

Bon sang, rien que de vous en parler, j'ai l'impression de mourir un peu. Je ne peux pas décider, je ne peux rien faire de plus. Mais réfléchissez, regardez l'existence telle qu'elle est, avec certes son lot d'horreurs et de souffrances, avec ses écueils et ce chemin sombre que vous traversez, je le sais, avec tant de souffrances.

Mais juste un instant, au-delà de l'espoir, au-delà de l'amour, au-delà de la déraison, au-delà de la passion, pouvez-vous accepter d'aller jusqu'au bout ?

Que ferez-vous, madame Castelas, si ses yeux s'ouvrent ? »

2

Être seul, c'est s'entraîner à la mort.

LOUIS-FERDINAND CÉLINE,
VOYAGE AU BOUT DE LA NUIT

Quelques semaines plus tôt

Vincent gara son Audi A3 sur la dernière place disponible du parking réservé au personnel. La chaleur de l'été devenait accablante, asphyxiante. Par endroits, le goudron fondait en nappes brunes qui collaient aux semelles des passants. Toute la puanteur de la ville se réveillait avec le soleil, agglomérant les gaz d'échappement aux effluves hospitaliers.

Sur les rares espaces verts qui entouraient l'hôpital neurologique, quelques soignants habillés de blanc ou de bleu prenaient une pause de courte durée pour fumer une cigarette, ou simplement pour savourer quelques instants la lumière du jour avant de retourner entre les murs ternes des services. Bien souvent, ils ne parlaient pas, se contentant de regarder le sol en écrasant les cendres du bout du pied.

Il n'y avait pas grand-chose à dire au-delà des murs. S'ils congédiaient pour quelques minutes les angoisses du travail, ce n'était pas pour plonger dans des pensées heureuses qu'il aurait fallu chasser ensuite d'un revers d'esprit. Une fois sous l'eau, dans l'apnée du soin, il ne fallait plus vraiment respirer. Juste attendre le soir pour oublier un peu.

Pour certains d'entre eux, parler aurait été une catharsis, un mouvement intime, utile et nécessaire, pour extirper des profondeurs de l'âme les peines réduites au mutisme. Mais un tel processus demandait du temps et de la confiance, des gens sur qui compter, et la conviction d'avoir raison de se dévoiler pour mieux avancer. Pour finir, il ne se passait rien. Jamais rien. Ni sur ces parkings ni ailleurs. Ils souffraient tous sans mot dire, dans l'urgence des soins et l'impérieux besoin d'être à la hauteur.

Dans ces carrés verts remplis de silence, ils n'échangeaient que quelques cigarettes et des regards tamisés, en se comprenant sans rien se dire.

Le ballet des ambulances commençait sur les places dédiées. Des patients abîmés en sortaient en contemplant du bout des yeux l'immense cathédrale de béton et de verre, monolithe monstrueux, qui allait les avaler pour une durée indéterminée, peut-être définitivement. À leurs côtés, les ambulanciers allaient et venaient en suant des litres, leurs vestes barrées d'une grande croix bleue sur le dos. Leurs souffles rauques crachaient de temps en temps quelques paroles étouffées.

Un hôpital ne dort jamais ; il somnole à peine la nuit, ingérant et vomissant un peu de maladies quand le reste de la ville sommeille. C'est au grand jour qu'il renaît et reprend sa traite des patients. Inlassablement. Immuablement.

Le grondement du périphérique voisin faisait un fond sonore bruyant et désagréable. Un râle sourd, découpé par les hurlements des sirènes quand les ambulances ou les pompiers s'engouffraient dans la marée de véhicules pour transporter les malades. C'était un ballet constant, ininterrompu de nuit comme de jour. Le propre des grandes villes comme Lyon, qui vivait avec ce tourbillon permanent et assourdissant. Les rares bosquets aménagés autour du parking ainsi que les espaces verts dédiés à la promenade masquaient difficilement cette impression d'être engoncé dans une citadelle de pierre. Ces ajustements partaient d'un bon sentiment. Mais on restait à l'hôpital, dans le cœur de la neurologie lyonnaise, avec tout ce que ces mots impliquaient dans l'inconscient des patients. Ici, c'étaient les nerfs qui étaient souffrants, de même que le cerveau. On se trouvait à mi-chemin de la démence, tant le cortex était le lieu de la normalité. Et un cerveau pathologique, c'était un peu de folie instillée dans un corps sain. Le nerf n'était pas un câble de transmission des informations. C'était le nom de l'angoisse, des troubles de la personnalité. Avoir une maladie des nerfs, c'était perdre le contrôle de son corps et de sa tête. Et malgré tout ce qui pouvait être dit pour réduire l'affection à son organicité, il restait une part de doute, qui mettait cette folie derrière chaque symptôme.

Cet hôpital renfermait de l'inconnu et de l'étrange, des pantins désarticulés ou paralytiques, aux regards possédés et asymétriques, qui n'inspiraient que de l'effroi et du dégoût. Les chambres et les murs suintaient de maladie, de détresse. Rien n'invitait à l'optimisme. Tout était déficitaire, pathétique.

Ceux qui venaient ici contraints et forcés, patients ou aidants, prenaient ce chemin avec ce sentiment nouveau et désagréable de ne pas être dans une simple clinique avec des maladies « normales », fatales, mais connues, dont on prononce le nom avec affliction. Le cerveau malade appelait d'autres réflexes conditionnés, et c'est presque en se signant que les plus perturbés passaient devant les chambres, en contemplant les échoués vivants s'agiter à moitié dans le délire de la souffrance.

Un homme avançait sur le seuil de l'hôpital, une cigarette au coin des lèvres. La moitié de sa silhouette était pesamment traînée par l'autre moitié. À l'aide d'une canne tripode, il semblait ramper debout, lent et bancal, mètre après mètre. Il se cala contre le mur et sortit un briquet de sa poche. D'un geste déjà bien assuré, il alluma la clope et tira dessus en regardant le ciel bleu. À chaque mouvement, il s'appuyait sur son support de métal pour éviter la chute. Il alternait les inspirations et les expirations, fumant du bout des lèvres, sans toucher à son mégot.

Vincent l'observait du coin de l'œil. Selon toute vraisemblance, son cerveau avait dû être laminé par un accident vasculaire, dont le tabac était certainement coupable. Mais, quel que soit le handicap, une drogue restait une drogue. Puissante et destructrice. Cet homme avait sans doute tout compris et s'en foutait pas mal. Du diagnostic comme de la suite. Il contemplait le ciel en faisant des nuages éphémères avec ses lèvres. Puis ces volutes s'évanouissaient devant ses yeux amusés.

En refermant sa portière, Vincent jeta un regard sur la longue rayure qui fendait tout le côté gauche de sa voiture, du phare avant jusqu'au coffre. Chaque matin, il s'attardait quelques instants sur cette balafre, qui traversait la peinture noire comme une cicatrice boursouflée. Un geste de malveillance qu'il devait voir et revoir tous les jours, avec le même mélange de colère et de tristesse.

Ce n'était pas vraiment de la tristesse, plus une forme de frustration devant la dégradation de cette voiture, qui constituait son premier « gros » achat depuis la fin de ses études. Il se répétait que ce n'était que de la tôle et que, au besoin, il pouvait lui rendre son allure d'antan pour quelques centaines d'euros. C'était plus une blessure d'ego, comme une injure faite à ses nouveaux moyens plus aisés qu'il ne devait qu'à son courage, une insulte à sa valeur et à ses sacrifices. Il visualisait le portrait-robot du connard envieux qui se vengeait sur les voitures qu'il n'aurait jamais, acharnement pathétique. Petit être malsain, dévoré de jalousie. Parasite laid et puant, idiot et besogneux, lâche et inutile.

Il verrouilla son véhicule en passant son doigt sur ce long trait blanc et rugueux qui courait à côté de lui. Il se promit de l'effacer au plus vite. Cette plaie métallique devenait intolérable.

Le bâtiment face à lui formait un bloc énorme qui surplombait le périphérique lyonnais, comme un pavé posé à la limite de la banlieue. Il le parcourut du regard avec un frisson effleurant sa peau. Vu de l'extérieur, ce n'était qu'un hôpital, sans âme propre ni histoire. Juste de l'utilitaire construit dans les années soixante, avec cette absence totale de beauté. Un lieu de travail, d'excellence, où la vie souffrait, s'altérait souvent, s'arrêtait parfois. Un lieu de meurtrissure, de détresse, où la mort s'organisait. Omniprésente. Un lieu où l'on congédiait la maladie entre les murs pour la combattre interminablement.

C'était un hôpital comme les autres. Juste de l'utilitaire.

Loin des bâtiments du centre-ville qui avaient le cachet de l'architecture ancienne, c'était un sas de soins et de guérison. De mort, aussi. Un satellite posé hors de la cité, à l'écart des regards, fait pour être efficace, pas contemplé.

Vincent leva les yeux vers ces fenêtres par centaines qui reflétaient le soleil du matin. Certaines étaient ouvertes de quelques centimètres, tentant peut-être de garder encore un peu de la fraîcheur nocturne.

À portée de main s'étalait l'accomplissement de ses études et de ses sacrifices. Il prenait ce poste comme on installe son drapeau au sommet de la montagne, en admirant la vallée et les nuages en dessous, avec le vent et la lumière frappant le visage. Il y avait tellement à faire, tellement à vivre à partir de cet instant. Il avait compté les jours, et presque les heures. Maintenant, il y était. Juste retour des choses. On ne sacrifie rien sans l'espoir d'en récupérer autant, et même bien plus.

Il marcha à travers les voitures stationnées autour de lui, évita une ambulance qui s'engouffrait vers les urgences, et entra par le vaste hall d'accès.

Une atmosphère tiède l'accueillit, avec cette odeur de produits d'entretien qui embaume chaque établissement hospitalier. Même aveugle, on sait où l'on arrive.

Un large panneau s'étalait sur sa droite, détaillant les étages et les services attachés. Les noms des chefs de service y étaient accolés comme s'il s'agissait de seigneurs régnant sur des comtés. Il ne put s'empêcher d'imaginer le sien à cet endroit, recevant les patients comme il le ferait aujourd'hui . Être le nom de l'excellence. Celui qu'on vient consulter de loin, dont on croise le regard avec respect, dont on écoute la parole religieusement, presque soumis.

Quelques hospitalisés se pressaient déjà vers l'accueil, où les secrétaires prenaient progressivement possession de leur poste. Les ordinateurs vrombissaient derrière les comptoirs.

Un couple d'octogénaires avançait doucement vers l'ascenseur. L'homme traînait les pieds, faisant de petits pas lents et saccadés. Il gardait les bras tendus le long du corps, rigides comme des troncs de bois sec. Il posait devant lui un œil fixe par-dessus ses lunettes en demi-lune. Sa canne inutile pendait à ses côtés, tel un appendice futile. De temps en temps, il s'en servait et la faisait claquer sur le sol. Le bruit se répercutait dans le vaste hall encore vide.

Vincent se décala pour les laisser passer, en les suivant du regard. De toute évidence, ce brave grand-père présentait un syndrome parkinsonien typique et se rendait au troisième étage, où les malades dans son cas étaient suivis par l'un des pontes de la spécialité. Un professeur à la réputation nationale, petit, bedonnant, qui souriait toute la journée béatement, aussi intelligent qu'il avait l'air idiot.

Le vieil homme désigna l'ascenseur du bout de sa canne et parla d'une voix faible. Sa femme le tenait par le coude, accompagnant chacun de ses mouvements, ondulant au rythme des pas hésitants de son mari. Quand il semblait tanguer un peu, elle l'étreignait plus fort et se collait à lui. Elle enroulait leurs deux bras l'un dans l'autre, deux serpents vieillis et osseux, décharnés, dans une tendresse protectrice pour un mari fragile.

Sous l'aisselle, elle gardait un dossier épais aux coins élimés. Elle affichait un visage crispé, sur lequel se figeait de temps en temps l'ébauche d'un sourire, lorsque son homme se tournait vers elle. Ils étaient encore quasiment seuls dans ce monstre hospitalier qui s'apprêtait à les prendre dans sa gueule.

C'était le pèlerinage de l'âge, avec cette maladie qui sentait la vieillesse. Le parkinson, un nom de danse anglaise, qui n'avait rien d'une maladie. Un nom propre devenu le synonyme du tremblement dans la déliquescence du corps à travers le temps. Plus de contrôle, juste des mains agitées et un être rigide. Une vieille marionnette aux fils distendus, animée par le vent des années.

Vincent savait ce qu'il se produirait dans l'heure, du rendez-vous jusqu'aux propositions de traitement. Tout était souvent complexe et usant pour les patients. Un déluge d'informations, de mots compliqués, de termes abscons qui coupaient les liens entre le soignant et le malade. La plainte était stratifiée, dépecée, disséquée, le patient presque autopsié. De cela naissait une suite qui n'avait pas de sens si l'on ne la traduisait pas. Une mélodie sans le son, un film sans les images.

Il s'en était souvent fait la remarque en s'écoutant parler, tandis qu'il écrasait sur le faciès inerte d'un patient tétanisé par l'incompréhension de longues phrases tortueuses qui définissaient le champ complexe d'une maladie rare, dont ce pauvre être ne comprendrait jamais rien, mais dont il souffrirait chaque jour. Il s'en voulait, en voulait aussi parfois un peu à ces gens qui n'y pouvaient rien. C'était comme ça. Il détestait cette distance qui s'était créée insidieusement tout au long de ses études, entre son champ sémantique et celui des souffrants au point d'en oublier que ce vocabulaire n'était que celui de sa profession. Il fallait y travailler, même si c'était pesant.

Il s'engouffra dans l'escalier, laissant les interminables ascenseurs aux patients. Il avait trois étages à gravir avant d'arriver dans son service. Il avala les marches quatre à quatre. Absorbé par ses pensées, il faillit renverser une jeune étudiante infirmière qui transportait des tubes de sang vers le laboratoire, au sous-sol. Il s'excusa brièvement et reprit son ascension.

Il tenait dans sa main une sacoche en cuir qui renfermait quelques éléments personnels : crayon, agenda, mouchoirs. Des choses banales, bien plus destinées à remplir le vide qu'à être réellement utiles. Il se sentait simplement mieux avec ce cartable auprès de lui. Ça faisait docteur. Ça faisait adulte, sérieux, autoritaire. Il aurait pu chausser ses lunettes pour parfaire le personnage, mais elles n'étaient plus tout à fait adaptées à sa vue. Quand il les gardait trop, il avait la migraine. Drôle d'ironie…

Chacun de ses vêtements avait été choisi avec minutie la veille au soir, alors même que d'habitude, il s'en fichait totalement. Mais là, c'était le premier jour. Pour lui. Pour les autres. Une tonne de premières impressions qui resteraient longtemps, définitivement pour certains. Il fallait tout mettre en œuvre pour être impeccable.

Il poussa enfin la porte et déboucha sur le long couloir froid qui traversait tout le bâtiment, se terminant par un angle droit, son service sur la gauche, celui des maladies neuropsychiatriques sur la droite.

Le sol brillait encore du passage de l'ASH. De vastes auréoles humides disparaissaient lentement sous l'effet des courants d'air. Tout au bout, elle avançait son chariot et obliquait vers les dernières pièces. Elle avait le pas lourd, lesté d'une fatigue déjà présente. Vincent commençait tout juste sa journée. Celle de cette femme était largement entamée.

De l'une des premières chambres sur sa droite montait une plainte sans mot, un long gémissement qui brisait le silence du matin. Aucun soignant n'allait voir. Cela devait faire partie du décor sonore. Il passa doucement la tête, et vit une vieille dame qui tendait sa main cachectique vers la fenêtre. Entre ses joues creusées, pointait une langue sèche qui tremblait au son de sa voix.

Il détourna le regard. Elle allait devenir sa patiente. Dans quelques minutes, il se présenterait à elle comme étant le docteur Vincent Dellecoste.

Il respira profondément et s'engagea dans le service, à la recherche du bureau de la cadre.

3

De part et d'autre de votre présent si fragile,
le passé et l'avenir sont
des monstres assoiffés de temps.

JEAN D'ORMESSON, *LA CRÉATION DU MONDE*

Il faisait déjà chaud quand Justine ouvrit les yeux. Son épais oreiller recouvrait la moitié de son visage, et laissait l'autre exposée aux premières lueurs du jour. Son drap gisait sur le sol, manifestement expulsé du lit pendant son sommeil.

Malgré la fenêtre entrebâillée durant toute la nuit, l'air était lourd et compact, presque palpable. Pas un filet de brise ne circulait dans la maison. Le ventilateur attendait dans un coin, tout juste bon à brasser inutilement la chaleur de l'été.

Elle se redressa sur son coude et jeta un œil sur le téléphone. Il n'était pas encore neuf heures. Une partie d'elle voulait rester ici et replonger un peu dans le sommeil du matin, celui qui n'aide pas à récupérer, mais qui apporte un peu de réconfort. Celui où l'on essaie de recréer les rêves inachevés dans la douceur des draps.

Des bruits de pas dans le salon la tirèrent définitivement de ce projet. Il n'était pas question de flemmarder, elle avait un petit être à cajoler et à nourrir. Ce petit prolongement d'elle-même rempli de douceur et d'amour.

Elle sortit du lit en s'étirant et ouvrit les fenêtres. Les épais volets en métal, dont la peinture grise s'écaillait de partout, irradiaient une chaleur phénoménale. Ces reliques d'une architecture dépassée étaient pires que des loupes qui auraient concentré les rayons du soleil sur la chambre de Justine. Elle se promettait chaque été de les changer, et oubliait ensuite ces promesses sorties de nulle part. Le temps passait en effaçant ces décisions d'un jour.

Elle poussa les volets du bout des doigts tant le métal était bouillant, faisant crisser les gonds usés, à moitié dévorés par la rouille.

Le jardin sur lequel donnait sa fenêtre ronronnait des pépiements d'oiseaux et de la valse permanente des insectes. Autour de ses massifs de fleurs, des dizaines d'abeilles et de bourdons tournoyaient avant de partir au loin, au-delà de la haie. Dans le monde de l'autre côté. Celui du bruit et de l'agitation, celui des questions et des peurs.

Il y avait aussi la balançoire et un jeu de quilles en plastique. Un camion rouge que l'hiver avait abîmé, passant la couleur vers un rose sale, et quelques poupées sans bras, qui servaient autant à sa fille qu'au chien du voisin.

De temps en temps, au pied des deux pommiers qu'elle tentait de faire pousser, elle retrouvait des petits sujets Playmobil qui créaient un monde imaginaire. L'un d'eux demeurait constamment dans son lit, juste sous un auvent bricolé avec des branches et quelques feuilles. Tout le reste changeait, se modifiait, évoluait ou disparaissait. Des chevaliers arrivaient parfois, même un dragon. Puis c'était le tour d'une figure féminine avec des skis, avant de passer à la planche de surf ou au costume d'infirmière.

Tous ces petits êtres de plastique allaient et venaient au rythme d'une imagination d'enfant, aussi bruyante et pétillante que les prémices d'un printemps ensoleillé, accompagnant des mondes éphémères, le temps d'un après-midi, le temps d'une idée, ou le temps d'une sieste à l'ombre étriquée d'un pommier.

Tous participaient et se retrouvaient de temps en temps, ici ou ailleurs ; tous revenaient puis repartaient. Justine les découvrait ainsi au détour du jardin, quand elle se promenait dans ses massifs. C'était le reflet des mondes enfantins de sa fille, où les histoires emmenaient ses personnages de la chambre à l'extérieur, avant d'y retourner.

Tous, sauf l'un d'eux.

Lui restait là. Sous son auvent, dans son lit de feuillage.

Justine soupira en se massant les yeux. Elle s'était encore couchée et endormie trop tard, malgré ses résolutions, une tisane bio à la myrtille et les conseils inutiles de sa meilleure amie. Recommandations qu'elle avait reléguées dans la boîte à oubli que le cerveau bricole pour faire le ménage.

Un conseil, c'est fait pour être dit, pour se donner bonne conscience et jouer son rôle d'humain empathique. Un conseil, ce n'est pas vraiment fait pour être suivi, sauf lorsqu'on a épuisé le champ des possibles et qu'on se retrouve malheureusement mis devant le fait accompli, à devoir accepter ce qu'on a refusé depuis longtemps.

Un conseil, ça ne sert à rien. C'est un ensemble de mots organisés autour d'une évidence, pour lui donner l'aspect d'un objectif accessible. Tout ce dont on n'a pas envie quand on sait ce qu'il faut faire, mais que ce n'est tout simplement pas dans les plans.

Justine veillait tard, quel que soit son état de fatigue. La nuit ne lui portait pas conseil. Mais elle lui promettait le calme et une forme d'apaisement, quand tous les bruits ambiants s'éteignaient lentement au fur et à mesure que les étoiles apparaissaient. Elle sortait sur la terrasse et humait la douceur du soir, tandis que la fraîcheur relative glissait sur sa peau comme un gant tiède.

Elle repoussait un peu le sommeil jusqu'aux limites de l'acceptable pour une jeune maman, et ne s'y offrait que lorsque ses paupières gémissaient de douleur.

Elle aimait la nuit, et lui faisait une place de choix dans sa vie.

Quand elle sortait de sa chambre avec du brouillard dans les rétines et un fond migraineux sous le casque, elle regrettait quand même un peu ces veilles prolongées. Des remords qui duraient le temps d'un café, d'un Doliprane et d'une douche chaude. Autant de thérapeutiques quotidiennes qui apaisaient les douleurs et effaçaient les amertumes. Sans oublier le câlin du matin, le meilleur des remèdes, celui sur le gros fauteuil gris élimé du salon, collées l'une à l'autre comme deux fœtus jumeaux dans leur bulle amniotique. La mère et la fille sous un plaid trop chaud pour l'été, mais obligatoire quand même, ne serait-ce qu'une seconde, pour la forme.

C'était bien au-delà du rituel ou de l'instant de partage. C'était charnel, fusionnel, passionnel, le visage d'Élisa dans le creux du cou de sa mère, frottant son nez avec le dos de son pouce en étreignant son lapin bleu. Elle poussait des petits gémissements de plaisir, des ronronnements délicats qui vibraient dans sa gorge et rampaient sur le fil de sa peau jusqu'au cœur de Justine.

C'était leur moment hors du monde, rien qu'à elles.

Ce matin, Élisa avait quitté son lit de bonne heure. En tout cas, pour elle… Parfois, elle pouvait dormir jusqu'à dix heures, comme une ado narcoleptique. Mais aujourd'hui, la chaleur nocturne à l'étage l'avait extirpée de sa chambre.

Elle était venue se poser sur le fauteuil en osier, à côté de la cage du lapin nain. Justine l'avait trouvée à cet endroit, son doudou bleu entre les mains, en train de faire la causette à Pépite tout en lui caressant le pelage.

Sa voix fluette de petite fille à peine sortie du monde des bébés tintait comme les chants des oiseaux lorsque le soleil apparaît à l'horizon. Elle déformait un peu certains mots quand sa tétine restait calée entre ses lèvres.

Ses cheveux lui faisaient une couronne dorée : de larges ondulations blondes aux reflets cendrés, qui s'enfuyaient en défiant la gravité pour former une corolle aux couleurs de blé.

— Pépite ! Tu as déjà tes graines ! Faut pas taper des pattes, sinon, tu vas réveiller maman…

Elle agitait son petit doigt devant la lapine avec un ton professoral. Sa tête penchée sur le côté, elle monologuait en regardant le rongeur grignoter dans sa gamelle. De temps en temps, elle ramassait un brin de foin qui était tombé sur le sol, autour de la cage. Elle le glissait précautionneusement entre les barreaux, en espérant que la petite bête l'attrape au passage.

Justine s'arrêta à l'entrée du salon, contemplant cette scène de la vie qui n'avait rien d'exceptionnel, rien de banal non plus, mais qui était tout pour elle, et qu'elle regardait à chaque fois avec la même émotion, comme si ces secondes qui s'effaceraient ensuite pour laisser place à d'autres avaient une valeur immense.

Car c'était le cas.

Ce qu'elle comprenait plus que tout, maintenant. Ce qu'elle avait appris à ses dépens

4

Le plus beau sommeil ne vaut pas
le moment où l'on se réveille.

André Gide, *Les Nouvelles Nourritures*

— Maman, t'es réveillée ?

Elle se leva d'un bond, heurtant la cage de Pépite du bout du pied. L'animal sursauta et interrompit son repas pour regarder l'enfant se jeter dans les bras de sa mère.

— Ça va ? Tu as bien dormi ? demanda Justine.

— Oui, mais j'ai eu chaud.

— Je sais, c'est pas facile en ce moment. Tu veux dormir en bas demain, dans le petit lit de ma chambre ?

Élisa tourna la tête à droite puis à gauche. Avec l'oreille de son lapin bleu, elle se caressait doucement le nez.

— Tu sais, il fait moins chaud dans ma chambre. On dort mieux. Ce serait plus facile pour toi. Et puis, tu peux prendre ton lapin pour te tenir compagnie !

— Non, j'aime bien ma chambre.

Élisa s'était prise d'affection pour cette petite pièce mansardée qui ressemblait à un vaste nid. Le plafond y était bien bas pour un adulte. Le parquet grinçait un peu trop malgré la moquette. Mais l'espace entre les murs devenait plus étroit dans le fond en formant un espace réduit, parfaitement approprié à la taille d'un enfant. Justine les avait recouverts de plaids en polaire. Le matelas d'Élisa venait s'y enfoncer, et sa mère avait attaché tout autour des étoiles en tissu qui constellaient ce ciel tout doux. Une armée de peluches multicolores cernait ce repaire pour enfant sage.

La petite fille s'y logeait le soir, la fenêtre entrouverte amenant un zeste de fraîcheur vespérale, et s'endormait dans sa bulle de bien-être. Malgré une chaleur accablante, elle s'assoupissait en quelques minutes, repoussant le drap au bout du lit et laissant son corps recouvert de sueur respirer profondément, dans l'apaisement du sommeil.

Justine se demandait chaque jour comment elle pouvait abandonner sa fille dans cet enclos à acariens, qui retenait toute la poussière du monde dans un périmètre si restreint. Mais l'enfant regardait sa chambre avec tant d'affection qu'elle ne pouvait se résoudre à tout modifier. Ce n'était pourtant pas la place qui manquait, à la maison.

Alors, elle aspirait presque tous les matins, pulvérisait des produits naturels censés assainir les lieux, et trouvait quelque chose à faire quand elle craignait trop de changer d'avis et de virer tout ça. Élisa aimait ce recoin, c'est pourquoi, elle ne voulait pas y toucher.

Elle faisait de temps en temps quelques ajustements, notamment parmi la meute de doudous qui grossissait au fil des mois. Ils étaient consciencieusement alignés autour du matelas et prenaient la poussière avec une ardeur évidente. Chaque cadeau en ramenait un de plus, chaque visite de zoo aussi, chaque sanglot un peu trop long au milieu d'une vie un peu trop dure. Justine savait que ces êtres de mousse et de tissu se multipliaient trop rapidement. Mais elle se faisait une raison et en virait un de temps en temps dans la grande malle de cuir de sa chambre, pour gagner un peu de place. C'était une bataille perdue d'avance, qui s'inverserait quand Élisa se prendrait d'affection pour l'un d'eux. Mais pour l'instant, c'était un amour inconditionnel pour tous. Un peu plus pour le lapin bleu qui tenait la corde des sentiments et se situait au-dessus de la mêlée. Celui-là était invincible, indétrônable. La question était simplement de savoir si un autre partagerait le sommet.

Justine la porta jusqu'au fauteuil gris, et elle se laissa tomber dessus. Sa main naviguait dans les boucles blondes de sa fille qu'elle entortillait autour de son doigt. À trois ans et demi, presque quatre, elle restait encore un peu son bébé. Elle la regardait grandir avec ce mélange de fierté et de plaisir, où venait se loger de temps en temps une pointe de tristesse. La vie passait vite, tellement vite. C'était l'espace d'un instant, un clignement de paupières et tout se terminait. Sa grand-mère lui avait dit cela il y a longtemps, en parcourant les albums photos. Elle avait lu sur les joues ridées de la vieille femme tous les regrets de ce constat. Chaque image amenait un souvenir, une année, une marque de plus sur la peau, une ligne de moins sur l'horoscope de la vie.

À l'aube de l'existence, on attendait les chapitres et l'on se mourait de les écrire. Quand venait le soir, on déplorait de les avoir traversés si vite. C'était son testament silencieux, le dernier conseil muet des ans révolus.

Sa grand-mère avait refermé ce livre les yeux absents. Du bout des doigts, elle avait lissé lentement les replis de sa peau parcheminée, comme si ce geste pouvait redonner un peu de vie à ce corps au crépuscule. C'était vain, aussi inutile que l'espoir de jours meilleurs. Ses phalanges se nouaient les unes aux autres autour d'articulations tordues et grossières, des boursouflures osseuses qui faisaient ressembler ses doigts à des bambous malades. Des tuméfactions poussaient inlassablement dans ce qui avait été jadis si souple et si gracieux. Ses mains de femme élégante, de pianiste talentueuse, grinçaient maintenant plus que des gonds usés. C'était cela, le tribut de la vieillesse. Le privilège de rester en vie apportait des rayures sur l'existence. Des traces indélébiles qui s'enfonçaient un peu plus dans le corps dès que le trajet était marqué. Il était alors trop tard pour regretter le temps passé.

Grand-mère avait repoussé le livre en se frottant les genoux. Puis, elle avait regardé Justine avec un sourire plein d'envie, et ce conseil sur les lèvres : il faut vivre, ne pas attendre de découvrir la vie, qu'elle s'ouvre à vous. Non, il faut aller la chercher, la braver, l'affronter en prenant le risque d'être heureux. Et si l'on doit se tromper de chemin, reprendre son souffle et son élan pour repartir de l'avant, alors suivons le vent pour porter ce second voyage. Car il n'y en aura jamais de troisième. Le dernier soupir est celui de l'âme, quand elle s'envole vers la mort.

« Oui, il faut vivre, avait marmonné la vieille dame au milieu de son dentier instable, alors que ses mains osseuses tremblaient d'émotion. Car l'insouciance de la jeunesse ne fait pas le poids face aux tourments de la vie. Si l'on ne les confronte pas, ils nous entraînent vers cette mort qu'est la banalité. On passe ses heures à dériver d'un bord à l'autre du destin, d'une peine à l'autre, d'un jour à l'autre, avec la peur au ventre de frapper un récif, de sombrer en un instant avec tous ses rêves et ses illusions. Les deux étant parfois les mêmes… »

Oui, il faut vivre et exister. Car tout peut basculer. En un jour, une heure. Et parfois moins…

La petite fille ronronnait entre ses bras, bien loin de ces considérations d'adulte. Justine aurait aimé la préserver de tout ce qui fait mal, ce qui heurte et nous abîme. Du plus triste des souvenirs au plus banal des hématomes. Même si ces choses fondent la personnalité autant que les plaisirs. Il lui était impossible de voir son enfant meurtrie sans souffrir autant qu'elle. Et pourtant, elle ne savait pas tout, ne pouvait pas tout mesurer dans ce que la vie leur imposait depuis trois ans.

Heureusement, pensa-t-elle en étreignant son bébé plus fort. *Reste encore un peu bébé, reste là, contre moi, ne grandis pas trop vite.*

Les ronronnements s'amplifièrent quand elle lui déposa un long baiser dans les cheveux. Elle sentit les petites jambes de sa fille se replier pour venir se coller contre son ventre. Un mouvement fœtal pour une symbiose amoureuse.

Elle prit son téléphone du bout des doigts et parcourut l'écran par-dessus la tête d'Élisa. Entre deux mèches blondes, elle fit défiler ses mails, pour en effacer les trois quarts. Il n'y avait rien à garder, tout juste une ou deux factures dématérialisées qu'il faudrait consigner dans son classeur. De temps en temps, une publicité qui méritait à peine un coup d'œil. Pour le reste, c'était du banal et de l'inutile. Il était loin, le temps où l'on pouvait espérer recevoir des nouvelles des proches par cette voie pixelisée. Ça remontait au passé, à sa jeunesse, à une époque révolue et trop reculée. Maintenant, on se suivait sur des photos et des publications, en échangeant à l'occasion des bribes de conversations ponctuées d'émojis. C'était un autre monde, qui perdait un peu de sa substance.

Parmi ses messages, certains renfermaient un peu d'essence et témoignaient de bons sentiments. Elle se reprochait presque de juger trop vite ses amis et sa famille lointaine, alors qu'elle-même ne se savait pas parfaite. C'était devenu une forme d'habitude, un réflexe pavlovien dont elle n'arrivait plus à se défaire. Quelque part, elle en voulait un peu au monde entier de ne pas être à la hauteur de ses attentes.

Quand elle prenait le temps de relire ces phrases jetées affectueusement au détour d'une matinée ou d'une soirée, elle y voyait avec bien plus d'évidence l'envie de renouer avec elle, ou l'inquiétude de ne plus avoir de nouvelles. Des choses qu'elle avait ignorées au premier abord, quand ça lui semblait déplacé et qu'elle préférait ne pas répondre plutôt que de cracher ses sentiments. À l'ombre de sa colère, elle ne distinguait plus les non-dits derrière les mots, elle ne percevait plus les attentes cachées dans les points d'interrogation. Tout devenait binaire : bon ou mauvais. Et ce qui n'était pas bon… eh bien, c'était tout ce qu'elle lisait.

D'une discussion à l'autre, elle retrouvait des messages abandonnés, qui s'échouaient sur son téléphone sans jamais recevoir de réponses. Elle s'en voulait de cette métamorphose aussi terne et aigrie, même si elle savait pourquoi la vie l'avait modelée ainsi. Ce n'était pas son style, pas son genre. Mais on ne devenait pas forcément ce qu'on rêvait d'être. Un jour, on se réveillait, on se regardait dans le miroir, à l'abri du soleil et des reflets, et l'on constatait, avec un effarement de cinéma, qu'on n'avait plus grand-chose à voir avec l'idéal passé. Le présent dicte ses lois. Il impose les traits autant que les bilans. Quand on en prend conscience, on baisse les yeux et l'on ravale ses larmes.

Parfois, elle parcourait ses souvenirs avec distance, et elle avait le sentiment d'avoir vieilli trop vite, plus vite que ses espoirs. Ils devenaient des vestiges, dont elle parlerait bientôt avec le recul d'une âme usée trop promptement. Contempler ses rêves avec fatalité alors même qu'ils sont encore viables, était pour elle la ligne rouge de la mélancolie. Elle voyait sa vie comme un tableau exposé sous la pluie, dont les teintes coulent et se mêlent pour former un noir total, énorme, ténébreux.

Elle projetait bien plus sur l'avenir de sa fille que sur le sien.

C'était ainsi depuis longtemps, et le rôle de mère lui servait de pansement. Une thérapie par l'amour qui lui rendait un peu de cette humanité en décomposition, qui lui glissait entre les doigts malgré tout. Élisa était sa drogue et son médicament. Les deux indissociables. Elle était cet « après » en création, palpitante d'énergie et d'insouciance, qui lui permettait d'avancer sur le fil de la vie. Un fil d'Ariane qu'elle suivait jour après jour. Heure après heure.

Elle embrassa de nouveau l'enfant, comme par nécessité. Un peu d'odeur, un peu de soie dorée entre les doigts. Sous sa main, les côtes de sa fille frémissaient au rythme des ronronnements. Justine prit quelques minutes pour écrire à tous ces gens, ces vrais amis délaissés qui n'avaient pas eu de réponses. Elle rédigea ses messages du bout du pouce, répétant les mêmes choses, de l'excuse initiale aux nouvelles d'Élisa. Il n'y avait pas vingt lignes à faire. Juste les formules d'usage. Si elle s'était écoutée, c'était un livre qu'elle aurait écrit. Mais ce n'était pas pour les amis. Les livres, c'était pour elle, et pour vivre.

Le soleil inondait le jardin en dessinant implacablement les contours d'une journée incandescente, où tout le bassin lyonnais allait cuire à petit feu dans un air chargé d'ozone et de poussière. Malgré le Rhône qui fendait la ville pour se joindre à la Saône à l'extrémité de la presqu'île, aucune once d'humidité ou de fraîcheur ne perçait entre les murs des bâtiments. C'était un vaste dédale en pierre et bitume, qui enfermait la chaleur comme un four, pour la relarguer jusqu'au bout de la nuit.

La ville était là, à portée de vue, juste assez près pour en deviner les reliefs, mais assez éloignée pour se préserver de ses pesanteurs. Justine avait choisi cet endroit pour sa fille bien plus que pour elle-même. Elle pouvait ainsi lui offrir un bout de jardin, et parfois un peu de silence, pendant les dimanches d'été.

C'était un luxe qu'elle se permettait, au prix de quelques bouchons quand elle devait accéder au cœur de la cité.

Ou quand il fallait se rendre à l'hôpital.

5

Dis-toi d'abord qui tu veux être,
puis fais en conséquence ce que tu dois faire.

EPICTÈTE

— C'est donc vous, le nouveau médecin ?

— En chair et en os, répondit Vincent en se forçant à sourire.

La cadre infirmière du service était une quinquagénaire au regard froid cerné d'eye-liner noir, dont les traits étaient anguleux, découpés à la serpe. Elle avait une peau grumeleuse qui se cachait sous le fond de teint, ne laissant entrevoir que quelques reliefs disgracieux, invisibles de loin. Son rouge à lèvres traçait deux balafres ocre au milieu de son visage.

Il y avait quelque chose d'épouvantable sous ce masque de maquillage. Une fureur contenue, commandée par un esprit agressif, qu'elle manifestait malgré elle à travers sa gestuelle et l'œil mauvais qu'elle jetait sur le monde. Il ne fallut qu'une seconde au jeune neurologue pour ressentir toute cette vague hostile qui régnait sur le service, dans l'ombre d'un chef au-dessus de tout ça.

Il détesta d'emblée son parfum. Il détesta son sourire. Il détesta tout ce qu'elle était, tout ce qu'elle exprimait. Ils échangèrent en silence une instinctive antipathie, se toisant pendant que l'ASH passait derrière eux en traînant ses sabots de plastique. Elle continua son chemin sans détourner la tête, absorbée dans ses pensées.

Vincent vit nettement la surveillante parcourir cette femme de haut en bas sans cacher son aversion pour cet être d'une lenteur pathologique.

— Donc, en tant que cadre, c'est à vous que je m'adresse quand je veux un café ou une blouse neuve, c'est ça ?

Elle posa sur Vincent un regard d'acier, comme une gouvernante qui jauge le nouvel arrivant en marquant son territoire. Derrière son sourire de façade, il pouvait apercevoir ses tempes battre un peu trop fort, et ses mâchoires se crisper.

— Je plaisantais, madame Kovac, reprit-il en clignant de l'œil. L'humour soude une équipe. C'est toujours ainsi qu'il faut commencer à échanger.

— Le professeur Vignaux n'est pas encore arrivé. Je vais vous montrer votre cabinet.

Il acquiesça et lui emboîta le pas, tandis qu'elle se dirigeait déjà vers une porte en retrait, à côté de l'escalier. Le bureau du chef de service était bien plus visible, avec une large plaque en plein milieu, sur laquelle son nom et son statut s'affichaient en lettres dorées. Personne ne pouvait y échapper en marchant dans ce couloir. Vincent passa devant avec un peu d'envie.

Elle déverrouilla la porte et lui tendit la clef sans un seul mot. À l'instant où il alluma, il constata qu'elle n'était déjà plus là. Son parfum, écœurant et collant, continuait d'embaumer l'air. Il vérifia quand même dans son dos, si l'ombre étriquée de cette femme n'était pas restée pour le surveiller.

L'espace était assez petit, avec un bureau minimaliste, une table d'examen pour d'éventuelles consultations, un placard avec trois étagères et un portemanteau bancal. Le seul point assez positif était la baie vitrée, qui couvrait quasiment toute la longueur de la pièce. D'ici, il contemplait le périphérique et la capitale des Gaules en arrière-plan. Sous le soleil, les monuments les plus célèbres étaient largement visibles, éparpillés dans l'horizon. Une vaste brume de pollution englobait les immeubles pour altérer les détails de cette vue parfaite.

Il resta quelques minutes à scruter ce qui allait bientôt devenir inapparent à ses yeux. Dans l'habitude, on perd la notion de l'exception. Au fil des années, il entrerait ici en ignorant tout ça.

Sa sacoche tomba sur le sol, à côté de la poubelle. Il posa sa veste sur le portemanteau, et enfila l'une des blouses qu'on lui avait préparées depuis quinze jours. Il vit une partie de son reflet dans la vitre, et se découvrit tel qu'il s'était toujours imaginé. Sa mère aurait été fière de lui.

Il lissa son col et réajusta ses poignets. Sa montre dépassait un peu. Il vérifia l'heure en glissant un crayon dans la poche de sa chemise. Les autres outils médicaux atterrirent dans les deux poches de la blouse. Avec tout ça qui pesait entre ses mains, il se sentait légitime. Pas fort, pas exceptionnel non plus, même s'il avait conscience de sa valeur.

Non. Juste légitime.

Il referma le bureau et accrocha la clef à son trousseau de voiture. La lumière du couloir grésillait de temps en temps, comme dans les films d'horreur à petit budget.

La salle des infirmières était située en plein milieu du service ; un espace large, bardé de grandes vitres, qui ouvrait la place à la clarté et rendait l'accès aux soignants plus évident. Deux jeunes femmes étaient penchées sur un ordinateur. Il tapa deux coups et entra. Elles le fixèrent avec étonnement.

— Bonjour, fit-il.

— Bonjour... Vous cherchez ? demanda l'une d'entre elles.

— Non, j'ai trouvé. Je suis le docteur Vincent Dellecoste. Le nouveau praticien hospitalier.

Elle se redressa d'un bond, manquant de faire tomber sa partenaire.

— Enchantée. Je m'appelle Catherine, je suis une des infirmières. Ça, c'est Sylvie, ma collègue. On se partage le service pour le poste du matin.

— Ça ? Tu as vu comment tu parles de moi ! plaisanta Sylvie.

Catherine devait avoir une petite trentaine d'années, les cheveux bruns ondulants sous une queue haute. Elle avait de grands yeux marron qui souriaient tout seuls.

— Normalement, c'est à vous de faire le tour aujourd'hui. Le professeur Vignaux est en consultation. Mais bon... tu sais, toi ? continua-t-elle en pivotant vers Sylvie.

— Non. Demande à Sauron.

Catherine lui jeta un regard consterné avant de revenir vers Vincent, les joues empourprées.

— Euh... on va peut-être se renseigner auprès de Mme Kovac. Vous l'avez vue, je pense ?

— C'est donc elle, Sauron, enchaîna Vincent en riant, tandis que Catherine hochait la tête en bousculant sa collègue. Ne vous prenez pas la tête avec ça. Je m'en fous. Gardez vos secrets et vos avis sur elle. Je ne la connais pas, et réciproquement. Mais elle ne m'aime pas, et réciproquement. Par conséquent, tout est sous contrôle.

Il se dirigea vers le chariot qui contenait une trentaine de dossiers alignés les uns contre les autres, classés par numéro de chambre. C'était son travail. Toutes ces histoires médicales résumées dans des lignes tordues de médecin dysgraphique, ces souffrances traduites dans des jargons pompeux, qui relataient au jour le jour l'exceptionnelle rareté d'un syndrome, ou la lente déchéance prévisible d'une personne. C'était son travail. Pire que ça, c'était sa passion.

— On va commencer. Vous faites comment, d'habitude ? L'une de vous suit le tour ?

— Euh… non. Pas nous. C'est Saur… euh… Mme Kovac. Mais là, je crois qu'elle est en réunion avec… avec je ne sais qui. Un machin de cadre.

— Ouais, je vois. Un truc qui ne sert à rien, pour justifier son salaire.

Sylvie agita le doigt en l'air en se fendant d'un long sourire. Elle embarqua son chariot de médicaments ainsi qu'une perfusion de chlorure de sodium et quitta le bureau, le visage satisfait.

— Bon, je vais commencer. Si Vignaux se pointe, il prendra le train en marche. Après tout, on est là pour soigner, pas pour suivre des habitudes séculaires, non ?

— Si vous le dites.

— Tu.

— Pardon ?

— Faut me tutoyer, c'est mieux. Ça fait moins vieux. Déjà que je perds mes cheveux derrière. J'aimerais rester encore jeune dans les phrases.

— OK, je vais passer au tu.

— Tant mieux.

Il prit le chariot des dossiers d'une main, et le poussa vers la porte d'entrée. Les roues grinçaient lamentablement tandis qu'il progressait vers la première chambre. Il avait la même démarche lente et pesante que la femme chargée des sols. Il sourit en pensant à la tête de Kovac, si elle le voyait.

Sauron. Le seigneur des anneaux. L'incarnation de la puissance et du Mal, de la domination et de la destruction. Il ne s'était pas trompé en suivant son instinct. Cette femme n'était pas aimée et ne méritait pas mieux. Du peu qu'il en savait, elle ne faisait pas l'unanimité ou, si c'était le cas, c'était contre elle. Mais quelque chose dans l'administration du service ou dans ses relations devait empêcher qu'elle soit virée de ce poste ou mutée dans un placard.

Il observa le premier dossier. La chambre 301. Le premier chiffre donnait l'étage. C'était une habitude hospitalière. Il allait commencer tous les jours par cette 301…

Il reconnut la femme gémissante entrevue à son arrivée, toujours aussi tordue dans son lit, toujours aussi perdue dans sa souffrance peuplée d'aphasie. Il n'eut pas besoin de frapper à la porte. Celle-ci était grande ouverte, dévoilant cette chambre et ce corps à moitié nu aux yeux de tous les passants. Le drap gisait sur le sol, au pied d'une jambe pendante, à cheval sur la barrière.

La peau cireuse, constellée de larges plages brunes qui confluaient par endroits, recouvrait des membres étroits, desséchés, cachectiques. La pièce baignait dans une odeur nauséabonde.

Il inspira par la bouche en prenant son dossier médical entre les mains. C'était un bloc lourd, épais de plusieurs centimètres, au milieu de ceux des autres malades. La première page cartonnée était partiellement déchirée d'avoir trop vécu. En dessous, les immenses enveloppes renfermant les imageries étaient entassées là aussi par numéro de chambre, avec parfois trop peu d'espace pour ne pas déborder.

Cette dame avait plus de quatre-vingts ans. À la voir ainsi, on lui donnait bien davantage, si tant est qu'on puisse avoir l'air plus vieux que ça. Au-delà d'un certain aspect, on ressemble à la mort, ou à la décomposition. Et c'est tout. Pas la peine d'y chercher encore quelque chose d'humain ou de vivant. La vie a des couleurs vives, des odeurs, du mouvement. La vie est en rondeur, en reliefs délicats que la peau dessine sur le corps, comme une mer qui s'exprime dans ses ondulations. La vie est pleine, intense, palpitante, généreuse. Elle existe envers et contre tout, elle génère et régénère.

Quand tout cela s'en va, il ne reste qu'une carcasse livrée au vent, qui bouge encore sous l'impulsion des parasites et des secousses de mort. Ce n'est plus la vie. Quoi qu'on en dise. Ce n'est plus ça.

Les longues coulures noires qui s'étendent sous l'épiderme, ces hématomes qui sont les peintres de l'expiration, montrent que la corrida que le corps mène touche à sa fin, dans la décrépitude et le sang. Un sang coagulé, qui ne ruisselle pas, qui s'étale et se cache, qui brunit sous la peau. Un sang déjà mort, loin du bouillonnement rouge et furieux de son passé.

Elle, c'était à peu près ça. Une partie de son corps s'agitait lentement, avec des gestes lestés de souffrances et de douleurs. La moitié de son visage criait sans force. Elle gémissait sa peine sans lui donner de phrases. Juste une longue plainte lugubre, aussi toxique que l'odeur de sa chambre.

Vincent l'observa quelques instants sur le pas de la porte. Elle ne l'avait probablement pas encore aperçu. Ce corps altéré laissait passer les heures sans rien espérer des suivantes. La moitié gauche bougeait un peu, péniblement. La partie droite était inerte. De sa position, il ne distinguait que le versant mobile de son profil. Mais après un léger mouvement, au cours duquel elle le remarqua, il constata que l'autre côté de son faciès était de cire. Une étrange impression qu'il avait souvent rencontrée, très déstabilisante quand on n'a pas l'habitude de ces pathologies. Voir un visage ainsi, à moitié vivant, à moitié momifié, qui fixe et se tord en même temps, qui parle et se tait, qui sourit et ignore.

L'homme sous la blouse n'y était jamais insensible. Il se cachait donc plus loin sous les couvertures de sa science, et laissait le médecin reprendre la main avec plus de contrôle, plus de froideur et moins de sentiments. De cette manière, il était meilleur et moins blessé. Il se préservait au mieux de l'insupportable.

Il se glissa vers le lit tandis qu'elle bougeait les doigts dans sa direction.

— Bonjour, madame Camus. Je suis le nouveau neurologue, docteur Dellecoste.

Il n'eut qu'un son informe pour toute réponse. Son regard parcourut rapidement l'histoire clinique de cette patiente. Une vie assez normale, une dame bien valide qui profitait de sa vieillesse avec bonheur. Puis un AVC massif, le genre à pulvériser la moitié du cerveau avec tout le vice de ne pas faire mourir. Elle s'était échouée ici, dans ce temple des neurones brisés, avec peut-être l'espoir de redevenir celle d'avant. Elle avait dû contempler son demi-corps inerte, sans comprendre pourquoi ses muscles encore si vifs refusaient de réagir.

On lui avait expliqué dans le jargon des médecins, pour finir par lui avouer qu'elle demeurerait ainsi pour le restant de ses jours. Elle avait essayé de répondre, de faire naître sur sa langue de pipelette des mots qui avaient déserté. Gémir, elle ne pouvait faire que ça.

Vincent l'observait reprendre ce jeu sans fin de l'aphasie. Ne plus pouvoir parler, ne plus pouvoir communiquer. Elle avait des milliers de phrases dans les yeux, ces deux globes creux et sombres qui s'enfonçaient au loin dans son crâne. Tout était silencieux, même ses cris.

— Comment vous sentez-vous ? demanda-t-il lentement. Avez-vous mal ? Serrez ma main si vous avez des douleurs…

Il posa ses doigts dans les siens. Mais elle se contenta de tendre son bras vers lui, comme si elle voulait l'attraper par la blouse.

— Est-ce que vous me comprenez ?

— On a beaucoup de difficultés avec Lucienne, intervint Catherine en entrant dans la chambre. Elle semble dans un tel inconfort…

Elle saisit la main de la vieille dame et lui caressa le bras. Son sourire était toujours fixé sur ses lèvres, mais quelque chose dans ses yeux avait changé. La malice du bureau avait laissé la place à une tendre compassion.

— Pourtant, tout est plutôt correct, reprit-elle en glissant les doigts dans les cheveux de sa patiente. L'état cutané est préservé, il n'y a pas d'escarre. On essaie de la stimuler le plus possible. Le kiné intervient régulièrement. Mais…

— Je vois. On va vous laisser, Mme Camus. On repassera plus tard.

Il lui tapota sur la jambe et sortit de la chambre. Catherine resta un peu plus longtemps, le rejoignant alors qu'il consignait sa première observation dans le lourd dossier médical.

— Eh bien, murmura-t-il. Drôle de vie. Parfois, il vaudrait mieux que le corps ait la bonne idée de ne pas s'accrocher.

— Peut-être…

— Quand sa famille viendra, dites-leur de prendre rendez-vous avec moi, qu'on fasse le point sur son état de santé et sur les suites. Ce n'est pas que je ne l'aime pas, cette brave Julienne…

— Lucienne !

— Ah, pardon. Oui, Lucienne. Bref, sa place n'est plus ici. On doit lui trouver une maison de retraite ou n'importe quelle structure, mais ici, on ne peut plus rien mettre en œuvre.

Catherine avait le regard lointain, posé sur la vieille dame qui repartait dans ses gémissements.

— Bon sang ! Elle est là depuis plus d'un an ? Presque dix-huit mois ?

— Oui…

— Il faut vraiment qu'on refasse le point avec sa famille.

— Alors, tu vas devoir être patient.

Il se tourna vers l'infirmière en ouvrant de grands yeux.

— Pourquoi ?

— Parce qu'ils ne viennent qu'à Noël et à son anniversaire, juste pour poser une fleur sur le bord de la fenêtre. Ça dure quelques minutes, le temps de faire une ou deux fois le tour de la chambre afin d'ajouter quelques photos et d'enlever les anciennes. Puis ils repartent…

— C'est quand, son anniversaire ?

— Le 30 décembre…

Le soleil s'infiltra dans la chambre et écrasa ses rayons sur le carrelage brillant. L'ombre de Lucienne tendant la main comme le Dieu de Michel-Ange s'étirait devant eux. Il la regarda se débattre dans la perplexité de sa maladie. Sans espoir. Sans famille.

— Donc, je suppose qu'on n'a aucun contact, rien à faire pour cette pauvre dame ?

— C'est ça.

— Quand je te dis qu'il vaut parfois mieux mourir…

Il referma le dossier et le remit à sa place. Il avait préparé une prescription d'analyses biologiques et d'autres choses pour réévaluer l'état de cette femme. Il barra le tout d'un trait noir, sans aucune hésitation.

— Même Sauron n'y peut rien ?

— Même elle…

— C'est dire… soupira-t-il.

Il tira le chariot jusqu'à la chambre suivante, dont la porte était close. Catherine était à côté de lui, organisant le départ d'un malade pour une IRM cérébrale. Elle triait la masse des examens précédents pour y associer les dernières images.

— À ce rythme-là, j'aurai fini le tour en une heure. Gageons que les autres patients ont plus d'espoir à m'apporter. Sinon, je vais dépérir comme Lucienne.

— Ça, ce n'est pas certain.

— Tu plaisantes ?

Elle n'avait pas levé les yeux des enveloppes qu'elle remettait consciencieusement en place. Quelque chose dans son allure montrait qu'elle avait l'esprit ailleurs. Elle refit plusieurs fois les mêmes gestes, s'agaçant de ces répétitions inutiles. Elle tournait en rond.

Il chercha le dossier de la chambre 302. Rien dans la case. Il savait juste que c'était un homme jeune. Trente-cinq ans. Ça laissait un tout petit peu d'espoir.

— Et lui, on peut le sauver ? Il est où ? reprit-il sur un ton faussement détaché.

L'infirmière leva les yeux sur les chiffres au milieu de la porte. Elle semblait regarder au-delà. Il n'y avait plus de sourire. Même plus le souvenir ni une trace éteinte. Il n'y avait qu'une mélancolie déchirante. Il la trouva charmante, avec tout ce désarroi qui mouillait ses paupières.

Il fut peiné de voir cette douleur, mais ce reflet qui luisait au soleil faisait briller ses cils et ses iris au centre de son visage.

Elle prit une longue inspiration en se recoiffant maladroitement.

— Il avait une consultation chez l'ophtalmo, dans l'aile sud. Un problème de rougeurs oculaires…

— OK. Je ferai sa connaissance plus tard.

Catherine eut une ébauche de sourire brisé, un rictus de clown triste. Le patient qu'elle devait accompagner à l'IRM se présentait dans le couloir.

— Pourquoi tu fais cette tête ? C'est à cause du gars de la 302 ?

— Lui, c'est le grand drame du service…

6

Le monde est un endroit magnifique
pour lequel il vaut la peine de se battre.

Ernest Hemingway, *Pour qui sonne le glas*

Justine ouvrit grand les fenêtres de la voiture avant d'y faire monter sa fille. À l'intérieur du véhicule, la chaleur était intenable.

Elle avait opté pour un petit chemisier estival parsemé de fleurs dans des tons orangés, et pour un short en lin. Sa chevelure brune descendait le long de ses épaules sans arabesques, simplement animée par les corolles habituelles.

Elle s'observa quelques instants dans le miroir du salon, pendant qu'Élisa s'évertuait à mettre ses sandales toute seule. Elle avait le teint d'une pâleur diaphane malgré la succession des jours de soleil. Plus rien ne semblait pouvoir donner vie à sa peau.

Son collier plongeait jusqu'à l'émergence de ses seins. Il représentait deux étoiles unies par un anneau. Ell prenait le même à chaque fois qu'elle se rendait à l'hôpital. Les rituels étaient entrés dans son quotidien, sans qu'elle les choisisse ni les impose. Ils étaient venus, tout naturellement, comme autant d'évidences qui meublent soudainement le vide de l'existence. Ils étaient devenus rassurants par les symboles qu'ils véhiculaient. Tels ces deux étoiles, ces deux astres unis pour ne faire qu'un.

C'était un cadeau tout simple, qui avait maintenant un sens bien différent, bien plus douloureux. Elle ne le portait presque jamais autrement.

Elle fit glisser la chaîne en argent pour la réajuster au milieu de son sternum. Ça aurait pu faire beau si elle avait conservé ses formes d'antan, quand elle observait son allure et le galbe de ses seins avec plaisir. Pour se les rappeler, il ne subsistait que quelques photos de plage prises en été et, des selfies devant la mer. Des cadres oubliés sur les meubles, pour faire plaisir aux souvenirs.

Le chemisier était devenu trop grand pour son corps inoccupé. Il pendait comme un drap sur sa silhouette amaigrie. Il ne restait d'elle qu'une ombre à peine vivante, sans les reliefs de la vie ni les courbes de sa jeunesse. Elle ramena quelques mèches de ses cheveux sur ses épaules, pour essayer de donner un peu de volume à son allure en masquant ses clavicules saillantes.

Elle s'était presque appréciée par le passé, quand le regard de son homme transpirait d'amour et de désir. C'était d'abord dans ses yeux qu'elle s'était trouvée belle. Parce que lui l'admirait comme un trésor, elle avait compris que toutes les détestations qu'elle avait eues pour ses formes, ses bras, ses mains, son nez et tout le reste n'avaient pas de sens. Il fallait briller pour quelqu'un, dans le cœur de quelqu'un.

À son contact, elle avait appris à se considérer comme normale tout d'abord, à s'aimer avec parcimonie, puis à se trouver presque belle. S'habiller était devenu un plaisir et plus un camouflage. Elle n'avait jamais rien eu d'exceptionnel, ni en bien ni en mal. Elle se jugeait si quelconque qu'une overdose d'amour masculine était inconcevable. Et pourtant, elle l'avait connue et avait grandi à ce contact.

C'était loin, tout ça. Une éternité.

Elle enfila son sac à main en bandoulière et prit Élisa dans les bras. Même la porter devenait dur. Elle grandissait, cette princesse, c'était certain. Mais les forces de Justine étaient moindres. Un alliage de fatigue et de maigreur, d'insomnies et de repas oubliés. Elle se faisait pitié : une épave maternelle échouée dans le présent.

Elle attacha l'enfant dans son siège et lui fit une caresse sur la joue. Sa peau était si douce.

— J'ai chaud, maman.

— Je sais, mon bébé, je vais mettre la climatisation. Tu vas voir, ça va aller.

Elle referma la porte de la maison, tandis que la voiture ronronnait devant le garage. L'air était déjà surchauffé, sans un souffle de vent. Un couvercle thermique écrasant. Elle sentit les premières gouttes de sueur descendre le long de son dos et de ses tempes. Une pression commençait à se faire sentir derrière son œil. La même que les autres fois.

Le jardin se mit à tanguer, emportant dans sa valse les bosquets d'hortensias et les massifs de rosiers. Elle vit le buisson de lavande se mêler au reste dans cette frénésie de couleurs. Elle voulut parler, mais s'étrangla dans le silence. Elle tenta de faire un pas pour arriver jusqu'à son véhicule, mais le sol se déroba sous ses pieds, et la voiture plongea dans les nuages.

*

— Alors, qu'est-ce qu'il t'arrive ?

Maria l'aida à se redresser contre le mur, à l'ombre de la maison. Sa voix était lointaine, comme un murmure malade.

— Attends, je vais chercher Élisa. Elle est en train de pleurer.

Justine tenta de baragouiner quelque chose, qui resta entre ses lèvres sèches. Elle avait chaud, elle avait soif. Et surtout, elle avait une migraine cataclysmique. La même qui survenait à chaque fois qu'elle était très fatiguée et qu'elle enchaînait trop de nuits écourtées. Ça commençait derrière l'œil droit, une pression terrible qui irradiait ensuite sur toute la moitié du crâne, pour devenir générale. Elle la supportait parfois, mais ces derniers jours, la chaleur rendait chaque nuit un peu plus compliquée. Quand elle ne se réveillait pas au rythme des cauchemars, c'étaient les sanglots de sa fille en sueur qui découpaient son sommeil. Des terreurs d'enfant qui ne s'apaisaient que dans les bras et les bisous. Si elle avait la chance de se rendormir, elle pouvait passer ses journées sans douleur.

— Attends bébé, ne pleure pas. Maman est là, à côté de nous, hein ? Ne t'inquiète pas...

— Ça va Élisa, ça va, murmura Justine tandis que sa voisine accompagnait la petite fille à ses côtés. Tu vois, j'ai juste eu un peu trop chaud.

Elle leva la main avec difficulté pour lui caresser les cheveux. L'enfant se précipita dans ses bras.

— C'est bon, ma chérie. Maman se sent mieux.

Maria restait à côté d'elle avec les clefs de la voiture entre les doigts.

— Ne bouge pas, fit-elle. Je vais te chercher un peu d'eau.

Justine n'eut rien le temps de dire que la femme pénétrait dans la maison ; elle en revint avec deux grands verres d'eau glacée. Elle les déposa sur le sol, sur les graviers blancs.

— Tu ne t'es pas fait mal ?

— Non, je ne crois pas. En tout cas, je ne sens rien.

— Tu m'as fait peur. J'allais justement entrer dans ta cour pour te rendre les balles en mousse de ta fille, et tu étais là, devant la porte, à tanguer comme un vieil ivrogne.

— C'est quoi, un ivrogne ? demanda Élisa de sa voix fluette.

Maria rigola en lui pinçant le nez.

— Ce n'est rien. C'est quelqu'un qui ne tient pas bien debout.

— Comme maman ?

— Euh… pas vraiment. Sacrée petite princesse !

Justine but d'une traite. L'eau glacée lui serra la poitrine, mais la fraîcheur la soulagea instantanément. Elle colla le verre contre son front. Les douleurs étaient là, bien présentes, mais moins intenses.

— Tu es très pâle. Tu devrais rentrer te reposer un peu.

— Non, ça va, ne t'inquiète pas.

— Ce n'est pas prudent de conduire comme ça, alors que tu es encore si fragile. Imagine qu'il t'arrive la même chose au volant…

— Mais non, c'était juste un vertige. Un peu de migraine, un peu de fatigue, et voilà. Mais je me sens déjà mieux.

Maria prit une voix plus grave, celle d'une mère bientôt grand-mère, qui sait changer de ton quand il faut en passer par là.

— Si tu ne le fais pas pour toi, alors, fais-le pour la petite. Si tu te plantes en voiture, c'est peut-être elle qui restera sur le carreau… pas toi.

Justine leva les yeux sur sa fille, qui faisait des bulles dans son verre d'eau.

— OK.

*

— On y va, princesse ? fit-elle en nouant ses cheveux avec un élastique.

Élisa était assise en tailleur sur le sol, à coiffer paisiblement sa poupée Elsa, la reine des neiges. Le buste à maquiller dont rêvaient toutes les petites filles fans de cette héroïne.

Maria était à ses côtés, à lui montrer comment on faisait une tresse et comment on peignait les longs cheveux blonds sans les arracher.

— Tu te sens mieux ?

— Oui, beaucoup mieux. J'ai pris un ibuprofène. C'est miraculeux, ce truc. Ça casse la migraine à chaque fois.

— Et tu as mangé, aussi…

— On dirait ma mère !

Maria se leva en grimaçant. Son genou grinçait autant que ses hanches. Elle boitilla sur deux ou trois pas, puis reprit une déambulation presque normale, ondulant simplement de gauche à droite, comme un manchot.

— Tu devrais t'alimenter un peu plus, j'ai l'impression que tu maigris d'heure en heure.

— Je te jure que je mange correctement…

— Oui, mais quand même. Pourquoi tu ne viendrais pas ce soir, avec Élisa ? J'ai fait un couscous. Amar adore ça.

— C'est pour m'engraisser ? Ou me surveiller ?

— Peut-être les deux, ricana Maria.

Elle posa sa main sur l'épaule de la jeune mère. Une épaule si frêle qu'elle avait peur de la casser. En bougeant le chemisier, elle dévoila les clavicules saillantes et les premières côtes qui pointaient autour du collier. Il n'y avait que de la peau sur un assemblage d'os.

— Allez, venez toutes les deux. Ça me permettra de dormir un peu plus rassurée, et Élisa adore jouer avec Daisy. Hein, ma poupette, que tu l'aimes bien, mon chien ?

— Oui, il est gentil… murmura Élisa.

— OK, on viendra. Ça nous changera les idées.

— J'espère.

Justine déposa un peu de fond de teint sur son visage. C'est vrai qu'elle avait des traits trop saillants, bien trop anguleux pour une trentenaire. Même ses lèvres avaient perdu leur rougeur. Elle n'aimait pas ce masque étiré qui semblait tout droit sorti d'une peinture du Greco. Peut-être y aurait-elle songé quand elle était une adolescente complexée, comme toutes les jeunes filles. À ces âges, on ne veut que de la minceur, sans savoir si cela rime avec bonheur.

Depuis, elle s'était muée en mère. Elle avait vu son corps s'arrondir, se gorger de sang et de vie, et ses seins devenir proéminents. La grossesse avait apporté un sens inédit à son existence, comme si l'essence même du destin se trouvait là, dans le cœur de l'enfant à naître.

Que restait-il de cela ? Plus grand-chose, de vagues souvenirs. Plutôt des repentirs qui avaient cédé la place aux nouvelles couleurs sombres de sa vie. Un tableau de nuances de noir et de gris, avec Élisa pour seule étincelle. La joie de sa fille faisait diversion. Elle s'en abreuvait pour ne pas s'éteindre.

Le couscous était une bonne idée. Elle n'avait pas l'habitude de manger beaucoup le soir, mais, pour une fois, elle ferait une exception. Et si Amar insistait, elle se laisserait peut-être même tenter par un demi-verre de sauternes.

L'alcool n'apportait rien. En plus, elle n'aimait pas ça. Mais il était heureux de partager ça avec elle. Et les rares fois où elle avait bu une ou deux gorgées, elle avait mieux dormi. Il disait que c'était normal.

Va savoir…

Elle réajusta son chemisier et se parfuma de nouveau. La sueur collait horriblement en masquant toutes les autres odeurs.

— Allez, cette fois-ci, c'est bon.

— Je vous attends donc ce soir, sans faute.

— Ça marche, on sera là.

Maria lui fit un baiser sur la joue, claquant comme ceux des grands-mères qui y mettent une force vitale incroyable. C'était autant une marque d'affection qu'une bénédiction pour avancer encore à travers cette journée si compliquée.

Elle fouilla dans son sac pour en retirer les clefs, et prit quelques instants pour éplucher son téléphone. Son éditeur revenait à la charge. Le prochain roman allait bientôt sortir. Il voyait grand, il était plein d'emphase. Les mois suivants allaient être ceux de la promotion, de ce jeu nécessaire pour faire prospérer son image et ses ventes.

— Avec cette gueule, tu vas finir dans *Voici*, marmonna-t-elle à son reflet sur l'écran de l'iPhone.

On crucifiait n'importe quelle femme pour être trop mince. Pour être trop grosse aussi, d'ailleurs. On devait être banale ou exceptionnelle. Mais pas dans les extrêmes, sinon, on renvoyait une vision de mauvaise santé, quelque chose de pathologique qui cassait la représentation et neutralisait les ventes. Non, ce n'était pas une bonne idée d'être une jeune mère seule, fatiguée et brisée par la vie. Pour le public, pour les médias, il fallait être belle et fraîche, heureuse et irradiante, à la rigueur vaguement végane ou épicurienne, mais pas maladive.

Oui, le couscous était une bonne idée.

Elle s'aspergea le cou avec un peu d'eau froide en recoiffant sa fille. Elle était un peu en retard sur l'horaire habituel. Le collier tintait sur sa poitrine à chacun de ses mouvements. Ses deux étoiles si seules, à présent.

Elle rangea le téléphone dans son sac pour oublier ces mails qui n'apportaient que des soucis. Bien des gens auraient voulu avoir ce genre de problèmes liés au succès. Être un auteur prisé et très rentable était exceptionnel. Mais, dans sa vie actuelle où tout était trop dur, elle n'en profitait même plus. Juste financièrement…

Elle embrassa Élisa tendrement, la serrant un peu trop fort.

— Tu me fais mal, maman ! Tu m'écrases…

— Excuse-moi, chérie. C'est parce que je t'aime trop, plaisanta-t-elle en masquant les trémolos dans sa voix.

Elle fit démarrer de nouveau la voiture et attacha sa fille. Une impression de déjà-vu. Aujourd'hui comme tant d'autres jours… Il n'y avait qu'Élisa qui changeait, qui grandissait et modifiait peu à peu ce tableau.

— On va où, maman ? On va voir papa ?

— Oui, mon chaton. On va voir papa…

— Super. J'aime bien papa !

7

Pendant la première partie de sa vie,
on ne se rend compte du bonheur
qu'après l'avoir perdu.

Michel Houellebecq, *La Possibilité d'une île*

Pour la première fois depuis des semaines, des nuages s'étaient amoncelés dans le ciel, s'agglomérant à une vitesse vertigineuse. Toute la lumière intense de la matinée avait fui la ville. Une calotte sombre recouvrait maintenant tout l'horizon, charriant dans sa traîne de longues cordes brunes qui dansaient dans le vent.

Il ne restait que deux chambres à faire quand les premières rafales de pluie vinrent frapper les fenêtres. L'eau s'abattait en jets furieux qui ruisselaient le long du bâtiment.

Vincent s'interrompit un instant pour contempler depuis le couloir cet orage dantesque. D'innombrables éclairs zébraient le ciel pour lui donner un aspect stroboscopique. Les premières brises de fraîcheur se faufilèrent entre les pièces pour glisser dans le service. La température insoutenable qui asphyxiait les organismes chuta rapidement.

— On ne l'attendait plus celui-là, plaisanta le professeur Vignaux en arrivant près de Vincent. Depuis le temps qu'on nous l'annonce, il est enfin là. Et à la hauteur de nos espérances. Avec un peu de chance, on respirera mieux dans cette ville et dans ce service pendant quelque temps. N'est-ce pas ?

— C'est à souhaiter…

Le chef se pencha sur les différents dossiers et sur le résumé que Vincent en avait fait sur son carnet. Des notes hiérarchisées, classées par chambre et par importance. Il écrivait comme un chien, de son propre aveu, mais pour son premier jour, il avait pris soin de s'appliquer. Au cas où…

— Alors, vous vous êtes familiarisé avec nos patients.

— Plus ou moins. Je vais replonger dans quelques dossiers un peu plus complexes afin de ne rien méconnaître, mais, pour un premier survol, je pense avoir fait un tour assez complet.

— C'est bien. Je vois que vous avez surligné le nom de Mme Camus. C'est bien, c'est bien. Si vous arrivez à trouver une solution, alors, vous êtes un don du ciel.

Vincent soupira. Son patron n'était pas un adepte de l'humour. S'il en parlait ainsi, c'est que la cause était réellement désespérée.

— Je vais réfléchir à ce qui est possible. Mais je ne suis pas sûr de faire mieux…

— Je ne crois pas non plus, renchérit le chef. Bon, je retourne en consultation. Je serai en réunion tout l'après-midi. Donc on se revoit demain. C'est moi qui ferai le tour, cette fois-ci.

— Entendu.

Vincent regarda son patron s'éloigner vers son vaste bureau. L'orage continuait de déferler autour d'eux. Lyon était devenue invisible, plongée dans l'opacité de la tempête. Pour un premier jour, c'était assez étonnant, le genre d'anecdote qu'on raconte des années plus tard, avec un verre de rosé.

La pression retombait doucement. L'arrivée du professeur avait été aussi subite que ces éclairs, presque inattendue, même si elle était prévue. Il avait eu l'impression de redevenir un enfant l'espace d'un instant, comme si tout était à prouver. Un enfant avec un cahier de notes, et le regard d'un maître sévère au-dessus de son épaule.

Son chariot était posé contre la grande vitre qui terminait le service. Un cul-de-sac où les patients devaient se sentir bien seuls.

La dernière chambre était vide. Il passa juste la tête afin de s'en assurer. Le malade devait subir un scanner des poumons. Pas forcément une bonne nouvelle. Il jeta un regard rapide sur le dossier et se promit d'y revenir durant l'après-midi, quand il pourrait rencontrer cet homme en chair et en os.

Des talons claquèrent dans le couloir, se rapprochant de lui à un rythme soutenu. Le parfum précéda la voix, comme les éclairs annoncent le tonnerre.

Il termina d'écrire dans son pense-bête et se tourna vers la fenêtre. Les nuages coulaient au loin, vers la périphérie sud de la ville. Il distinguait encore nettement le ballet de la foudre dans le ciel, mais le plus dur était passé. C'était la fin, la queue de la comète.

La fraîcheur avait pénétré dans chaque recoin du bâtiment. Sur les toits des voitures, des vapeurs claires s'élevaient discrètement. Il respira un peu plus fort. Au-delà du parfum capiteux qui l'entourait maintenant, il percevait ces fragrances que la pluie sait sublimer. La senteur des feuilles, de la terre mouillée, du goudron chaud. Toutes ces choses qui le ramenaient à l'enfance, lorsqu'il sortait avec ses bottes après l'averse, et qu'il sautait dans l'herbe en se créant des histoires. La chaleur écrasait tout, les odeurs renaissaient quand les nuages étaient passés. C'était la rançon de l'orage.

Quelque part, un gamin devait être aussi content que lui que des flaques brillent au milieu de la terre cuite. Ces souvenirs-là ne disparaissaient jamais, même quand on était un neurologue talentueux, prêt à lutter contre le seigneur des anneaux.

— Vous en êtes où ? grogna Kovac sans affabilité.

— J'ai terminé. À l'instant.

— Déjà ?

Elle considérait le chariot comme on analyse le corps d'un esclave avant sa vente. Elle avait le regard mauvais, plein de malfaisance. Dans ses mots, elle masquait à peine son étonnement de le voir finir aussi tôt, ce qui suggérait un travail trop rapide pour être correct. Un travail de merde, en somme.

— Oui, déjà… J'ai pris mon temps, pourtant. Il ne faut pas une journée pour faire le tour d'une vingtaine de chambres, vous ne pensez pas ? Il y a beaucoup d'autres tâches à accomplir.

— Votre prédécesseur terminait plutôt vers midi trente… et il restait toujours de nombreux détails à régler.

— Ça dépend de l'heure à laquelle on commence. Je ne suis pas sûr qu'il arrivait aussi tôt que moi. Si je ne me trompe pas, il avait des jumeaux. Ça prend du temps de les amener chez la nounou, non ?

Elle le fixa avec dureté en examinant la liste des patients avec les annotations.

— Normalement vous devez m'attendre pour faire le tour, réagit-elle en parcourant les prescriptions des yeux.

— Normalement ? Selon quelle norme ? La vôtre ?

Il rangea calmement son crayon dans sa poche et remit ses cheveux en place. Dans un dernier geste un peu théâtral, il s'accouda sur le chariot, face à Sauron, le regard plein de malice et de défiance.

— Il y a plusieurs raisons qui m'ont dicté le choix de faire le tour sans vous. Mais certaines sont plus importantes que d'autres, donc je vais commencer et finir par celles-là. Tout d'abord, vous étiez en réunion, et j'ignorais à quelle heure elle se terminerait. Il était évidemment hors de question que je perde mon temps à vous attendre. Deuxièmement, je suis là pour soigner ces gens, pas pour respecter vos habitudes et vos protocoles, sauf s'ils me semblent impératifs. Si j'ai besoin de vous, n'ayez pas peur, je vous le ferais savoir. Et réciproquement. Je procéderai donc à ma façon, pour le bien des patients.

Kovac serra les dents et posa brutalement la feuille. Vincent s'imagina le tourbillon de colère qui devait l'envahir à cet instant.

— J'en informerai le professeur Vignaux. Je ne suis pas certaine qu'il apprécie vos méthodes et votre ton.

— Sauf votre respect, il n'y avait rien, dans ce que j'ai dit, de désagréable ou d'inapproprié. Vous jouez un rôle important dans ce service, comme chaque soignant. Ni plus ni moins. Je ne suis pas sous vos ordres, et ça restera ainsi, quoi qu'en pense le chef. J'ai un contrat de praticien hospitalier, pas de domestique de la cadre du service.

Il lui décocha un sourire plein de mépris. Elle était de la race de ces petits chefs qui tourmentent le monde entier sans raison, juste pour le plaisir de sévir. C'était inadmissible, et davantage encore entre ces murs, où la mort était partout, et où la souffrance agressait du matin au soir ceux qui la combattaient. Lui laisser de la marge revenait à se condamner définitivement à la soumission.

Elle reposa la feuille de transmission et quitta la zone du conflit. Ses pas claquèrent encore plus fort qu'à son arrivée. Là où tout le monde marchait en sabots de plastique pour associer le confort au silence, elle s'annonçait en tous lieux comme un cow-boy en éperon.

Il soupira en terminant ses ultimes prescriptions. Il lui restait deux personnes à rencontrer. Le dernier, qui allait revenir du scanner, et le patient de la 302. Celui qui avait fait pleurer Catherine à la lisière de ses paupières.

Elle avait l'air entière, cette infirmière, pleine de vie et de douleurs. Peut-être un peu trop sensible…

Il poussa son chariot vers la salle de soins. Les soignants allaient et venaient, comme certains patients qui se promenaient entre les chambres. Au bout d'un moment, on n'y prêtait plus attention.

Catherine était à l'entrée du service, en grande discussion avec une jeune dame d'une trentaine d'années, au teint pâle. Elle avait une petite fille dans les bras qui jouait avec son sac.

Il observa la scène de loin. Elles avaient l'air de bien se connaître. Catherine posait sa main sur celle de cette femme et caressait les cheveux de l'enfant. Un geste maternel plein de tendresse.

Le soleil était revenu dans la partie et dardait maintenant ses rayons à travers toutes les fenêtres. Une douceur estivale imprégnait l'atmosphère.

Il pénétra dans la salle de soins et rangea le chariot. Son ventre commençait de crier famine. Pour une fois, il avait délaissé le petit-déjeuner. Un peu trop de stress. Mais maintenant que la première étape était passée, il sentait l'appétit reprendre le dessus.

Catherine avança dans la pièce après un dernier regard sur la porte de la 302, qui se refermait lentement.

Elle avait les traits tirés et les yeux dans le vague. Ses pieds raclaient le sol, bien loin de sa démarche sautillante du matin.

— Ça ne va pas ?

— Si, si, juste des récits pas faciles à affronter. Ça fait mal au ventre d'être impuissant.

— C'est l'histoire de notre vie. Parfois on guérit, parfois on subit.

— Ouais, marmonna-t-elle.

Elle tourna dans la pièce comme une abeille au travail, les gestes précis et assurés, mais le cœur à la peine. Son visage se fanait malgré le soleil.

— C'est la femme du patient de la 302 ? Une amie ?

— Non, on se croise souvent depuis qu'il est là. C'est-à-dire depuis une éternité, pour elle…

Vincent referma ses derniers documents et les rangea dans les casiers adaptés. Il glissa son carnet dans la poche de sa blouse. Catherine continuait son travail dans le silence de sa souffrance. Il s'avança à pas lents pour se porter à ses côtés.

— Si je peux me permettre… Je sais qu'on ne se connaît pas vraiment, pas encore, pas du tout même. Mais je pense que tu es trop proche de cette dame, et peut-être de tes patients en général. C'est ton style, ta façon d'être. Tu as l'air très investie. Un peu trop, certainement. Pour être soignant, il faut une singulière aptitude à vivre, à survivre, à rire, malgré les images qui nous entourent. Quand on commence à souffrir dans sa chair à cause des maladies de ces gens, c'est le début des problèmes. Nous sommes trop jeunes pour nous fissurer de toutes parts. Chaque douleur, chaque mort, chaque annonce grave est un coup de bélier dans notre armure. Et si on ne fait pas attention à se préserver, c'est tout le château qui s'écroule. Ce serait dommage que ce soit ton cas dans quelques années.

Elle s'interrompit et le fixa droit dans les yeux quand il termina son monologue. À l'inverse de Sauron, il n'y avait aucune aigreur, aucune tension dans ses pupilles. Elle prit une longue inspiration, et parla d'une voix traînante où se cachait le fantôme d'un sanglot.

— Oui, tu as parfaitement raison me concernant. Je vis mon métier comme je vis ma vie : avec passion et sans détour. Quand j'ai choisi cette voie, je savais ce que je voulais faire, ce que je voulais être et, surtout, ce que je ne voulais jamais devenir. J'aime ce que je fais et ce que j'éprouve, même quand c'est difficile. Je m'ouvre à ces gens parce qu'ils ont besoin de ça. La distance de sécurité qu'on s'impose nous met trop loin d'eux. Et parfois, sans qu'on s'en rende compte, on s'éloigne du feu qui nous anime et nous motive. C'est alors toute la chaîne de soins qui en pâtit. Alors oui, tu as amplement raison, je me fragilise en laissant s'insinuer ces émotions. Comme disait un chanteur (mais je ne sais plus lequel), nos fissures servent aussi à faire entrer la lumière. Et j'ai besoin de cette lumière, tout comme eux.

Il écoutait ses paroles qui ne laissaient tranparaître aucune animosité sur son jugement. Bien au contraire, c'était simplement une justification sincère face à ce qu'elle percevait comme des conseils empathiques.

— Je ne veux jamais me transformer en soldat du soin, sans cœur et sans émotion. Si, un matin, la mort devient anonyme et la souffrance banale, alors, je changerai de métier. Je n'ai pas envie de me regarder un jour dans la glace et d'y voir une Sauron, si l'image te parle.

— C'est le cas.

— Tu as tout compris. Cette femme me touche beaucoup. Ce qu'elle vit est terrible, effroyable. Quand je la découvre avec sa petite princesse si belle, si mignonne, quand je mesure l'étendue de sa douleur, l'enfer que sont devenus sa vie et son avenir, je ne peux pas me mettre à distance. Je préfère l'embrasser et l'accompagner, quitte à en saigner vraiment, quitte à prendre un peu l'eau de toutes parts le jour où le pire arrivera. Mais je ne peux pas la laisser comme ça. Je suis une soignante. Mais je suis d'abord un être humain, une femme qui en voit souffrir une autre.

Deux aide-soignantes passèrent rapidement dans le bureau, lâchant un « bonjour » plein de questions en découvrant Vincent pour la première fois. Il se présenta brièvement. Elles repartirent dans le service en continuant de papoter.

— Mais c'est gentil, en tout cas, de te soucier de moi. En plus, ce n'était presque pas condescendant.

— Pas du tout, tu veux dire.

— OK, pas du tout, si tu préfères.

— Je m'inquiète juste de la santé des gens. Et l'excès d'investissement chez les soignants sensibles me fait un peu peur.

— Alors, tu peux trembler dans chacun de tes os, car je vais passer par toutes les émotions dans ce service, du rire aux larmes, des larmes à la détresse. C'est comme ça. J'y suis préparée.

Il acquiesça face à la détermination de cette jeune femme si débordante de force et de sincérité. Elle n'avait pas hésité. Elle parlait de sa vie comme d'une évidence, d'un sacerdoce dont elle assumait les moindres détails. Ce n'était pas une complainte destinée à l'attendrir ou à s'attirer des félicitations. C'était juste une nécessité, une obligation, une voie à sens unique. Sa voix était à sens unique.

— Pourquoi précisément le patient de la 302 ? reprit-il.

— Tu ne connais pas encore son histoire ?

— Non, son dossier l'avait suivi en consultation chez l'ophtalmo.

Elle posa la perfusion qu'elle promenait entre ses doigts depuis cinq minutes. Une mèche tombait au milieu de son front, caressant les battements de ses cils.

— C'est un récit tragique, de ceux qu'on peut raconter aux gens pendant les longues soirées d'hiver, pour montrer à quel point la vie peut être dure et injuste. Tout le monde le sait, tout le monde le suppose. C'est écrit dans notre corps et dans nos pensées. Mais quand on parle à quelqu'un, et qu'une telle histoire est là, à portée de main, à portée de larmes, ça change tout dans le regard des autres. D'un seul coup, ils se sentent bien plus fragiles et éphémères que la seconde d'avant. Prendre conscience de sa finitude… pas facile, même pour un adulte, hein ?

— Débat philosophique pour ma première matinée de travail. Décidément, je vais de surprise en surprise, plaisanta doucement Vincent, qui ressentait le trouble derrière les mots de l'infirmière.

Elle lui fit un sourire brisé, si déshydraté qu'il s'en voulut d'aller piocher dans sa souffrance. Mais il était trop tard pour faire demi-tour. Elle continua, en se replongeant dans le vague de ses souvenirs.

— Cet homme doit avoir à peu près ton âge. Il était médecin généraliste. C'est le mari de la femme que tu as vue, et le père d'Élisa. Un jour, il faisait le pitre pour amuser sa fille alors qu'il était en train de lui donner à manger. Il jetait de petits morceaux de pomme entre ses dents et faisait semblant d'être un lion et de les croquer.

Elle riait aux éclats. Justine, la maman, filmait la scène, car la joie de sa fille était magnifique. Et puis…

Elle s'arrêta une seconde. Il voyait la séquence, quelque chose de banal dans un quotidien de parents, mais qui représente le seul et unique but de la vie. Le bonheur à l'état pur. Il n'avait pas encore d'enfant, encore moins de femme. Pourtant, il imaginait sans difficulté ces instants irremplaçables qu'on tente d'immortaliser pour en garder la mémoire.

— Il a continué jusqu'au moment où l'un des morceaux est descendu trop bas. Tu vois le tableau ?

Vincent ne répondit pas. C'était clair. Un drame du quotidien. Une ignoble vacherie du destin.

— Il s'est étouffé. Tu mesures l'horreur de cette femme, qui filme les premières secondes d'asphyxie de son homme ? Elle a fait ce qu'elle a pu, les secours sont arrivés rapidement, mais son cerveau a été privé d'oxygène pendant trop longtemps. Une hypoxie cérébrale, comme vous dites, vous, les toubibs. Il a eu des imageries qui n'ont pas retrouvé de lésions neurologiques. Mais depuis ce jour, il est plongé dans le mutisme. Il ne répond pas aux sollicitations, il garde un regard vide, perdu dans le néant. Il est devenu incontinent. Il n'a aucun mouvement volontaire. Rien. C'est une statue de chair sur un lit d'hôpital.

— Aucune communication ?

— Aucune. Il doit être constamment stimulé pour demeurer éveillé. On utilise des stimuli sonores ou visuels pour essayer de le maintenir avec nous, si l'on peut dire. Il garde simplement les yeux ouverts, rien de plus. Dans une fixité insupportable. Sinon, il sombre et reste dans un état… je ne sais pas. Une sorte de stupeur ou de sommeil. C'est vous, les spécialistes. Moi, je ne suis qu'infirmière.

Elle reprit sa respiration en regardant le ciel par la fenêtre. Il était d'un bleu total, comme si l'orage n'avait jamais existé, comme si tout avait toujours été aussi calme et lumineux qu'à cet instant. Comment était-il possible de penser qu'une poignée de minutes auparavant, c'était une tempête qui se déchaînait au-dessus de leurs têtes ?

Pour cet homme encore anonyme, ce confrère de la 302, c'était à peu près la même chose, mais dans l'autre sens. Lui avait maintenant les deux pieds dans l'enfer, et quasiment aucun espoir que ça s'améliore.

8

Nul ne peut atteindre l'aube sans
passer par le chemin de la nuit.

KHALIL GIBRAN

Le sandwich avait un goût de papier mâché. Il l'avait sélectionné par défaut, plutôt mû par la nécessité de manger. Arrivé après tout le monde dans la petite boutique du rez-de-chaussée, il avait pris ce que les autres n'avaient pas voulu.

À juste titre…

En accédant au service, son maigre et insipide déjeuner sous le bras, il avait eu le choix entre la solitude de son bureau, avec la cité des Gones pour horizon et le soleil comme compagnon, ou la salle de pause des infirmières.

Il toqua doucement à la porte et ouvrit lentement. Il glissa la tête avec hésitation, un peu comme lors de son premier stage d'externe, quand il se sentait de trop partout et inutile à plein temps. Il ne servait à rien, ou juste à gêner les autres.

— Tu peux entrer. On ne mord pas les médecins, on ne sait pas ce que vous avez dans le sang. Ça pourrait être toxique…

La voix de Catherine avait supplanté le boucan infernal de la machine à café. Un engin antique qui devait être l'ancêtre de toutes les autres. Le liquide tombait au goutte-à-goutte en dégageant une vapeur du diable. Malgré tout, l'odeur était agréable.

Il salua une dame qu'il n'avait pas encore croisée.

— Bonjour. Adeline Pielle. Je suis l'assistante sociale.

— Enchanté. Docteur Dellecoste. Le nouveau PH.

— Oui, je sais, Catherine m'a parlé de vous.

— En bien, j'espère ?

Elle fit une moue forcée qui se termina par un sourire.

— Oui, ça va. Elle dit qu'on a connu pire.

— Le seul fait qu'il ait marché sur le museau de Sauron est déjà très positif, intervint l'infirmière.

— Positif… mais dangereux. Vignaux ne va peut-être pas apprécier qu'on vienne botter le cul de son chien de garde.

Vincent se laissa tomber sur l'une des chaises. Il allait peut-être devoir se justifier auprès de son chef, mais il s'y était préparé. Restait à savoir s'il réussirait à être convaincant.

— Merci pour le café, Cathou. Il est décidément excellent. Long à obtenir, mais excellent.

— Tu pars déjà ?

— Oui… ne m'en parle pas. Je dois essayer de trouver des points de chute pour tous vos échoués de la vie dont personne ne veut. J'ai l'impression de prêcher en terre païenne.

— Toujours rien en vue ?

— Non… Ni pour Lucienne ni pour les autres.

Elle soupira et posa sa tasse de café dans l'évier en la rinçant sous un filet d'eau. Elle avait une grosse masse de cheveux frisés tenus par une large pince rose. Une énorme paire de lunettes noires arrondies surmontant un petit nez aquilin et des lèvres d'un rouge éclatant lui donnait un look assez détonnant dans ce monde insipide.

— Bon, quand faut y aller, faut y aller, grommela-t-elle en adressant un salut collégial de la main. À bientôt, ma Cathou. Prends soin de toi.

— Bisous, ma belle !

— Cher docteur, enchantée d'avoir fait votre connaissance, et au plaisir de devoir tenter de placer vos patients…

— Je pense qu'on risque en effet de se revoir.

— Eh oui, je suis votre seule chance !

Il lui fit un signe de tête pour accompagner son départ. Elle avait un parfum de lavande, qui flotta encore quelques instants autour d'eux, avant de s'effacer derrière l'odeur du café.

— Elle est sympa, fit Vincent en sortant le reste de son sandwich.

— Oui, mais déjà mariée et folle amoureuse, avec un enfant en projet pour l'année prochaine.

Il interrompit sa bouchée, s'étouffant à moitié avec le pain trop sec. Catherine était assise à côté de la cafetière, absorbée par l'écoulement du liquide.

— Je n'ai rien sous-entendu ! J'ai juste dit qu'elle était sympa…

— C'est vrai. Mais comme elle est effectivement très charmante, gentille avec tout le monde, jolie comme un soleil et avec un bonnet C tout à fait accueillant, les hommes pensent vite à elle différemment.

— On n'est pas tous pareils… C'est très réducteur.

— Peut-être. Mais autant commencer par le raisonnement de la masse, au risque de choquer le rare qui ne la trouve que gentille.

Elle termina sa fin de phrase avec un clin d'œil. Ses yeux avaient retrouvé leur brillance du matin, avec cette étincelle qui traversait ses pupilles et accompagnait les moindres mimiques de son visage.

— Vous allez bientôt faire la relève ?

— Oui, dans une demi-heure. Après, je te laisserai affronter l'après-midi tout seul. Tu pourras pleurer de me voir partir.

— C'est sacrément mégalo tout ça. Normalement, ce sont les médecins qui sont comme ça. Tu t'es trompée de métier.

— Peut-être…

Elle haussa les épaules en soufflant un peu trop fort. Pas un simple soupir qui emporte de la lassitude. Un air venu de loin, d'un passé écaillé qui affleurait sa mémoire.

— Tu as déjà envisagé la profession ? interrogea Vincent.

— Oui, quand j'étais plus petite, et ensuite au lycée. Mais je n'étais pas assez forte. Pas assez scientifique. La physique, la chimie, les maths… c'est trop pour moi. Et je n'avais pas non plus le cercle familial pour ça. Pas assez confiance en moi, et pas grand monde à mes côtés pour y croire pour deux. Donc j'ai fait des études pour devenir infirmière, et je considère que c'était le bon choix. Je suis plus utile à ma place, sans vouloir t'offenser.

— Je ne le suis pas.

— Normal. Vous êtes trop mégalos pour l'être !

Il éclata de rire en reposant le pavé sec qui ressemblait à un morceau de pain. C'était définitivement immangeable. Il laissa le pain au chocolat et la pomme prendre la suite.

— Si tu veux un café, dis-le tout de suite, car la machine est très lente. Elle fait le meilleur nectar de tout l'hôpital, mais il faut savoir l'attendre.

— OK. Si tu me vends du rêve, j'accepte.

Elle prépara tout le nécessaire et remit l'appareil en route. L'odeur se répandit dans la pièce avec bonheur.

— Tu y repenses, de temps en temps, à reprendre une carrière de médecin ?

— Non. Quand je discute avec toi ou ton prédécesseur, ou parfois avec les internes, ça me traverse brièvement l'esprit, car c'est passionnant d'apprendre toutes ces choses. Mais dès que je retourne sur le terrain, à m'occuper de tous ces gens, à être près d'eux, avec eux, j'oublie le reste et je profite de la chance que j'ai. La relation que je peux tisser n'a pas d'égale.

— Oui, mais elle peut être un peu dangereuse pour toi…

Elle tendit un doigt accusateur sur le médecin en souriant à pleines dents.

— Tu ne lâches rien… Sous tes airs de mec sympathique et à l'écoute, tu ne veux rien lâcher.

— C'est vrai que j'aime bien avoir le dernier mot.

— J'imagine. Mais là, ça ne fonctionnera pas. J'ai mes convictions, qui ne changeront pas. Peut-être que les aléas de l'existence modifieront ma conception de la vie, mais je ne crois pas. Et je ne le souhaite pas. C'est comme ça que je veux être. Pas autrement.

Vincent termina sa pomme et jeta le trognon dans la poubelle à côté de l'évier. Il lui faudrait trouver une nouvelle façon de se restaurer, à l'avenir, car ce type de repas était parfaitement inconfortable. À ce rythme, il avait le scorbut pour seul horizon.

Catherine lui tendit le café et la boîte à sucre.

— Tu prends du sucre ?

— Oui, juste un.

Il dégusta chaque gorgée. Il était fort, corsé, un peu comme dans les bars. C'est vrai qu'il était délicieux, ce café inattendu.

— Le gars de la 302, ça fait combien de temps qu'il est comme ça ?

— Trois ans…

— Trois ans ?

— Oui… c'est pour ça que cette femme est si faible, si fragile. Sa petite n'a jamais vu son père différemment qu'au stade de momie. Elle lui parle, elle lui raconte ses journées à l'école. Mais elle ne comprend pas pourquoi il garde les yeux dans le vague, pourquoi les autres papas sourient, rigolent, se fâchent, chantent, plaisantent. Pourquoi les autres sont-ils vivants et pas le sien ?

Il baissa le regard sur le fond de sa tasse où stagnaient quelques dépôts noirs. Le récit de Catherine était enroué de chagrin, avec cette absence d'espoir qui n'augure aucun *happy end.*

Il aimait la médecine pour sauver, pour soigner, pour exister à travers cet acte envers le patient. Ces histoires remplies de fatalité et de souffrances abominables le ramenaient à une impuissance intolérable, à n'être au fond qu'un humain sans solution, aussi perdu dans les ténèbres que n'importe qui.

Pire, il sentait son « moi » humain caché derrière la blouse se fissurer de toutes parts. Il avait vu cette enfant, cette adorable fillette pleine de vie et de candeur, absurdement joyeuse. Elle était condamnée à la tristesse, à une existence bancale qui s'effondrerait un jour ou l'autre. Elle passerait au-delà, mais elle conserverait une cicatrice qui saignerait tout le temps.

Parfois, il vaut mieux mourir vite et bien pour n'attirer personne dans les fonds de la douleur. C'est ce qu'il aurait sûrement voulu…

Sa montre vibra. Un message. Une publicité pour la dernière Audi. Il l'effaça.

Catherine se massa le cou en faisant craquer quelques vertèbres. Toute la lumière qui était revenue sur son visage était de nouveau partie. Éteinte…

— À chaque fois qu'elle sort de la chambre, Élisa répète la même chose : « Maman, est-ce que papa parlera la prochaine fois ? » Tu te rends compte ?

— Oui et non, soupira Vincent en se levant.

— Elle ne pleure presque jamais, parce que sa mère déploie des trésors d'imagination et de patience pour lui faire affronter cette épreuve. De temps à autre, quand Élisa n'est pas là, elle s'assied au bord du lit, sans rien dire, juste à caresser la main de son mari. Elle lui lit aussi le manuscrit de son prochain livre… Elle essaie de vivre un peu pour deux.

Vincent rangea sa chaise et essuya les miettes sur la table. Il vida un grand verre d'eau en écoutant les dernières paroles de l'infirmière. Il avait connu beaucoup de ces femmes brisées, de ces maris dévastés qui demeuraient au chevet des mourants, à tricoter de l'espoir avec des fils cassés, à faire un canevas d'avenir dont ils ne trouveraient jamais le motif. À chaque fois, ils les regardaient errer dans un lourd cauchemar en attendant que la mort les délivre.

— Voilà ce que tu vas devoir affronter à partir de maintenant.

— Mouais. C'est surtout Adeline qui va avoir du boulot. Moi… je vais surveiller ce qu'il y a encore à surveiller, mais on ne sert probablement à rien. En tout cas, si ni Vignaux ni les autres pontes de l'hôpital n'ont rien pu faire, je ne suis pas sûr d'être très utile.

— Alors, tu l'écouteras et tu la soutiendras.

— Peut-être un peu. Mais je ne suis pas toi. Si le *Titanic* coule, je n'attends pas sur le pont à jouer de la musique pour les voyageurs. Je sauve ma peau. Ça peut te choquer, mais c'est ma vision du monde.

Elle l'observa sans ciller. Ses pupilles étaient fixées sur lui sans un mouvement.

— J'ai trente ans de médecine devant moi, des milliers de malades et autant d'horreurs à affronter. De la peine, de la mort, des larmes, et parfois, heureusement, un peu de vie et de succès. C'est à ça qu'il faut s'accrocher si l'on veut rester à flot. Sinon, on est entraîné vers le fond.

— Sacrifier certains pour sauver les autres ?

— Non, pas sacrifier. Continuer dans mon rôle, aussi efficace et empathique que je puisse être, mais en me préservant du tourbillon.

Elle hocha la tête en faisant une moue dubitative.

— Parce que tu ne penses pas qu'on puisse être meilleur et plus fort, même si l'on a souffert ?

— Non. Les sentiments nous font choisir en fonction de notre cœur. Dans notre métier, c'est le cerveau qui commande, rien d'autre. Si nos émotions prennent le dessus, on perd cette objectivité un peu froide qui peut sauver une vie.

— Je ne suis pas d'accord.

— Tant pis…

Il lava sa tasse et la rangea dans le placard. En ouvrant la porte, Catherine l'interpella.

— Il faut que tu ailles la voir. Que tu la rencontres, que tu lui parles.

— C'est prévu. Je ne me défausse jamais.

— Mais prends juste en compte ce que je t'ai dit, ce qu'elle vit. Tu as le droit de vouloir te préserver. Mais c'est aussi elle que tu dois protéger. Sinon, elle coulera. N'oublie pas qu'elle a une petite fille.

— C'était prévu.

Il lui fit un signe de la main et referma derrière lui.

9

Qui aima jamais porte une cicatrice.

Alfred de Musset, « Lettre à M de Lamartine »

Vole, vole, vole papillon,
Au-dessus de mon école,
Vole, vole, vole papillon
Au-dessus de ma maison.

Justine regardait sa fille faire virevolter ses mains comme des moulins devant les yeux vitreux de son père. Elle répétait la ritournelle apprise à l'école, en accentuant les « p » avec le sourire, fière de chanter pour la première fois pour son papa. Quand elle oubliait un mot, elle glissait son doigt dans sa bouche et se tournait vers sa mère en haussant les épaules. Justine lui soufflait la suite, et elle reprenait en sautillant d'excitation.

Elle s'égosilla ainsi pendant de longues minutes, enchaînant les couplets suivants, où il fallait mimer le papillon puis frapper des mains.

Dans le vieux couloir silencieux où les seuls bruits venaient des discussions entre les soignants et des brancards trimballés d'un bout à l'autre de l'hôpital, sa voix éclatait comme du verre. Les visiteurs s'arrêtaient devant la porte, contemplant cette petite tête blonde danser avec candeur autour d'un lit sans vie.

— Maîtresse, elle a disputé Mathis demain !

— Non, Élisa, on dit hier. Demain, ce sera après le dodo.

— Mais... j'ai dit demain !

L'enfant se mit à bouder. Elle utilisait « demain » à tout bout de champ, sans savoir quel en était vraiment le sens. Tout se déroulait demain : l'avenir, le passé, le présent. Parfois, elle essayait de comprendre les explications de sa mère, puis elle repartait dans ses histoires... des histoires de demain, des histoires sans lendemain.

— Papa ? Maîtresse, elle a disputé Mathis !

— Pourquoi ? Il n'a pas été sage ? intervint Justine.

— Mais maman, je parle à papa. Papa ? Mathis, il est pas sage ! Il a tiré les cheveux de Louna.

Elle attendit une réponse, en fixant les lèvres de l'homme qui la regardait sans la voir. Elle se mettait dans l'axe de ses yeux, et n'en sortait plus jusqu'au moment du départ. Même quand sa mère lui donnait un goûter ou un biscuit, elle restait au même endroit, penchant de temps en temps la tête sur le côté pour chercher l'attention de son père.

Justine patientait un peu derrière, assise sur l'une des deux chaises de la chambre. Elle s'accoudait à la table et observait cette quête de l'étincelle, du petit instant de vie, d'échange entre un homme et sa fille. Comment pouvait-elle continuer à jouer de cette manière, sans pleurer, sans se lasser ? Comment trouvait-elle cette volonté d'être heureuse et vivante quand le seul horizon devant elle était pétrifié ?

Elle soupira en écoutant l'enfant reprendre une nouvelle fois sa chanson. Elle avait peur de craquer sous la pression des larmes. Élisa était belle, expressive, lumineuse. Heureuse pour deux, pour trois. Elle aimait son père, sans questions ni hésitations. Il était ainsi, étrangement stoïque et muet. Mais elle l'aimait, et le répétait de toute la force de sa voix fluette.

— Papa, je t'aime pour toute la vie !

Justine sursauta, arrachée à ses pensées. Élisa était contre le lit, dessinant un cœur devant elle avec ses doigts. Elle avait glissé ses lèvres à l'intérieur, et expédiait des baisers imaginaires vers son père.

— Tu as vu, maman ? J'ai envoyé des bisous à papa. Tu crois qu'il aime bien ?

— Oui, mon ange. Bien sûr !

Elle se racla la gorge pour y ôter le sanglot qui s'y infiltrait. La lumière entrait dans la pièce et dessinait une auréole blonde autour de sa fille. Elle la regarda faire encore et encore son geste de tendresse, adressant des baisers par dizaines.

— Maman ? Tu pleures ?

— Non, chérie, c'est le soleil. Ça pique les yeux ! plaisanta-t-elle en mettant sa main en visière.

Deux longues traces brillantes descendaient en parallèle le long de ses joues. Elle les essuya du revers de la main, rigolant de manière exagérée sur le temps estival qui l'éblouissait et sur ses lunettes de soleil qu'elle ne trouvait jamais. Un jeu d'acteur auquel elle se livrait chaque jour, quand il était trop dur d'être sincère. Avec les années, elle avait développé cette capacité à s'abstraire en toutes circonstances, s'effaçant des tableaux tristes pour laisser la place à une marionnette au sourire perpétuel, qui venait jouer son rôle auprès de cette enfant, pour lui épargner autant que possible les affres de la vérité.

— Maman ? Papa fait encore dodo ?

C'était toujours la même question, celle qui venait quand les minutes passaient sans un geste, sans une attention, sans un mouvement. La mi-temps de la visite. À chaque fois, elle coulait vers sa mère un regard perdu, plein de ces doutes infantiles qui perçoivent la vérité sans pouvoir la nommer. La sémantique de la souffrance se résumait à ses yeux et à sa moue désabusée. Elle stoppait ses chansons, ses danses, ses jeux de cache-cache en solitaire avec les yeux de son père.

— Oui, ma chérie. Tu sais, papa fait toujours un peu dodo. Mais il t'entend, il aime bien ce que tu fais, ce que tu dis…

— Alors, pourquoi il ne parle pas ? Moi j'ai envie qu'il m'envoie des bisous !

— Parce que…

Justine tendit les bras et enserra sa fille contre son cœur. Les larmes coulaient maintenant sans pouvoir être contrôlées. Elles se déversaient en flot continu, tombant sur le sol quand les hoquets lui soulevaient la poitrine. Entre deux inspirations, elle mouchait sa peine et toussait son chagrin, le visage barbouillé de tristesse.

— Qu'est-ce qu'il y a, maman ? C'est encore le soleil ?

Élisa s'était dégagée partiellement de cette étreinte, et caressait de sa petite main les joues humides de sa mère.

— T'es triste ?

— Un peu, oui. Un peu… Mais ça va aller, hein ? Ça va toujours !

Elle tenta de faire un sourire, qui n'en avait que la forme. Les yeux de sa fille la contemplaient avec une douceur infinie.

— C'est rien, maman, c'est rien. Ça va aller ! fit-elle en posant un baiser sur la joue de sa mère. C'est pas g'ave…

Elle oubliait parfois les « r ». C'était mignon. Quand elle faisait l'effort d'y penser, elle insistait dessus avec fierté.

— Je sais. Tu es gentille, ma belle. Tu es véritablement une petite fille formidable.

— C'est vrai qu'elle est merveilleuse, cette gamine, fit Catherine en entrant.

Elle avait quitté sa tenue de travail et portait un sac sur l'épaule. Elle s'approcha de l'enfant et lui fit un signe de la main.

— Ça va, toi ?

— Oui, mais maman elle pleu'e… elle pleurrrre.

— Oui, un peu. Parfois, maman est triste. C'est pour ça qu'elle pleure.

— Alors moi, je lui fais des ca'esses sur la joue et des bisous !

— Voilà une bonne idée, sourit Catherine. Tout le monde adore les bisous. Ça fait du bien ! Tu as raison.

Élisa continua son câlin en regardant l'infirmière. Elle déposait des dizaines de baisers sur les mains de sa mère.

— Et vous ? Vous tenez le coup ?

— J'essaie… Pour lui, pour elle, murmura Justine en reprenant son souffle. Il faut persévérer…

— Je ne peux pas savoir à quel point c'est difficile, mais, en tout cas, vous êtes très courageuse. Si l'on peut faire quelque chose pour vous…

— Merci. Merci beaucoup…

Élisa tira la main de Catherine et l'amena vers son père.

— Tiens, assieds-toi là. Je vais te chanter *Terres brûlées* !

— Quoi ?

— Oui, *Terres brûlées* ! Tu connais pas ?

Justine laissa échapper un petit rire qui s'était faufilé entre ses larmes.

— Elle adore *Les Lacs du Connemara*. Elle veut tout le temps qu'on la mette dans la voiture.

— C'est bien ça, dis donc. Je suis épatée, s'étonna l'infirmière. Tu me la chantes ?

— Oui.

Elle se tourna vers son père, ajustant sa position en fonction du regard transparent, et se recoiffa. Elle prit une inspiration en commençant de chanter sans le quitter des yeux.

— *Terres brûlées, au vent des landes de pierres...*

Justine les contemplait, elle si scintillante, lui si figé. Le soleil s'insinuait entre eux et découpait leur profil en étirant d'interminables ombres.

— *Autour des lacs, c'est pour les vivants...*

Il avait été si heureux d'être père. Il avait versé des larmes de joie, lui qui ne pleurait jamais. Il avait serré délicatement ce petit bébé souriant, au visage poupon.

— *Un peu d'enfer, le Connemara*[1].

Ici aussi, c'était un peu l'enfer. Garder de l'optimisme, c'était se battre avec une lame dans le cœur, en espérant parfois qu'elle entre plus profondément et qu'elle termine le boulot. Un sentiment coupable, qui lui lacérait le ventre. Il venait, s'insinuait en elle, puis la laissait en colère contre elle-même, contre cette résignation. Et, à d'autres instants, c'était y croire encore et toujours, se dire qu'il y avait une chance, que le corps humain et la science pouvaient se réconcilier pour trouver une solution. Oui, il fallait parfois espérer un peu, tenter par tous les moyens de survivre à ces angoisses interstitielles, envahissantes.

---

1. Extrait de la chanson *Les Lacs du Connemara* de Michel Sardou

Envers et contre tout.

Pour lui, pour elle, pour eux.

Catherine s'était assise au bord du lit. Son sac pendait entre ses jambes. Elle battait la mesure en accompagnant ces paroles qu'elle connaissait depuis son enfance. Élisa dansait d'un pied sur l'autre sans quitter son père des yeux. Dès qu'elle atteignait les phrases qu'elle ne comprenait pas, elle recommençait au début avec la même ferveur.

— Tu chantes merveilleusement bien, intervint Catherine en tapant dans ses mains.

— Attends, j'ai pas fini !

— Ah mince, excuse-moi.

La petite reprit au début. Une fois de plus… *Terres brûlées...*

— Je vais vous laisser, fit l'infirmière en se levant. Ma collègue passera certainement tout à l'heure pour voir si tout va bien.

— Merci pour tout. Vous êtes là demain ?

— Je crois. Je n'ai même pas regardé mon planning.

Elle s'approcha d'Élisa et lui adressa un petit signe de la main.

— À demain, jeune fille. Prends bien soin de papa et de maman. Et surtout, continue d'apprendre de belles chansons. J'aime beaucoup entendre ta voix.

— Merci. Demain, je te chanterai *Terres brûlées*, d'accord ?

— Oui, avec plaisir. Tu m'envoies un bisou ?

Élisa dessina de nouveau un cœur avec ses doigts et fit claquer ses lèvres dans un chuintement adorable.

— Merci, tu es vraiment craquante.

— À demain, Cathou, répondit la petite.

L'infirmière referma la porte derrière elle. Justine resta un moment perdue dans ses pensées. Élisa avait repris son concert, chantant maintenant *Pirouette, Cacahuète.* Elle faisait la chorégraphie comme si son père l'applaudissait à tout rompre.

C'était son enfance, si différente des autres, avec un père en pointillé et des souvenirs de chambre d'hôpital. Elle parlait de son papa tout le temps, tant à la maîtresse qu'à la voisine. Il était là, près d'elle. Mutique, mais vivant à ses yeux. Pour l'instant, son cœur de môme remplaçait cette torpeur par toute la fougue de son imagination.

Mais qu'en serait-il plus tard ? Justine se posait la question tous les jours. L'amour reste là, il ne peut disparaître. Mais que devient-il avec le temps ?

Elle s'en voulut, une fois de plus, de douter et de désespérer.

Tandis qu'Élisa continuait son récital, elle s'assit sur le lit et prit la main de son mari :

— Guillaume, tu m'entends ? J'ai besoin de toi… Je suis sûre que tu es ici, quelque part, près de nous. Je ne sais pas quoi faire, Guillaume. Je ne sais pas… J'ai tellement besoin de toi…

Elle lui embrassa les doigts, cachant ses larmes derrière la paume amaigrie de son homme.

— Qu'est-ce qu'il y a, maman ?

— Rien, mon chaton, je faisais juste un câlin à papa avant de partir.

— On y va ?

— Oui, bébé, on y va.

— D'accord.

Elle rassembla ses affaires et fit un dernier baiser sur la joue de son père, crapahutant sur le lit au milieu des tubulures.

— À demain, papa. Dors bien… Demain, je te ferai encore *Terres brûlées.*

Elle s'éloigna en chantonnant l'histoire du petit homme et de sa maison en carton, de ses escaliers en papier… de toute cette histoire d'enfant.

— Je t'aime, Guillaume, murmura Justine en quittant la chambre.

On dit que la vie, c'est une folie...

Élisa sortit dans le couloir avec son doudou contre le nez.

— Maman, est-ce que papa va encore dormir demain ?

10

On passe une moitié de sa vie
à attendre ceux qu'on aimera
et l'autre moitié à quitter ceux qu'on aime.

VICTOR HUGO, *OCÉAN. TAS DE PIERRES*

Le bureau du chef était nettement plus vaste que le sien, avec d'innombrables étagères où trônaient des livres de neurologie et des statuettes en bronze.

Derrière son large fauteuil en cuir, Vignaux avait accroché, au milieu de tous ses diplômes et de ses distinctions internationales, une copie d'une toile de Van Gogh : *Champ de blé aux corbeaux.*

En plein centre du mur, le ciel sombre et torturé de la peinture attirait toute l'attention. Une sorte de point de fixation hypnotisant qui générait un malaise en filigrane.

Vincent était assis devant son patron, dont le crâne dégarni arrivait juste en dessous du tableau. Il avait acquis la certitude que cette disposition de la décoration n'avait rien d'anodin. Tout était minutieusement organisé pour créer un effet perturbant, où les couleurs tourmentées s'agrégeaient en auréoles au-dessus du neurologue. On se sentait petit, mal à l'aise, écrasé. Le professeur fixait ses interlocuteurs avec une mimique plus proche du rictus que du sourire, pleine d'une bonhomie méprisante, tandis que les dossiers médicaux défilaient sous ses yeux constellés de hiéroglyphes incompréhensibles.

Derrière ses lunettes rondes perchées au bout de son nez, il se tenait raide, excessivement raide, accoudé sur le sous-main en cuir noir.

— Bon, je me suis entretenu brièvement avec Mme Kovac hier après mes consultations, commença-t-il de sa voix lente ciselant les mots qu'il utilisait toujours, quelle que soit la situation, même quand il donnait ses cours aux étudiants. Je pense que le premier contact entre vous deux n'a pas été le plus approprié.

C'est le moins que l'on puisse dire, songea très fort Vincent en se retenant de sourire. Il avait terminé sa première journée plus tard que tout le monde, quittant le service après avoir passé en revue tous les dossiers et toutes les nouvelles entrées. Il s'était étendu le soir sur son divan, avec un verre de mojito sans alcool et des noix de pécan. Beaucoup de choses étaient remontées à la surface : des oublis à corriger, des hypothèses à vérifier.

Les mots de Catherine…

La télévision avait déversé un flot ininterrompu de publicités, qui ne précédaient que du vide. Il l'avait éteinte et s'était penché sur son téléphone, avant de s'endormir dans la même position, échoué sur le canapé. Ce n'était qu'au cœur de la nuit qu'il s'était éveillé dans le brouillard, aussi perdu que ses patients, regagnant son lit comme un bateau ivre.

À aucun moment il n'avait pensé à Kovac.

L'inverse n'était manifestement pas vrai. S'il s'était attendu à une mise au point, il l'avait espérée un peu plus tardive. Mais Sauron n'était pas du genre à laisser la Terre du Milieu lui échapper sans réagir.

Vignaux l'avait courtoisement convoqué pour le lendemain, avant son tour hebdomadaire, à l'heure où le service était encore déserté par les visiteurs. Il avait déposé ses affaires dans son bureau avec une certaine appréhension.

Le crâne de son chef luisait sous la lumière du matin. Sa peau brillante ressemblait à un halo au milieu des couleurs foncées du Van Gogh. Il avait laissé la porte ouverte, invitant Vincent à entrer et à s'installer d'un geste de la main.

— Nous entamons une collaboration qui sera, je l'espère, longue et fructueuse. Dans le fonctionnement global du service, Mme Kovac est une membre essentielle, pour ne pas dire indispensable. Elle a une expérience certaine et une connaissance de tout le maillage médical, de tout l'hôpital, qui sont fondamentales pour la prise en charge de nos patients.

— Je n'ai…

— Attendez, coupa Vignaux. Je termine. Je peux concevoir que les rapports humains et les visions divergent quant aux objectifs et à l'organisation. C'est pourquoi je préfère que nous prenions les choses en considération dès le départ, pour mettre en place un fonctionnement optimal. Je peux entendre vos desiderata et réfléchir à vos propositions, si vous en avez.

Il termina sa phrase et croisa les mains devant lui. Un sourire du coin des lèvres signifia à Vincent qu'il pouvait répondre.

— Je n'ai pas voulu être désagréable avec Mme Kovac, et je ne cherchais aucunement à minimiser sa responsabilité dans le bon déroulement de ce service. J'ai juste souhaité lui faire comprendre que je ne suis pas une infirmière sous son autorité. Si elle n'a pas apprécié ma façon de lui parler, je le regrette. Mais je n'ai clairement pas… goûté non plus sa manière de me considérer. Si elle reste à sa place et dans son rôle, qui semble parfaitement bien assumé, *a priori*, tout se passera bien.

— Et selon vous, en quoi a-t-elle outrepassé son poste ?

— Ne serait-ce que par son ton. Je ne suis pas un étudiant de première année. Je n'ai pas à être « grondé » pour une initiative qu'elle jugerait mauvaise. Ensuite, je suis là pour soigner les gens, pas pour observer son planning et m'y adapter. Je peux fournir un effort si c'est nécessaire, et si elle en fait autant. Mais ce ne sera clairement pas unilatéral. D'autant plus que toutes les informations essentielles lui sont parvenues dans la journée. Je n'estime pas avoir fait d'erreurs de ce côté-là.

Le chef de service n'avait pas bougé d'un iota. Il baissa les yeux vers ses mains, et contempla ses ongles pendant une longue minute. Il fit ensuite glisser ses lunettes pour les déposer devant lui.

— Je pense que tout est clair. Vous avez raison d'exposer votre avis ; c'est le motif de votre présence ici, ce matin. Mais il va falloir mettre de l'eau dans votre vin. J'ai demandé à Mme Kovac d'en faire autant, et j'espère que tout le monde travaillera en bonne intelligence. Nous sommes un service d'excellence, avec une réputation et un savoir-faire qui dépassent les limites de cette ville. Je ne veux pas qu'il devienne le théâtre d'un conflit d'ego entre personnalités caractérielles. Je vous ai choisi pour vos compétences au-dessus de la moyenne et pour votre profil. Cependant…

Il laissa durer ce mot dans le prolongement de son soupir. Ses lèvres bougeaient à peine, épargnant les syllabes. Ses yeux revinrent vers Vincent et le fixèrent avec froideur. Le sourire qu'il arborait encore n'avait rien d'amical.

— Cependant, les soins demandent un fonctionnement harmonieux. C'est, pour moi, une nécessité et une condition *sine qua non.* Depuis de longues années, tout se passe bien. J'aspire à ce que ce soit toujours le cas. Et je ne lésinerai sur rien pour arriver à ce résultat.

Vincent serra les dents en tentant de masquer ses émotions. Le ciel sombre du tableau semblait l'avaler entièrement vers ces chemins sans arrivée, vers cet horizon terne et tourmenté survolé par des corbeaux morbides. Il fit un signe de tête en marmonnant des remerciements dont il ne pensait pas un mot.

Deuxième jour. Déjà, le malaise au coin du ventre et la sensation de n'être qu'un enfant encore et toujours, sans jamais pouvoir être lui-même. Quel que soit son statut, il y avait à chaque fois quelqu'un pour l'attirer dans le bourbier des relations inutiles, toxiques et mesquines.

Il referma la porte avec une furieuse envie de la claquer en gueulant son indignation. Mais l'homme qui l'avait recadré était tout-puissant dans ce service, et la lutte de pouvoir n'aurait pas lieu.

Kovac devait être fière d'elle. Et lui aurait donné cher pour lui mettre les dents sur le carrelage.

Il se traîna jusqu'à son bureau où il se servit un café serré. Il contempla la cité lyonnaise en respirant à pleins poumons – tentative vaine de se calmer. L'amertume restait planquée dans chaque recoin de son esprit. Il n'avait pas eu tort de se défendre ni de privilégier son travail plutôt que la soumission à cette cadre infernale.

C'était une injustice, une réelle injustice. Une haine parasite le bouffait de l'intérieur, rongeant sa patience et son flegme.

Il posa sa tasse près de l'évier en grognant. Ce bureau ne portait pas encore sa trace, son odeur, son cœur. Il voulait y mettre un peu de lui, pour s'épanouir et s'y sentir mieux. Mais savoir que Sauron rôdait dans les parages avec l'objectif avoué de lui mener la guerre ne lui donnait que l'envie de partir, de tourner les talons devant ces querelles puériles de pouvoir.

Il soupira. Ce poste, c'était sa vie, son ambition. Fuir maintenant sans accepter le début d'un accrochage serait juste un aveu de faiblesse, une soumission à sa frustration. Décider d'exercer à l'hôpital nécessitait de collaborer avec une équipe. Il avait fait ce choix en connaissance de cause.

Sa blouse flottant autour de ses jambes, il repartit dans le service, non sans continuer à ruminer sa rancœur. Le bureau de la cadre était entrouvert. Il s'arrêta un instant devant, pris par une envie irrésistible d'aller régler ses comptes avec l'empêcheuse de tourner en rond. Il serra les dents et poursuivit son chemin.

Le soleil se reflétait sur le sol en éclats dispersés. Il surprenait les ombres des soignants au détour des couloirs, entre deux rencontres avec la maladie. L'odeur des désinfectants emplissait l'air en masquant celle des vies altérées. C'était une lutte quotidienne, qu'on menait au petit matin, au moment des toilettes, avant d'ouvrir les portes aux visiteurs. Comme on cache la détresse, la fin, la putréfaction, la mort imminente.

Les gémissements de Lucienne reprenaient avec le jour. La complainte de l'aube… De temps en temps, elle laissait à l'obscurité un peu de calme et de silence. Quand elle était trop faible ou que les médicaments étaient trop forts. Puis, elle accompagnait les matins de ses tourments avec la fidélité de sa nuit sans fin.

Son agonie perpétuelle était une note continue au milieu des autres morceaux joués par la maladie, à travers les chambres. Un son disgracieux, anorganique, en provenance directe de la mort.

Les soignants passaient devant elle sans s'arrêter. Les uns comme les autres y faisaient halte quand le travail le nécessitait. Ensuite, on la laissait à son cri. S'il devenait trop fort, trop dérangeant pour eux ou pour les visiteurs, il fallait se résoudre à fermer la porte. Une sourdine en bois pour écrêter l'excès de souffrance. Lucienne retournait à la solitude de son corps à demi mort.

Vincent posa un regard sur elle par l'entrebâillement de la porte. Elle tirait mollement sur les attaches de sa couche en fixant le sol avec hébétude. Il soupira et continua son chemin.

Une aide-soignante le héla :

— Docteur… je ne sais plus votre nom. Désolée… La femme du patient de la 302 voudrait vous voir.

— La 302… C'est qui déjà ? marmonna-t-il pour lui-même.

— Le docteur Castelas. Le gars qui s'est étouffé…

— Ah oui. OK, je vais y aller.

Il avait relu son histoire la veille, en fin d'après-midi, quand tout le reste était géré. Il y avait quelque chose de repoussant dans la fatalité qui avait frappé cet homme, quelque chose qu'il n'avait pas envie de toucher de trop près, peut-être par la projection qu'il faisait sur sa propre vie, fragile et éphémère. On pouvait être et disparaître si vite, par le hasard d'un bretzel ou d'un grain de raisin. C'était ironique de passer son existence à vouloir sauver celle des autres et d'échouer ensuite ici, dans cette chambre archaïque, en haut d'un bâtiment tout aussi vétuste, aux peintures écaillées et aux carrelages affreux, à côté d'une demi-vieille aphasique attendant la mort.

Pouvait-on, un jour, quand on abordait à peine la quarantaine, s'imaginer ainsi, bateau brisé dans les rochers, juste bon à pourrir la gueule ouverte ? L'avait-il seulement redouté une fois, ce brave docteur Castelas ?

Non, évidemment pas. Parce qu'il est logique d'en avoir peur, mais cette même logique donne à n'importe qui l'illusion que ça n'arrivera jamais, tout simplement parce que ça n'arrive presque jamais.

Presque.

L'insouciance d'imaginer l'horreur uniquement dans la vie des autres est un impératif pour exercer et, peut-être, rester vivant. Castelas n'était pas différent – en tout cas, probablement pas. Mais aujourd'hui, c'est lui qui s'enracinait ici sans espoir de lendemains meilleurs. Parce que ses jours étaient identiques les uns aux autres, ensablés dans une inutilité permanente, avec juste le bourdonnement nécessaire de ses organes pour le maintenir en vie, absurde résilience du corps qui lutte pour ne pas mourir.

Même quand ça ne vaut pas le coup…

Il vivait parce qu'il était techniquement et éthiquement compliqué de laisser s'éteindre un homme dont les organes fonctionnaient encore un peu. Il traînait dans cette impasse, dans ce cul-de-sac.

Lucienne s'était tue. L'aide-soignante était repartie. Vincent passa la tête et la vit se frotter le doigt sur les lèvres. Elle était vivante. Ce silence était presque plus angoissant que les cris.

Il retourna vers la chambre 302. C'était une vie de merde que celle de ce confrère. Une putain d'histoire, comme aurait dit Bernard Minier.

Kovac apparut dans son champ de vision, avec un sourire de harpie et la démarche sûre d'une favorite devant la cour. Il soutint son regard, même s'ils savaient l'un comme l'autre qu'elle avait eu le dessous. Elle se dirigea vers le service d'en face en claquant ses pieds si fort que le carrelage aurait pu se plaindre à voix haute.

— Sale garce… marmonna Vincent.

Il frappa à la porte de la chambre et pénétra sans attendre, de l'amertume encore plein les lèvres. La femme était là, voûtée, avec les cheveux qui tombaient devant ses yeux. Il pensa à Marie-Madeleine au pied du Christ, abandonnée à ses larmes et à sa tristesse. L'amour était une belle chose. Il n'avait jamais connu ces sentiments entiers et indivisibles, poussant le corps aux frontières de la folie et de la raison. Tout ce qu'il avait expérimenté dans son cœur n'était qu'un vernis, en comparaison de ce tableau affligeant et somptueux d'une épouse au chevet de son mari, ou de ce qu'il en restait.

Derrière ses cheveux, dans la lumière découpée du soleil, il découvrit son regard creusé de fatigue, qui générait encore quelques étincelles, des braises inutiles, insensées comme les convictions qui devaient les lier avant, insensées comme on pouvait, comme on devait, l'être quand on aimait vraiment.

Elle avait tort, tort sur toute la ligne de s'accrocher. Lui voyait ce qu'elle tentait chaque jour d'ignorer. Elle étouffait cette voix intérieure qui nous parle à l'oreille pour nous dire la vérité sur la vie, sur nos sentiments, nos ressentis, sur ce qu'il arrive et arrivera. Cette voix qui lui hurlait sûrement de partir et de ne plus espérer, si ce n'était une fin rapide qui permette à tout le monde un deuil salvateur.

Oui, elle avait tort. Il faudrait qu'elle en prenne conscience un jour ou l'autre…

— Bonjour, fit-il gravement, tandis qu'il se glissait vers le lit.

Elle sursauta et repoussa ses cheveux vers l'arrière. Ils dessinaient une crinière emmêlée entourant son visage blanc.

— Bonjour…

— Je suis le docteur Dellecoste. Vous vouliez me voir ?

— Ah ? Ce n'est plus le docteur Varron ?

— Non, il a quitté l'hôpital. Je le remplace depuis hier.

Elle hocha la tête sans un mot. *Marie-Madeleine*, pensa Guillaume. Si triste, si épuisée. Presque aussi éteinte que son mari. Lui est crucifié sur son lit, il y restera, sans résurrection ni miracle. La vie ne fait plus de cadeaux, ne donne plus le droit aux miracles. Il n'y a que les religions pour ça. Mais elles mentent comme elles agonisent.

Car Dieu n'est pas médecin. Et inversement…

— Vous souhaitiez me voir ? reprit-il en rompant le silence.

Elle passa les yeux sur son époux, comme une caresse du bout des cils. Le bras de son homme avait glissé hors du lit et pendait mollement. Elle le saisit délicatement et le posa sur son abdomen.

Comme les morts dont on croise les mains sur le chapelet, pensa Vincent en soupirant discrètement. Il y avait de quoi être en colère, de quoi crier, jurer, fracasser le monde entier. C'était une injustice d'être si jeune et déjà presque veuve. Voire pire, car elle n'était même pas veuve : elle était au fond de l'eau avec un boulet au pied. Du ciment lesté au cœur.

Pourtant, elle ne transpirait pas une once de lave, rien d'effusif qui puisse embraser les gens autour. Peut-être avait-elle déjà versé trop de larmes, qui avaient éteint ces tourments pour les figer en douleurs basaltiques.

Il attendit ses mots. Il les voyait, là, derrière ses lèvres, au bord de ses paupières, sous la forme de gouttelettes cristallines scintillant dans le soleil. Il patientait à ses côtés, respirant ses soupirs.

— Catherine m'a dit qu'il avait eu une analyse de sang hier. Est-ce que vous avez les résultats ? Est-ce qu'ils sont bons ?

C'était donc ça ? Non… probablement pas. Cela allait bien au-delà de simples conclusions biologiques.

— Oui, rien d'anormal. Tout est correct.

— D'accord. Donc c'est plutôt bien, n'est-ce pas ?

Il prit une seconde pour choisir ses termes. Il y avait tant à expliquer et tant à taire. Que pouvait-elle entendre en ce matin si semblable aux autres, insignifiant en tout point ?

— J'ignore ce que vous attendez comme réponse, pour tout vous dire, continua-t-il à mots lents.

— Euh… je ne sais pas. Juste savoir si tout va bien…

— Alors oui, ses résultats biologiques sont satisfaisants, si c'est l'objet de votre question. Mais c'est ce que je prévoyais. Il n'y avait pas vraiment d'inquiétude à ce sujet. C'était… de la vérification, si vous voulez. Une analyse de routine qu'on fait périodiquement.

— D'accord… mais si c'est correct, c'est déjà une bonne nouvelle.

Il soupira.

— Oui, c'en est une. Mais cela n'a pas grand intérêt vu son état.

— C'est-à-dire ?

Il prit une large inspiration en se rapprochant du lit de Guillaume. C'était plus simple de parler à un corps inerte qu'à des yeux brillants.

— C'est-à-dire qu'une analyse de sang de ce type cherche principalement des complications, des atteintes des autres organes qui pourraient être susceptibles de détériorer sa situation. Donc si tout est normal, eh bien… comment expliquer ? Ça veut juste dire que son état ne s'aggrave pas. Ça ne veut pas dire qu'il ira mieux. Vous comprenez ? Ça ne présage en rien une évolution positive sur le plan de son éveil.

Elle baissa les yeux et écrasa le diamant de sa paupière sous le pouce. Ses pupilles glissèrent sur son mari.

— Je pense que mon prédécesseur et le professeur Vignaux ont été clairs avec vous. Malheureusement, il ne faut rien espérer de particulier, juste que les nouvelles ne deviennent pas plus mauvaises. Elles le sont déjà assez depuis trois ans.

Il tapota sur la main de son patient en revenant vers Justine. Elle avait croisé les bras et se mordillait les ongles.

— Sa place n'est plus ici, dans ce service. On ne fait rien, on ne sert à rien. Il faut le transférer dans un centre pour adultes handicapés, où il sera nettement mieux que dans cette chambre. Pour vous aussi, ce sera plus commode. Les règles sont souvent plus souples. Ou peut-être, sinon, envisager un retour à domicile avec un passage d'infirmières et d'aide-soignantes pour s'occuper de lui. Ça vous simplifierait un peu la vie.

Elle le dévisagea. Ses lèvres tremblaient.

— Mais, on ne peut pas rester comme ça ! On ne peut pas le laisser ! On ne peut pas l'abandonner !

— Ce n'est pas l'abandonner que de le confier à une structure adaptée.

— Si ! C'est un père, un père aimant, qui veut vivre, qui veut revenir ! Guillaume était un battant, il n'aurait jamais baissé les bras. Je suis sûre qu'il aurait été prêt à n'importe quoi pour retrouver sa vie et sa fille.

— C'est ce que vous vous dites pour tenir, et je vous comprends. C'est votre voix, pas la sienne. D'ailleurs, c'est vous qui parlez de lui au passé. Lui aurait peut-être préféré…

Il ne termina pas sa phrase. Elle était déjà trop lourde de sens.

— Mourir, c'est ça ? Vous pensez qu'il serait mieux dans un cercueil ?

— Je n'ai jamais dit ça. Ne déformez pas mes propos.

— Mais c'est ce que vous pensez…

— Non, madame Castelas, mentit-il. Je m'intéresse toujours au bien-être de mes patients. J'essaie de faire ce qu'il y a de mieux pour eux et pour leurs proches.

Elle lui tourna le dos et se colla à la fenêtre. Il pouvait voir les auréoles de buée se former devant sa bouche, au rythme de ses sanglots. Ses épaules montaient et descendaient quand elle tentait de respirer.

Il baissa les yeux, et bafouilla quelque chose dont il oublia immédiatement la teneur. Cette femme perdait ses heures et sa vie dans des attentes lytiques, au service d'un destin déficitaire. Un cul-de-sac. De tout ça, quoi qu'elle en pense, il ne resterait rien. Juste des larmes et des cendres. Mais elle ne pouvait pas l'entendre. Le chagrin est un refuge pour les cœurs brisés, où il espère l'impensable dans l'ombre tressaillant de la mort, en dépit du bon sens, en dépit de tout.

Il ferma la porte sur eux en essayant d'en faire autant avec son cœur.

11

L'amour supporte mieux l'absence
ou la mort que le doute ou la trahison.

André Maurois, *Climats*

— T'es une enflure !

Les mots de Catherine claquèrent plus fort que les talons de Sauron. Elle avait déboulé dans le bureau de Vincent, sans prendre la peine de frapper à la porte. Une irruption aussi explosive que son caractère.

— Tu le sais au moins, ou tu le découvres ?

— Je ne suis pas sûr qu'on soit assez intimes pour que je te permette de me parler comme ça.

— Je n'en ai rien à foutre ! Que tu l'acceptes ou pas n'est pas mon problème. En revanche, que tu sois un sacré connard et un crétin sans cœur, ça, c'est mon problème.

Il repoussa son siège et se leva, restant toujours derrière son bureau. Catherine avait avancé d'un mètre et le fixait de ses pupilles noires.

Il la toisait de nombreux centimètres. Pourtant, il avait l'impression qu'elle le dominait de la tête et des épaules. Peut-être parce qu'elle était animée d'une fureur invincible, telle une sorte de Rocky Balboa des infirmières.

— C'est quoi, ton problème ?

— De quoi tu parles ?

— Tu as des soucis d'érection ? Tu n'as pas fait ton coming out ? C'est quoi ton excuse pour être aussi désagréable avec les patients ?

— Change de ton, Catherine. Même ma mère n'aurait pas osé m'agresser ainsi !

— Eh bien, elle aurait peut-être dû le faire un peu plus. Ça t'aurait mis du plomb dans le neurone !

Il plissa les yeux en serrant les dents. Il y avait des mots qui blessaient plus que d'autres. Certains réveillaient de mauvais souvenirs, des plaies anciennes à la cicatrisation impossible. Ces choses qui pourrissent dans la tête et qui ne dorment jamais.

— Elle n'en a pas eu le temps… Tout le monde n'a pas le privilège de connaître sa mère jusqu'à cinquante ans. Les moins chanceux comme moi la perdent en entrant dans l'adolescence…

Catherine garda une seconde le silence, pendant laquelle les traits de son visage s'affaissèrent un peu. Son cœur si débordant de sentiments avait baissé la garde. Non pas que toute colère soit partie, mais quelque chose s'était estompé.

Il lui en voulait de comprendre si bien les gens et leurs souffrances, quand lui s'en préservait à tout prix. C'était si simple d'ignorer. Il fallait juste rester à distance de ceux qui s'immolent de joie ou de peine, au gré des jours.

— Je suis désolée. Je ne savais pas. Excuse-moi, fit-elle d'une voix moins acérée.

— Ce n'est pas le problème, je n'ai pas de soucis avec ça. C'est mon histoire, pas la tienne.

Il mit les mains dans les poches de sa blouse, et se laissa tomber dans son fauteuil, lui extirpant un grincement affreux.

— Alors, c'est quoi le tien, de problème ? reprit-il. À t'écouter, tu n'es pas venue me draguer…

— Ça ne risque pas.

Elle tira la chaise qui faisait face au bureau et prit place dessus, les bras croisés devant elle. Il s'étonna de voir autant de colère, là où il n'avait constaté que des expressions joyeuses la veille.

— Tu peux m'expliquer, alors ? fit le médecin.

— C'est à toi de m'éclairer ! C'est quoi ce délire avec le docteur Castelas ? J'ai eu Justine au téléphone tout à l'heure, juste avant de prendre mon poste. Elle était rentrée chez elle et elle pleurait comme une Madeleine…

Marie-Madeleine. Des sanglots, des souffrances, un destin sans espoir…

— Il paraît que tu ne veux plus soigner son mari, et qu'il va être bazardé dans un centre quelconque.

— Pfff… je n'ai jamais dit ça, bougonna-t-il. C'est ce qu'elle a compris, ce qu'elle a interprété. C'est bien différent !

Elle ne bougeait pas, son visage à moitié dans l'ombre. Le soleil de l'après-midi déclinait lentement en écrasant la ville sous une chaleur insupportable. L'orage de la veille n'avait laissé qu'un souvenir et quelques heures d'humidité vite effacées. Un brouillard gris enrobait la cime des immeubles.

— Entre ce qu'on dit et ce qui est compris, il y a un monde. Tu en as la preuve. Je n'ai jamais parlé de ne plus soigner son mari. C'est même totalement aberrant de lâcher ça. J'ai juste expliqué que son état était fixé, sans perspectives d'évolution ni à court ni à long terme. C'est dramatique pour elle et pour sa fille, mais on sait tous, toi y compris, que j'ai raison et que rien ne changera dans les prochaines années. Hormis s'il décède…

Il laissa flotter les derniers mots comme s'ils étaient prophétiques. Il n'y avait que deux horizons : une fin définitive ou une déliquescence interminable. Dans les deux cas, espérer revenait à prolonger la souffrance.

Catherine n'avait rien perdu de sa colère. Son corps parlait à sa place, avec de petits mouvements des pieds et des mains, dont les doigts tapaient parfois sur le bureau sèchement.

Se noyer dans une compassion inutile était l'assurance d'être à côté de la plaque, tant dans les soins que dans le ressenti. Il méprisait un peu son empathie démesurée, même si, quelque part au fond de son cœur, il lui enviait cette fureur d'aimer envers et contre tout.

Il fallait rester droit dans ses bottes et résister aux sentiments humains qui feraient dévier sa trajectoire médicale.

Il se recula plus profondément dans son fauteuil. La complicité de la veille était loin. Évaporée…

— Je ne suis pas d'accord avec toi, reprit-elle en articulant chaque syllabe. Je ne suis peut-être qu'infirmière, mais je sais qu'il y a de nombreux dossiers de patients dans le coma ou dans un état végétatif qui se sont réveillés. C'est peut-être rare et improbable, mais c'est possible.

— On ne raisonne pas sur un cas isolé.

— On raisonne sur un humain. Ça change tout !

Il détourna le visage vers son panorama lyonnais. Il avait hâte que cette journée se termine. Entre la mise au point de Vignaux, les yeux de Sauron et la morale de Catherine, il avait eu sa dose. Pour une fois, il s'accorderait un verre de rhum en jouant à la console. Un truc de vieux garçon…

— Vincent, écoute-moi, s'il te plaît, au lieu de regarder par la fenêtre. On dirait un gosse qui boude. Je comprends ton point de vue, même si ça ne te semble pas évident…

— C'est peu dire…

— Et pourtant, c'est le cas. Si tu désires le meilleur pour Guillaume, alors tant mieux ; ça veut dire que tu as juste été maladroit et que tu n'as que de bons sentiments. Mais j'ai quelques doutes. Pas sur ta personne, mais sur ton analyse de cette situation et des issues possibles. Justine espère, elle a besoin d'y croire. Et moi, je veux me dire que son mari reviendra peut-être un jour.

— Qu'est-ce que ça peut te faire, finalement, hormis t'éviter quelques insomnies ?

— Ça me rendrait heureuse pour elle et pour sa fille. S'il pouvait juste un instant la prendre dans ses bras et lui dire qu'il l'aime…

Elle plongea dans la contemplation de ses ongles rabougris, érodés par les attaques de ses dents. Ses yeux perlaient sur les côtés en retenant la peine qu'elle masquait de plus en plus mal.

— Avec un peu de chance, Adeline ne trouvera pas de place, ironisa-t-il. Vu la situation, on est bien partis pour que ça dure.

— J'en arrive à l'espérer. Je crois que ces situations vous mettent tous en échec, et que c'est pour cela que vous préférez détourner les yeux. Je ne dis pas que vous faites mal votre boulot, toi et le grand patron, mais…

Elle chercha ses mots un instant.

— Tout cela est au-delà des maladies habituelles, plus logiques, plus calibrées. L'incompréhension est dure à vivre. Il est plus facile de s'avouer vaincu.

Il eut envie de répondre, mais sans trouver les mots. Ce qu'elle disait… il ne voulait pas l'entendre. Ça lui semblait tellement faux, ridicule, presque absurde. Pourtant, au fond de lui, sa voix intérieure, à laquelle il donnait tant d'importance, criait le contraire. Elle savait et admettait ce qu'il refusait consciemment.

Castelas était un cul-de-sac ou, si l'on voulait des nuits blanches et de l'échec à haute dose, un formidable champ d'exploration. Les états cataplectiques restaient les parents pauvres de la neurologie, du fait de leur rareté et de l'impossibilité d'expérimenter des traitements à la lumière d'études fondées.

Il y avait bien des articles un peu partout dans la littérature scientifique, laquelle s'apparentait davantage à des histoires de chasse pour impressionner le public et les gens qu'à un moyen de faire progresser les soins. C'était bon pour les étudiants en médecine et les amateurs de sensations intellectuelles fortes. Mais pour lui, pour son confrère…

Catherine se recoiffa rapidement avec les doigts. L'aspect d'après n'était pas mieux que celui d'avant. À peine plus organisé, à l'image de son cœur, de ses pensées. Tout était brut, sans filtre, sans laque.

— Bon, j'y vais. J'ai du boulot, souffla-t-elle sans le regarder. Désolée de… bref, tu comprends.

— Oui, t'inquiète…

Elle quitta le bureau au ralenti, sans fermer la porte. Quelque chose semblait brisé. Toute la colère qui l'avait animée jusque-là l'avait désertée par ces fêlures à la lisière de sa peau.

Il perçut sa voix lointaine répondre à un visiteur avec un ton enjoué, mimant à s'y méprendre un bonheur qu'elle ne ressentait pas.

Être soignant était un jeu de dupe, où l'on enfilait des masques à longueur de journée en incarnant des rôles à chaque instant, à chaque croisement de regard, en endossant des dizaines de costumes si différents. Il fallait être un peu soi en étant souvent un autre.

Quand on était comme lui, on minimisait ce camouflage. Être médecin était un privilège qui permettait de ne pas s'embarrasser de principes… en principe.

Catherine lui montrait ce visage qu'il aurait voulu avoir, qu'il aurait dû avoir. Ce masque qui tombe en privé et qui revient ensuite pour être à la hauteur de la tâche. Elle faisait cette manipulation sans problème, si bien, si facilement.

Non… ce n'était pas facile. Elle l'avait dévoilé juste avant, sous cette armure fissurée. Elle avait laissé sourdre ses douleurs sans filtre, toutes ces choses qu'elle dissimulait aux patients et aux visiteurs pour leur plus grand bien.

C'est elle qui avait raison, même si Vincent avait du mal à l'admettre.

Il soupira en enfermant son visage entre ses mains. De la sueur perlait sur son front et dégoulinait dans son dos. L'air du soir était brûlant, et le soleil avait encore plusieurs heures devant lui.

À quelques kilomètres de là, la femme de Castelas devait penser à lui et pleurer sur ces mots durs, trop lourds de sens, qu'il avait prononcés sans méchanceté, avec juste la violence de sa franchise. Sans doute racontait-elle une histoire à sa fille en tentant de masquer ses sanglots par des arabesques verbales. Être mère était un rôle bien plus compliqué que celui de neurologue. Il fallait être heureuse devant son enfant et le rester coûte que coûte, malgré la réalité, malgré les souffrances. Certains préconisaient de parler de tout ça. Mais était-ce seulement possible quand il n'y avait qu'un petit bout de chou en face, plein de candeur ? Oui, elle pouvait dire certaines choses et avouer un peu de tristesse. Mais juste la cime, alors… La partie émergée de l'iceberg. Le reste stagnait en dessous du niveau de conscience, pour laminer en silence. C'était la loi de la vie. Il fallait recevoir les flèches dans le dos et continuer à lire l'histoire jusqu'au bout, en y mettant les formes, les rires, les peurs et le *happy end.*

Il referma la porte de son bureau. Le tintement de ses clefs emplissait la quiétude du service. Les infirmières faisaient la relève du soir. Catherine allait quitter son poste.

Il s'empressa de partir pour ne pas croiser son regard. Quelque chose lui faisait mal quand elle lui parlait.

Il s'arrêta un instant devant la 302 et pénétra dans la pièce. L'ancien médecin généraliste était alité, les yeux fermés, la respiration lente et rauque. Il eut envie d'aller se confier. Peut-être pour s'excuser… Peut-être pour lui avouer qu'il souffrait de n'être qu'un homme impuissant à le sauver, et qu'il regrettait de baisser si vite les bras. Son narcissisme et son orgueil s'accommodaient mal de ce silence qui le renvoyait à son échec.

Il le regarda de loin, dans les rayons crépusculaires. Sa peau était plus terne, un peu cireuse. La couleur rouge du ciel posait un masque orangé sur son visage.

Des bruits parvinrent de l'extrémité du couloir, où les équipes du soir prenaient leur poste. Il y avait quelques rires, pas mal de voix féminines.

Il perçut celle de Catherine au milieu des autres, qui s'enfuyait en courant.

12

Elle est jolie, comment peut-il encore lui plaire
Elle au printemps, lui en hiver.

Serge Reggiani,
Il suffirait de presque rien

Justine attendait dans le couloir, sur un fauteuil revêtu d'un velours marron. Elle avait un livre posé sur les genoux et son sac à main entre ses pieds.

Vincent la vit en sortant de l'ascenseur. Elle était indifférente aux gens qui passaient devant elle. Ses yeux fixaient un point quelque part dans le mur. Elle était absente de son cœur et de ce couloir sombre, en transit dans cette vie compliquée.

Il s'approcha d'elle.

— Madame Castelas ?

Elle sursauta et fit tomber son ouvrage.

— Oh, pardon, je ne voulais pas vous faire peur !

— J'étais dans mes pensées… répondit-elle d'une voix lasse.

Elle ramassa le bouquin et le glissa dans son sac. Elle portait un jean clair habilement déchiré aux genoux et une chemisette bleu ciel. Ses cheveux étaient retenus par un bandana.

Il sentit son parfum quand elle se leva. Une odeur sucrée, pleine de fleurs et de printemps, qui amenait autant de lumière que la chaîne qui brillait le long de son cou.

Il lui désigna le bureau à quelques mètres d'eux et la précéda. Il avait passé la matinée en consultation à penser à cette entrevue. Il avait laissé une consigne pour qu'on le prévienne dès l'arrivée de Justine, et qu'elle l'attende avant d'aller voir son mari.

Il avait des choses à lui dire, des nœuds à délier.

La serrure de son bureau grinça. À l'évidence, son prédécesseur n'avait pas jugé bon de la faire réparer. Il allait devoir le demander lui-même. Il leva la poignée, et força en jurant entre ses dents. La porte s'ouvrit enfin.

Ils pénétrèrent ensemble dans la pièce déjà remplie de lumière. L'odeur de tabac restait collée sur les murs. Il avait craqué la veille, avant de partir. Un interdit qu'il avait bravé sans y réfléchir, comme un ado à sa fenêtre qui espère leurrer ses parents. Pour lui, c'était autre chose. Peut-être se tromper lui-même. Ou éteindre un incendie qui ravageait les terrains de l'assurance.

Il avait aéré pendant un long moment pour masquer le parfum du tabac, mais rien n'y faisait. Il faudrait du temps. Comme pour tout…

Justine posa son sac sur l'une des chaises, et se laissa tomber sur l'autre avant même qu'il ne l'y ait invitée. Elle étudiait la vue avec indifférence. Sa poitrine se levait lentement.

Vincent l'observa quelques instants en remettant les affaires sur son bureau. Il cherchait les premiers mots, ceux qu'il ne faut pas échapper, ceux qui ont la force et la fragilité.

— Madame Castelas, j'ai pensé qu'il était préférable de reprendre un peu de temps pour discuter au calme, plus tranquillement. Je ne veux pas qu'on reste sur des malentendus ou des incompréhensions.

Elle continuait d'éviter son regard, tournant autour de lui, du bureau aux murs, en passant par son ordinateur, les articles qu'il avait imprimés et étalés près de lui. Son silence était épais, opaque, opposant. Vincent attendait un mot qui ne venait pas, peut-être juste un mouvement d'humeur qui ouvrirait les débats.

— La situation de votre mari est… compliquée. Je comprends qu'il soit difficile pour vous d'être face à une absence de soins ou de perspectives. À votre place, je serais moi aussi totalement brisé.

Pour la première fois, elle leva les yeux dans sa direction. Il avait parlé de lui, volontairement, presque sincèrement. Il s'était donné l'humanité qu'il s'interdisait d'habitude, celle qui fait entrer la lumière et les souffrances.

— Je ne souhaite que le bien de votre époux. Et je ne suis pas convaincu que ce soit ici qu'il soit le mieux. Il a reçu des traitements de qualité, auprès des meilleurs spécialistes de France. Je ne veux pas qu'il devienne un « légume », passez-moi l'expression, dans une chambre, parce qu'on ne saura plus quoi faire de lui. Je pense qu'il serait bien entouré chez vous, avec des soins adaptés, ou dans une structure où les stimulations et les aides à la personne seraient bien plus confortables. Vous comprenez ?

Elle hocha simplement la tête, sans dire un mot. Il n'y avait aucun sentiment sur son visage. Pas de colère ni de sourire. Rien. Juste un masque épuisé et inerte. Un corps abandonné.

Il reprit en croisant les mains devant lui, son crayon en équilibre sur ses index.

— Je vais en discuter avec le professeur Vignaux, pour avoir son aval et étudier les rares diagnostics qui auraient peut-être été écartés trop vite, mais je pense que ça n'aboutira à rien. J'ai parcouru le dossier de votre mari en long et en large…

Il ne termina pas sa phrase, en laissant l'évidence du sens faire le reste. Il avait passé plusieurs heures à décortiquer chaque scanner, chaque analyse, chaque avis de confrère, pour déboucher sur la même fatalité. Castelas était un maudit, un de ceux qui reçoivent la foudre sans orage.

— Voilà, ça me semblait nécessaire de faire le point là-dessus. Votre mari est un patient très important pour nous, comme les autres. J'espère vous avoir rassurée.

Elle avait le regard fixé sur le bureau, concentré. Ses paupières clignaient rapidement. Quelques ridules parcouraient son front quand elle fronçait un peu les sourcils.

— Madame Castelas, avez-vous des questions sur ce que je vous ai dit, ou concernant votre conjoint ? Des demandes ?

Il écarta les mains. Elle ne bougeait pas.

— Bon… souffla-t-il. Eh bien, je vais vous laisser aller auprès de votre mari. Si vous avez…

Elle se leva et se pencha sur le bureau.

— Que faites-vous ? demanda-t-il, les yeux écarquillés.

Elle saisit une feuille et la porta devant son visage.

— Qu'est-ce que c'est ? demanda-t-elle.

Elle tenait un article médical en anglais, que ses pupilles parcouraient à toute vitesse. Vincent se mordit les lèvres.

— C'est juste quelque chose que j'ai imprimé hier, quelques lectures sur des cas… similaires dans le monde. Mais bon, il ne faut pas en faire des généralités.

Elle était repartie dans ses pensées. Devant elle se déroulait l'histoire d'un homme dans le coma depuis huit ans, qui avait repris conscience à la suite d'un traitement à base de zolpidem, un somnifère aux effets étonnants.

Son visage était pris d'une vigueur nouvelle, tandis que ses yeux glissaient le long des phrases. Elle se mit à marcher en rond, en continuant sa lecture à voix basse, traduisant l'anglais en espoir.

— C'est exactement comme Guillaume, murmura-t-elle. Pourquoi personne ne m'en a jamais parlé ? Vous voyez, cet homme était dans le coma depuis plus de huit ans, et ce médicament a permis de le réveiller. Et ce n'est pas un cas isolé !

— Vous avez déchiffré jusqu'au bout ?

— Non, pas encore.

Elle tenait plusieurs pages entre les mains, cherchant un épilogue heureux.

— Alors, je vais vous résumer la fin de cette histoire : ce patient a effectivement retrouvé une conscience pleine et entière à la suite d'une injection de zolpidem, ce somnifère aux effets parfois paradoxaux. Il a pu communiquer, manger, parler, rire. Il a pu être normal.

Il vit naître un sourire sur les lèvres de cette femme, une expression dont il ne la pensait plus capable. Son regard brillait d'une ferveur nouvelle, d'un espoir qui semblait jaillir d'un tas de cendres.

— ... pendant vingt-quatre heures, termina-t-il d'une voix grave.

Ses mots heurtèrent les murs et plongèrent sur eux avec le tranchant d'un scalpel. Il observa, seconde après seconde, les traits de Justine s'affaisser comme de la neige au soleil, avec les mêmes larmes cristallines.

Elle fouilla entre les lignes pour y déceler un mensonge, une erreur de la part de ce médecin cynique et froid. Mais les termes se mélangeaient, s'agrégeaient, s'aggloméraient, pour former une bouillie infâme et incompréhensible.

— L'effet s'est ensuite atténué au fil des heures, progressivement, mais inéluctablement. Au bout de vingt-quatre heures, le patient est retombé dans son mutisme. Le neurologue a essayé de nouvelles injections, qui n'ont provoqué que quelques micro-éveils de quelques minutes, à chaque fois plus courts les uns que les autres, pour ne finalement aboutir qu'à une inefficacité totale.

Il soupira en contemplant ses mains impuissantes. Il avait lu et relu cette histoire, si similaire à tant d'autres dans le monde. Sans arrêt : l'espoir était le même et la chute aussi. Il avait gardé les articles pour en discuter avec son chef, même s'il n'y avait rien à en attendre. C'était davantage pour une réflexion entre professionnels…

— Je ne voulais pas vous en parler, parce que ça ne mènera à rien. C'est juste un moyen d'aggraver votre souffrance et de rouvrir une plaie qui ne se ferme pas. Une voie sans issue. Vous n'étiez pas censée être au courant.

— Mais il s'est réveillé… murmura-t-elle dans ses sanglots. Il s'est réveillé !

— Et ensuite ?

Elle essuya ses yeux qui devenaient humides. Les feuilles tremblaient entre ses doigts, prises dans le vent de ses émotions.

— Et après ? Il va vous parler quelques heures. Et on n'en est même pas sûrs ! S'il ne réagit pas au zolpidem, il restera dans cet état, mais vous… Vous serez encore plus triste, encore plus détruite d'avoir nourri un espoir qui ne le méritait pas. Je ne souhaite pas qu'on en arrive là.

Il se leva et s'approcha d'elle.

— Madame Castelas, posez cet article et essayez de l'oublier… Ce sera mieux pour vous.

— Non…

— Comment ça, non ?

— Non. Comment voulez-vous que j'efface ça de ma mémoire comme si je n'en avais jamais eu connaissance ? Guillaume est cloué dans ce lit et dans ce fauteuil tous les jours depuis trois ans. Il ne peut rien faire avec elle. Est-ce que c'est une vie ? Vous l'avez dit vous-même : il n'aurait jamais désiré ça.

Vincent se tourna vers l'armoire, où il stockait ses affaires. Sa poitrine s'emballait. Le soleil étalait son ombre devant lui, comme un double ténébreux. Il entendait la respiration courte et haletante de cette femme, dont l'espoir consumait maintenant le cœur. Il aurait aimé fermer les yeux et revenir en arrière, brûler tous ces articles sans intérêt, si ce n'était de s'extasier face à l'étendue de l'inconnu.

Il était trop tard.

— Il faut qu'on essaie, murmura-t-elle. S'il vous plaît, docteur…

Il se tourna vers elle. Elle ravalait ses larmes et serrait les feuilles contre sa poitrine. Un trophée, une carte au trésor. Le dernier espoir.

— Ne me laissez pas. Pensez à ma fille, ma petite Élisa.

— Écoutez, Mme Castelas, réfléchissez-y d'abord. Imaginez seulement que cela fonctionne. Que direz-vous à Guillaume ? Il sortira de ce « coma » pour y retourner avec certitude quelques heures après ? La première fois, il n'en a pas eu conscience… Mais là ? Et ensuite, que direz-vous à votre gamine quand son papa s'endormira de nouveau, définitivement peut-être, cette fois-ci ? Que ferez-vous de ces heures, qui seront les dernières ?

Elle baissa les yeux et ses larmes tombèrent sur le sol. Elle reniflait comme un gosse, en essuyant son visage du revers de la manche. Les feuilles se tachaient d'auréoles grises qui diluaient l'encre en coulures noires.

Il lui posa la main sur l'épaule, en regrettant immédiatement ce geste. Il ne fallait pas l'aider, ne pas l'inciter à y croire encore, ne pas la laisser espérer. Elle devait faire le deuil de cet homme.

— Songez à ce que je vous ai dit, et vous verrez qu'il n'y a pas d'autres choix.

Elle replia les feuilles et les glissa dans son sac à main. Elle s'avança spontanément vers la porte. À l'instant où elle posait les doigts sur la poignée, elle se retourna vers lui :

— Avez-vous des enfants, docteur ? Je ne pense pas, n'est-ce pas ?

— En effet…

— Alors, vous ne pouvez pas comprendre, malgré tous vos efforts. Vous ne pouvez pas savoir ce que c'est d'éponger tous les jours les pleurs de son enfant, de lui expliquer, avec des mots simples, que son père est vivant, mais qu'il ne lui sourira jamais. Vous ne pouvez pas saisir à quel point on se sent seule, meurtrie, lacérée par des sentiments contraires, à détester la vie à chaque fois qu'on ouvre les yeux. C'est Élisa qui me fait exister. Sans elle… Parfois, j'aurais préféré qu'on meure tous dans un accident de la route. Mais pour elle, je veux vivre, je dois vivre. Il faut que je lui donne sa part d'insouciance, sa part de lumière et de beauté. Elle y a droit. Elle est privée de son père, c'est déjà assez dur. Mais chaque moment, chaque seconde, je ne pense qu'à lui. Si un jour, vous avez aimé à perdre la raison, comme le dit la chanson, alors, vous pouvez peut-être toucher du bout du doigt ce que je ressens. Car Guillaume est l'amour de ma vie, l'homme le plus exceptionnel que j'aie rencontré. Il était mon tout, mon univers, mon instant présent et mon futur. Il était mon avenir sans concession. Je l'aimais passionnément, et j'avais la chance que ce soit réciproque. Peu de gens mesurent ce qu'est une telle histoire. Et je les plains… vraiment.

Elle respira profondément pour étouffer les sanglots qui étranglaient sa voix.

— Je ne sais pas si j'ai raison de vouloir le faire revenir à tout prix, je n'en sais rien. C'est peut-être une erreur. Mais vous, docteur, si vous aviez le pouvoir de donner quelques heures à la personne que vous aimez le plus au monde, celle qui vous manque à chaque instant de la journée, celle qui peuple vos meilleurs souvenirs et habite chacune de vos larmes, celle qui était là et qui vous a quitté, que feriez-vous, docteur ?

Il détourna les yeux vers son ordinateur en posant un rictus de façade sur ses lèvres, un faux sourire pour masquer son dépit. Il pensa à sa mère, aux derniers regards qu'ils avaient échangés avant qu'elle ne décède, à ces ultimes secondes passées ensemble, quand il savait que c'était la fin, qu'il n'y aurait plus de baisers, plus d'étreintes, plus de tendresse, que la porte allait se fermer et que le prochain coup de fil annoncerait sa mort.

Il songea à elle, aux larmes qu'il avait versées jour après jour, dans la solitude de sa chambre, à ces mots qu'il avait retenus et qu'il regrettait maintenant d'avoir trop consignés, à cet amour qu'ils avaient partagé et qui était parti en fumée. Il la vit devant lui, dans son regard, dans son cœur, tout près de lui.

Son estomac se noua. Il tenta de déglutir, mais sa gorge se serrait sous l'effet de l'émotion.

Il pensa à elle. *Maman…*

Oui, s'il avait eu une chance de la faire revenir, il l'aurait saisie. Simplement pour lui dire au revoir, juste un dernier « Je t'aime… »

Il baissa les yeux en s'asseyant sur son fauteuil.

— Ce n'est pas ma décision, madame Castelas. Réfléchissez à ce que vous envisagez, à ce que cela implique. Ce n'est pas une expérience. Avez-vous raison de le vouloir ? Serait-ce raisonnable de le faire ?

Elle hocha la tête et poussa la porte. Il vit son ombre s'étirer dans le couloir. Lentement, elle s'éloigna, ses pieds traînant jusqu'aux escaliers. Il fixa un long moment cette porte ouverte qui gardait l'image de cette femme, comme une persistance rétinienne trop forte.

Il avait envie d'une clope, d'un shoot de gin et de quelques verres de larmes.

13

La seule limite à notre épanouissement de demain
sera nos doutes d'aujourd'hui.

FRANKLIN DELANO ROOSEVELT,
MESSAGE POUR JEFFERSON DAY

— Non.

La réponse du chef de service résonna plusieurs secondes dans le silence de son bureau. Il triait du courrier, utilisant un coupe-papier en métal noir. Il avait écouté patiemment le récit de Vincent, sans qu'aucune expression transparaisse sur son visage.

Le tableau au-dessus de son crâne semblait encore plus tourmenté, presque vivant. Était-ce l'angoisse qui se matérialisait aux yeux du jeune homme dans ces couleurs tordues ?

Il avait la tête lourde d'une nuit trop courte et d'un surplus de gin absorbé la veille. Malgré l'alcool pourtant consommé assez modérément, il avait passé une nuit agitée : les rares heures de sommeil s'étaient peuplées de cauchemars et de visions de sa mère, des larmes qu'il avait sur les lèvres chaque fois qu'il pensait à elle. Elle lui avait parlé de sa voix d'avant, quand elle était plus jeune et encore vivante, tonique, joyeuse. Tout ce qu'elle n'était plus sur la fin. Tout ce qui lui manquait terriblement.

Il s'était réveillé à plusieurs reprises en sueur. Ni le paracétamol codéiné ni les verres d'eau n'avaient eu d'impact sur sa migraine. Il s'était recouché par lassitude, pour être le moins dévasté possible le lendemain, au travail. Mais il savait ce qu'il se tramait au fond de lui, ce qui allait émerger chaque fois que ses yeux se fermeraient.

Et ça n'avait pas manqué : il avait perdu ses repères dans les brumes alcoolisées, mélangeant ses angoisses avec l'histoire de Castelas, revenant à lui en sursaut avec l'impression de sombrer dans le coma. D'une heure à l'autre, ses peurs s'étaient muées en insomnie complète, avec, tout au plus, une légère somnolence en fin de nuit.

Il s'était contemplé dans le miroir de sa salle de bains avant la douche, et n'y avait vu qu'un mec délabré, au visage étiré comme un soupir. Malgré tous ses efforts, sa gueule gardait l'image des mauvais jours. Pas la meilleure nouvelle pour aborder le chef.

Il avait pris un café serré, bien sucré et bien chaud. Dans sa tête, les mêmes questions revenaient sans cesse. Elles rebondissaient contre les parois de son crâne sans en trouver la sortie. Il fixait le liquide noir, en laissant les vapeurs monter le long de son visage.

Les mots de Justine ne le quittaient pas. Ils étaient inscrits en lui et brûlaient aussi fort que la veille.

Quand le professeur Vignaux l'avait invité à entrer, il avait douté de son choix. Mais le poids était trop lourd pour ses épaules. Il voulait le partager et, comme un enfant, s'en décharger sur une figure tutélaire, presque patriarcale.

— Non, ce n'est pas envisageable, rétorqua Vignaux.

Vincent hésita à s'en satisfaire et à quitter le bureau avec le sentiment du devoir accompli. Au moins, il avait fait cet effort pour Justine. C'était suffisant…

Mais quelque chose en lui l'en empêchait. Parce qu'il savait ce qui le maintenait ici, devant son chef, avec l'envie de transgresser les règles.

Cette presque veuve l'avait touché par sa franchise à fleur de peau, par cet amour inconditionnel dont elle débordait. C'était total, sans filtre. Elle chérissait éperdument son mari et sa fille. Elle était prête à tant de choses pour les aider…

Sous sa blouse, il avait tremblé de tout son être en y repensant. Partager un tel sentiment avec quelqu'un était un miracle. Il fallait une belle dose d'inconscience pour croire à une passion si intacte.

C'était en songeant à elle qu'il avait parlé à son chef, amenant ses suggestions comme un sujet de réflexion, comme une idée parmi tant d'autres.

— Pour quelles raisons ? demanda-t-il en essayant de garder une voix calme.

— À votre avis, docteur Dellecoste ?

Vincent tressaillit. Son patron le fixait avec son sourire en coin, celui qu'il conservait tout le temps, un peu ironique, un peu dominant. Il n'avait pas imaginé ce genre de piège.

— Je ne sais pas. Question de légalité ?

— Non… ce serait trop simple. Ce n'est pas ça, le problème. Alors ?

— Sa femme ?

Vignaux déposa le coupe-papier dans le tiroir de son bureau. Tous ses gestes étaient lents par nature. Il mettait dans chacun de ses mouvements une solennité presque excessive. C'était peut-être l'apanage des chefs de théâtraliser leur propre vie devant leurs semblables, pour montrer qu'ils n'étaient pas vraiment du même monde.

Il posa ses coudes sur le sous-main et joignit les doigts devant ses lèvres. Son regard atterrit sur la fenêtre. Son panorama était tout aussi beau que celui du bureau de Vincent, mais c'était l'autre versant de l'horizon qu'il balayait, loin du périph et des buildings. Quelques immeubles en construction étalaient leurs carcasses de métal tendues vers le ciel, comme des appendices monstrueux.

— La maladie de ce monsieur n'est malheureusement pas une rareté, commença-t-il en articulant précautionneusement chaque syllabe. L'erreur serait d'y voir un cas d'exception nous menant vers une « expérimentation » ou des tentatives thérapeutiques nouvelles. Cet homme est un emmuré, un condamné vivant qu'il faut accompagner dans son supplice, en attendant, bien tristement, que les complications aient raison de sa vie. Ce qui est une certitude. Vu son jeune âge et son excellent état antérieur, il est tout à fait possible qu'il survive pendant de très longues années. C'est cela qu'il convient d'envisager. Et surtout, on doit y préparer sa femme. Là-dessus, j'ai particulièrement apprécié votre initiative. Votre prédécesseur n'a jamais eu le courage de le faire…

Et vous ? pensa Vincent en retenant ses mots. *Vous, qu'avez-vous dit ? Qu'avez-vous fait ?* Traiter des patients était un travail d'équipe, de l'aide-soignante au professeur des universités. Tout le monde devrait mettre les mains dans le cambouis quand c'est nécessaire. Manifestement, il n'avait pas jugé bon de le faire. Aurait-il considéré avec autant d'enthousiasme la démarche première de Vincent s'il avait parlé avec Justine, s'il avait affronté sa détresse et ses larmes ?

Peut-être… Quelque chose était encore plus froid et distant chez lui que chez les autres. Sans doute était-ce l'origine de la relation qui le liait à Kovac.

Le médecin avait toujours eu ce genre de personnage pour modèle, l'association de l'intelligence et de la maîtrise. Mais en l'espace de quelques jours, une longue brèche venait de traverser cette image. Voulait-il devenir ainsi ? S'il jugeait Catherine trop investie, trop fragile, où se situait donc l'équilibre ?

Le tableau de Van Gogh ressemblait à l'histoire de ce patient. Des chemins sans issue, des ténèbres, des tourments, des corbeaux. Une ambiance de mort encore trop vivante.

— Nous en avions largement parlé avec votre prédécesseur, lors de l'admission du docteur Castelas. Ça avait été le sujet principal d'un colloque avec tous les autres chefs de service, d'ailleurs. L'un des plus intéressants de ces dernières années, continua-t-il en souriant. Il y a beaucoup d'articles à ce propos. Peut-être pourrez-vous y apporter votre contribution… C'est essentiel de publier beaucoup et très régulièrement, si vous envisagez l'accession au statut de maître de conférences puis, on ne sait jamais, à celui de professeur des universités.

Il avait prononcé ça sur le ton du soupir, où perçait tout un scepticisme condescendant. À ses yeux, Vincent ne devait être qu'un mortel de base auquel l'Olympe n'était pas destiné.

Peu importe.

— Je vais y réfléchir, répondit-il simplement.

Il pensa à Justine, à sa souffrance au quotidien, à ce qu'elle devait être en train de dire à sa fille en la préparant pour l'école, en lui promettant qu'elle pourrait venir voir son papa après, au moment du goûter. Elle allait apporter un petit pain au chocolat et une clémentine, avec un yaourt à boire. C'était un rituel familial. Un moment de bonheur dans la tristesse de leur histoire.

Si elle avait su que son mari avait fait l'objet d'un article, comme celui qu'elle avait mis dans son sac avec un espoir nouveau, qu'aurait-elle songé ? Et lui, que penserait-il de lui s'il transformait le destin dramatique de ce malade, qui hantait maintenant ses nuits, en sujet de publication ?

— Le point essentiel de ce cas, reprit le professeur…

De ce patient, corrigea mentalement Vincent.

— … c'est de ne pas amener sa femme vers ces articles. À aucun prix. Ce serait l'exposer à de faux espoirs, ce qui deviendrait rapidement ingérable émotionnellement pour elle, et forcément, ingérable techniquement pour nous. Il est fondamental qu'elle reste dans la position actuelle, la seule viable, en définitive, sans mauvais jeu de mots avec l'état du patient, et qu'on le transfère rapidement dans une structure adaptée, si notre assistante sociale arrive enfin à obtenir quelque chose…

Il ôta ses lunettes et analysa la propreté des verres à la lumière du jour. Il les frotta délicatement avec une lingette nettoyante.

— Et si c'est elle qui vient vers nous avec cette demande ? intervint Vincent.

— Ça m'étonnerait… On parle de cas tout de même rares, et peu accessibles aux non-médecins. À moins qu'elle tombe dessus par erreur ou qu'on lui souffle à l'oreille…

Il remit ses lunettes et regarda Vincent intensément, comme s'il attendait une confession, des aveux.

— Je suis d'accord avec vous, mais maintenant, on a quand même beaucoup de patients experts, qui effectuent des recherches parfois très complètes, ou qui se renseignent auprès d'associations. Je ne serais pas étonné que Mme Castelas en fasse un jour partie.

— Et pourquoi donc ? Elle a abordé le sujet ?

— Non, elle est juste très amoureuse et pleine d'espoir. Comme vous le dites, son mari est jeune. Il est difficile de faire le deuil de leur histoire, à cet âge. De plus, elle est intelligente. Si elle sort de cette phase d'abattement, elle est tout à fait capable d'entrer en « mission ».

— Vous semblez déjà bien la connaître, au bout de trois jours… coupa le professeur avec une pointe de sarcasme.

Vincent répondit par un sourire poli.

— La discussion autour de son transfert en centre a été compliquée. Il a fallu prendre beaucoup de temps pour lui expliquer notre prise en charge et les limites actuelles. Évidemment, quand on passe du temps avec les patients, on apprend à les cerner.

Vignaux acquiesça, sans relever la pique de son collègue. Peut-être ne se sentait-il tout simplement pas concerné.

— Alors, si elle aborde ce sujet ?

— Eh bien ?

— Que fait-on ? C'est très compliqué, et comme vous êtes le chef de service, je pense que cette décision vous revient.

Vincent avait cherché à placer cette phrase depuis le début, un garde-fou tant pour sa conscience que pour gérer Justine. C'était un aveu de faiblesse et une fuite. Il le savait. Cette certitude l'avait empêché de dormir la nuit d'avant et continuait de lui ronger les viscères. Il craignait de casser ses dernières chaînes d'espoir, d'éponger ses larmes. Il avait peur, surtout, de croiser le regard plein de souffrance de sa fille.

Vignaux se leva et tendit les pans de sa blouse. Il jeta un œil sur sa montre en glissant son téléphone dans sa poche.

— Puisque vous la connaissez si bien, vous trouverez les mots. Vous avez ma position. À vous de la défendre. De toute façon, que cela lui plaise ou non, c'est une décision médicale, qui ne revient pas à la famille du patient. Elle peut tout à fait le faire transférer ailleurs si cela ne lui convient pas. Nous ne sommes pas des apprentis sorciers, des alchimistes. Nous sommes des médecins. Nous devons soigner les malades et leur assurer la meilleure prise en charge. Ce genre d'expérimentation n'a pas sa place ici.

— Même si on peut leur donner quelques heures de conscience et d'échange ?

— Que cherchez-vous, docteur Dellecoste ? Vous tournez autour du pot depuis tout à l'heure. Si votre idée est de jouer avec les molécules et l'éveil de Castelas, trouvez rapidement autre chose, car cela n'arrivera pas dans mon service. Que se passera-t-il ensuite ? Il faudra jouer les pompiers parce qu'elle pleurera toutes les larmes de son corps quand il faudra refaire le deuil de la conscience de son mari ? Cela n'a aucun sens. Ses espoirs ne sont pas les nôtres. Il n'y a rien à attendre. Rien. Fin de la discussion. Notez bien mentalement tout ce que je viens de vous dire, ça pourra vous resservir à l'occasion.

Il ouvrit la porte du bureau en invitant Vincent à sortir, et s'engouffra dans l'ascenseur sans se retourner.

Lucienne gémissait au loin. Elle non plus ne réussissait pas à mourir.

14

Le temps de commencer
Ou de finir,
Le temps d'illuminer
Ou de souffrir,
Mon Dieu ! Mon Dieu ! Mon Dieu !
Même si j'ai tort,
Laissez-le-moi
Un peu...
Même si j'ai tort,
Laissez-le-moi
Encore...

ÉDITH PIAF, *MON DIEU*

L'extrémité rougeoyante de la cigarette étincelait comme une luciole au cœur de la nuit. Justine regardait les volutes de fumée se mêler aux ombres noires des nuages qui s'effilaient dans le ciel. Ils zébraient discrètement les étoiles en glissant lentement dans la brise du soir.

C'était une nuit profonde, totale.

Un calme presque anormal laissait le silence se peupler des bruits d'insectes. Quelque part dans la haie, elle percevait nettement le bruissement des feuillages. La veille, elle avait vu un hérisson à moitié enfoui dans les branchages. Il devait probablement se déplacer et entamer une chasse nocturne. Elle aimait ces petites bêtes innofensives qui peuplent l'enfance des habitants de la campagne. Élisa aurait voulu l'adopter et en faire un animal de compagnie, le câliner peut-être, comme on le fait avec une peluche.

C'était mignon d'exprimer ainsi des sentiments soudains, délivrés des réalités adultes, dénués de toute réflexion. Le monde lui apparaissait presque trop simplement : on pouvait aimer n'importe quel animal et le cajoler sans hésitation, on pouvait devenir une reine et se construire un château de glace avec le pied, on pouvait avoir un père qui dort constamment et l'adorer comme n'importe lequel. La vie des adultes recelait bien trop de cavernes sombres et humides, bien assez de chemins tortueux bardés d'épines pour qu'on la laisse dans l'innocence de ses premières réflexions.

Elle tira longuement sur sa cigarette et recracha immédiatement la fumée en toussant. Ce paquet avait plus de quatre ans. Elle l'avait acheté le jour même de son test de grossesse, pensant qu'une fois de plus, il lui faudrait attendre un peu pour tomber enceinte. Et puis, avec son mari à ses côtés, la seconde barre était apparue sur le morceau de plastique, donnant corps à ce fantasme, donnant vie, dans tous les sens du terme, à leur rêve.

Tandis qu'elle pleurait de joie en contemplant cet avenir linéaire, elle avait rangé ce paquet comme un trésor, le témoin de ce passage au rôle de mère, interrompant dans l'instant cette addiction dont elle détestait tout. À chaque fois qu'elle ouvrait ce tiroir où elle accumulait les souvenirs, elle revoyait ce paquet de Winston dont les couleurs restaient intactes. Il ne manquait qu'une cigarette à l'intérieur. *La dernière de sa vie*, pensait-elle alors. À moins que…

En ouvrant la commode du salon, elle l'avait retrouvé presque instantanément, comme on retourne à ses démons quand le jour se fane. Tout lui avait semblé évident, tandis qu'elle revenait à sa vie de Pénélope, à attendre le retour d'un absent. Elle avait couché Élisa avec une histoire et un baiser, puis elle était allée sur la terrasse, dans la relative douceur du soir.

Comment était-il possible que dans cette ville si bruyante, si palpitante, un soir d'été puisse être si reposant ? Le monde se mettait-il en retrait pour la laisser à sa douleur, à ses questions, à ses incertitudes ?

Elle écrasa son mégot sur le bord de son verre, le laissant tomber dans un fond d'eau. Un autre mégot l'avait précédé. Elle expira une dernière fois la fumée qui brûlait ses poumons depuis quelques minutes. Quand elle avait arrêté, elle s'était juré de ne plus jamais y toucher, de ne jamais prendre ce risque, car il était trop évident qu'une seule de ces « cancérettes », comme disait Guillaume, la ferait replonger dans l'addiction, avec la nécessité de nouveaux efforts terribles pour en sortir. Cette fois, elle n'aurait pas une grossesse comme motivation.

Alors, elle avait refusé avec facilité toutes les propositions, toutes les hésitations, toutes les tentations. Parce qu'elle n'en avait plus envie, et parce que la vie avait trop de prix pour la gâcher de cette manière.

Elle regardait ce paquet qui se vidait à la vitesse de sa douleur. À bien y réfléchir, elle l'aurait terminé au lever du jour, si le sommeil ne venait pas avant. Élisa devait passer le lendemain chez son papi. Elle récupérerait de cette insomnie à l'ombre du parasol.

Oui, elle pensait bien finir ces clopes au fil des heures. Il n'y avait rien pour l'en empêcher, rien pour la retenir. Ce n'est pas qu'elle en avait envie ou qu'elle y prenait vraiment du plaisir. Non, ce n'était pas ça.

Elle avait juste besoin de le brûler, de l'incendier, de le consumer comme ces jours qui s'évaporaient dans les vapeurs chaudes de l'été. Elle regardait la vacuité de ce paquet si symbolique, et les autres cigarettes répandues sur la terrasse. Il devait appartenir au passé et disparaître de sa vie. Il était trop relié à eux, au bonheur, à des instants d'éternité dont elle ne goûtait presque plus le parfum.

Mais dans ses incertitudes emmêlées, elle se forgea une seule conviction : au lever du jour, elle ne retomberait pas dans son addiction. Plus rien ne pouvait l'y replonger. Tout ce qu'elle redoutait pourtant ne pesait pas face au poids de cette vie de mère, face aux yeux rieurs de sa fille. Elle était son garde-fou, son antidote à toutes les dérives. Les mégots qui s'entassaient dans le verre n'auraient pas de successeurs.

La nuit tombait sur elle : énorme, constellée de lumière, étrangement silencieuse. Un air doux courait sur sa peau en emportant les effluves du soir. Il lui suffisait de fermer les yeux pour imaginer d'autres paysages dans lesquels son passé se conjuguait à deux. La déclinaison facile d'un passé simple chatoyant de bonheur qu'il avait fallu mettre entre parenthèses, le temps d'un futur disloqué. Elle y croisait des lacs aux reflets noirs, des montagnes imposantes encerclées de silence, des vallées profondes résonnant des cloches alpestres, des déserts infinis calcinés au soleil, des villes bruyantes et arrogantes, où les buildings clignotaient jour et nuit, des îles minuscules isolées dans des eaux transparentes.

Elle avait le monde au bord des yeux, des paysages par milliers que ses souvenirs déversaient comme des larmes, sans pouvoir les retenir, sans vouloir les étouffer. Elle n'imposait rien, car ils prenaient tout. Le présent, le passé. Tout. Ils tintaient encore des rires de la jeunesse et des promesses de bonheur. Le passé était là, aux portes de son cœur.

Guillaume appartenait à tout, il était omniprésent, permanent. Dans un sens, sa vie avait commencé avec lui et suspendait son cours le temps de ce coma, en attendant l'évidence d'un jour prochain, d'une joie nouvelle. Elle l'aimait avec un acharnement stérile, une inconscience quotidienne, en attendant envers et contre tout un instant de grâce, un éclat de lumière qui se poserait sur leur destin. Et tandis que le temps continuait son naufrage, elle effaçait les jours de son esprit comme on arrache les pages du calendrier.

Au-dessus de sa tête, une chauve-souris fendait le ciel à une vitesse ahurissante. Elle tournoyait en silence, décrivant des arabesques dans la nuit. Elle était bien la seule à s'agiter, dans ce recueillement nocturne.

Justine alluma une autre cigarette. La fumée l'étourdissait un peu, mais ne la faisait plus tousser. À croire que les premières vapeurs avaient consumé les dernières résistances.

Jamais elle n'avait enchaîné les clopes à une telle vitesse. Pas même en soirée, les rares fois où elle avait pris la liberté de boire et d'oublier. C'était avant Guillaume, quand il fallait effacer les tourments de la vie avec les subterfuges de l'alcool. Elle avait trop vomi pour y prendre du plaisir.

Demain, elle allait avoir une haleine lourde, la langue brûlée et le crâne écrasé. C'était cousu de fil blanc. Mais le chemin ne comportait aucune autre route. La sienne s'étendait devant ses yeux, dans le calme du soir, dans les reflets mouillés de ses paupières.

Les étoiles se réfractaient dans ses larmes, découpant des arcs-en-ciel intimes qui ne révélaient aucun bonheur.

Elle s'essuya les yeux d'un revers de main, ravalant un peu de fumée en même temps que l'ébauche d'un sanglot. Elle n'avait pas dit un mot depuis des heures et n'avait personne à qui parler. Et qu'aurait-elle pu dire ? Qu'aurait-elle eu le courage d'avouer ?

Elle berçait ses désirs comme autant de vérités muettes. Car au fond, elle était perfusée par l'évidence du choix qu'elle chérissait entre tous : elle voulait revoir Guillaume, le faire revenir d'entre les morts pour un jour, pour une heure, pour un baiser. Elle pouvait vendre son âme, déserter son corps, oublier de vivre si elle le retrouvait quelques instants. Ce coma était la faillite de leur avenir, de tout ce qu'ils avaient voulu construire. Et pour dépasser les rivages de cet enfer, elle était prête à tout, jusqu'à emmener son mari dans la folie de son choix.

L'article de Dellecoste avait atterri dans le tiroir de la table de nuit, à côté d'une boîte de somnifères et d'un sex-toy recouvert de poussière. Elle en connaissait chaque mot, chaque phrase, chaque conclusion. Et tout était relié, l'appel du bien et l'évidence du mal. Ce que son cœur lui commandait, lui exigeait, se terminait vite et dans les larmes. Ce n'était qu'un rêve dont elle sortirait plus triste encore. Mais elle voulait vendre cette âme trop triste pour retrouver un peu de lumière, le temps d'un amour.

Pouvait-elle lui faire ça ? Pourrait-elle lui dire, s'il sortait de son agonie, que son temps était compté, qu'il les quitterait bien vite ?

Elle souffla la fumée brûlante et toussa bruyamment. Elle crachait le dégoût qu'elle s'inspirait en étant si égoïste, si amoureuse. Il y avait un homme là-bas, dans une chambre vieillotte, dont la vie ne tenait qu'à quelques fils. Était-il humain de l'en extraire pour mieux l'y replonger ?

Elle pleura enfin toutes ces larmes qui confluaient depuis des heures. Elle se détestait, et détestait ce connard de médecin qui l'avait extraite de la torpeur, de sa routine mortifère, qui l'avait sortie une seconde de la caverne, avant de lui promettre les ténèbres. Elle se haïssait totalement, et lui avec.

Son homme aimait la nuit et les étoiles. Il adorait le silence du soir et l'ambiance du crépuscule. Que ferait-il à sa place, sur ce fauteuil ?

Aucun mot ne vint lui répondre, ni sur ses lèvres ni dans ses souvenirs. Elle demeurait seule avec ses choix et celui qui balayait tous les autres, attendant simplement qu'elle cède à son désir.

Elle regarda sur le sol. Les Playmobil étaient sagement alignés sur les dalles, dans l'une des multiples mises en scène. Élisa allait les retrouver à son réveil, et reprendrait le chemin de ses histoires avec la même insouciance enfantine.

Et pour elle, fallait-il saisir cette chance ou courir ce risque ? Comment devait-elle voir les choses ?

Ce petit être si solaire pouvait affronter bien des tourments. Son quotidien se bornait à jouer et à patienter, espérer du mieux, comme si c'était une évidence.

Si Guillaume revenait quelques heures, que serait la suite ? Que serait donc leur existence s'il n'avait pas de seconde chance, si aucune autre perspective ne venait prendre le relais de ces espoirs avortés ?

Elle connaissait toutes les évidences, les raisonnements normaux et les paradigmes de sa vie. Mais cet article, ce putain d'article si dénué de sentiments, si représentatif de l'impossible, si glacial dans l'extraordinaire, soumettait maintenant toutes les vérités utiles aux respectueux mensonges du cœur. Elle aimait trop Guillaume pour ne pas le revoir. Et si c'était une erreur, une absurdité, une folie, un péché d'orgueil et d'amour, si elle devait s'en vouloir jusqu'à sa mort, payer de sa souffrance l'intégralité de ses heures, s'il fallait échanger ces instants contre une éternité de tristesse, elle en acceptait la clause finale.

Dans l'inconscience de la passion, elle accepterait tout, abjurerait tout, renierait tout contre un moment de vie, le premier depuis la mort, le dernier avant la nuit.

Elle attrapa toutes les cigarettes restantes dans sa paume et les écrasa. Elle les déchira une à une, laissant le vent du soir emporter le tabac parmi l'herbe et les fleurs. Le parfum de l'été serait étrange demain, mais il aurait le goût du passé, un passé qu'elle avait connu heureux, dont elle avait posé les jalons auprès de cet homme, et dont elle voulait connaître encore le goût sur les lèvres.

Ce paquet de clopes, ridicule et toxique, c'était la raison, le bonheur, le choix de vivre, d'aimer et d'être heureux. C'était le début d'une nouvelle vie, la fin d'un tunnel pour la lumière de nouveaux yeux enfantins.

Elle arracha tout dans une fureur bestiale, cria en silence sa rage d'aimer, sa haine de la vie quand celle-ci puait l'hôpital et l'alcool camphré.

Cette nuit, elle ne dormirait pas, pas mieux que les précédentes, et peut-être plus que les suivantes. Dans le choix des larmes, sans le choix des armes, elle s'abandonna à ce qu'elle avait toujours su. Il n'y a pas de changements de décisions : tout est évident depuis le départ, et le reste n'est qu'un agglomérat de circonvolutions inutiles pour revenir à l'évidence. Le chemin ne sert qu'à accepter ce que le cœur a décidé. Tout le reste n'est qu'illusion.

15

J'ai appris que le courage n'est pas l'absence de peur, mais la capacité de la vaincre.

NELSON MANDELA, *UN LONG CHEMIN VERS LA LIBERTÉ*

Justine attrapa Vincent par le bras au moment où il passait devant la chambre. Leurs visages étonnés se firent face pendant une seconde avant qu'elle ne prenne la parole.

— Je peux vous voir, s'il vous plaît ?

— Euh… oui. J'ai presque fini mon tour des chambres. C'est urgent, ou est-il possible de différer d'une demi-heure ?

— Rien d'urgent, je vous attends ici.

Il lui fit un signe de tête. Elle avait un autre visage, si différent des jours d'avant. Plus dur, plus froid, un peu écorché. Elle évitait son regard, mais sa main ne lâchait pas la blouse qu'elle avait attrapée au vol. Il pouvait voir la marque de ses ongles dans les replis du tissu blanc.

Une semaine venait de passer sans qu'ils se croisent. Peut-être était-ce voulu sans qu'ils se l'avouent vraiment. Ils avaient erré dans le service, le médecin à son travail, la presque veuve à sa peine. Les jours s'étaient accrochés les uns aux autres comme des perles sur le fil du temps, sans affrontement ni larmes.

Il s'était presque habitué à travailler normalement, sans un cortège d'émotions ou de décisions presque métaphysiques en lui. Sa vie retrouvait l'absence de relief qu'elle avait toujours eue, et qui était presque une caractéristique de son existence. C'était apaisant, intellectuellement agréable et facile à vivre. Il dormait un peu, rêvait trop quand même. Des remous restaient planqués dans sa conscience, et s'amusaient à remonter à la surface comme des Léviathan de l'âme, pour pourrir le peu de sérénité qu'il retrouvait.

Mais malgré tout, jour après jour, il prenait ses marques dans son travail et dans ses rapports aux autres, que ce soit Vignaux ou le reste du service.

Bref, jusque-là, sa vie était redevenue banale.

Justine le fixa avec intensité, tandis qu'il retournait au chariot des dossiers. Il continua son tour des chambres avec l'esprit ailleurs. Une boule palpitait dans le creux de son ventre.

« Notez bien mentalement ce que je viens de dire », avait prophétisé le patron. Vincent sentait l'imminence d'une discussion qu'il avait redoutée. Il laissa quelques consignes pour les derniers malades, rédigea des ordonnances et des prescriptions qu'il oublia sur-le-champ.

Puis il revint à elle. Lentement.

Elle était assise sur le lit de son mari et parlait à voix haute, une voix posée qui racontait l'histoire d'un amour à travers les âges et la guerre, à travers les aléas de la vie et du destin. Une histoire unique, pleine d'espoir et de passion.

Il resta un instant dans l'entrebâillement de la porte, à la regarder parler de ce monde à eux. Elle lisait sur des feuilles A4 qu'elle posait ensuite délicatement sur la petite table.

— Vous écrivez ? demanda-t-il en pénétrant dans la chambre.

Elle termina sa phrase en posant la main sur celle de son mari. Elle lui glissa un regard d'amante, de femme amoureuse. Un baiser des paupières. Leurs doigts se mêlèrent sur le drap.

Elle mit les feuilles dans une grande pochette cartonnée qu'elle fourra dans son sac. Puis, à pas lents, comme si elle rampait sur le sol, elle se coula vers le médecin.

Ses cheveux tombaient sans volume autour de son visage. Ses traits étirés n'exprimaient que de la fatigue et de la lassitude. Mais il voyait derrière ses pupilles une expression différente. Quelque chose qu'il n'avait encore jamais vu.

Chez personne…

— Vous écrivez ?

— C'est mon métier…

— Réellement ? s'étonna-t-il. C'est très compliqué d'en vivre.

— Alors, on dira que j'ai de la chance…

Un livre trônait sur la table de nuit du patient. Il n'y avait jamais prêté attention jusque-là. La couverture représentait une femme au bord de la mer. Au loin, un soleil rouge se couchait en étirant les ombres sur la plage.

Il posa son regard sur le titre : *Les Constellations éphémères* de Justine Levant. Ses yeux s'écarquillèrent.

— Vous êtes Justine Levant ?

— Oui, pour l'éditeur et les lecteurs. Pour ma famille, mon mari et moi, je suis Justine Castelas.

— Bon sang, c'est fou ça, balbutia-t-il. J'adore ce que vous faites.

— Merci.

Elle n'esquissa même pas un sourire. Elle contemplait elle aussi la couverture de son premier livre, celui qui avait fait d'elle l'autrice préférée des Français. Une histoire d'amour qui flirtait avec le surnaturel, avec la mort et l'espoir, avec le destin et le courage. Elle l'avait écrite en rencontrant Guillaume, quand toutes les peurs de le perdre et de perdre cet amour avaient fait naître ce roman. Des pages sorties tout droit de son cœur, tombées en gouttes d'encre.

C'était le temps jadis, celui qui regarde le passé avec un mélange d'appréhension et d'excitation. Elle aurait donné tout son argent et toute sa reconnaissance professionnelle pour y retourner, ne serait-ce que… vingt-quatre heures.

— En tout cas, vous avez beaucoup de talent. On doit vous le dire souvent…

— Les lecteurs sont gentils, en effet. Ils sont pleins de tendresse. C'est un privilège.

— Un privilège mérité. J'adorerais discuter de tout ça avec vous pendant des heures, mais j'imagine que vous vouliez me voir pour autre chose, non ?

— C'est exact. J'ai vu avec l'assistante sociale, et nous souhaiterions organiser un transfert de Guillaume chez moi, en hospitalisation à domicile. J'ai contacté tous les services de soins à la personne, et sa prise en charge peut se faire à partir de lundi prochain. Il ne manque que votre accord et l'autorisation de sortie que vous allez évidemment m'accorder, n'est-ce pas ?

Il plissa les yeux en l'observant. Elle avait les bras croisés sur sa poitrine. Sa voix était plus traînante que d'habitude, plus posée. Mais ses mots n'avaient pas le vibrato sentimental des jours d'avant. Ils tombaient les uns après les autres, emportant tout le poids de leur sens. Ce n'était plus la même Justine. Ce n'était plus la femme abattue.

— Je suppose que l'article que vous avez pris dans mon bureau n'est pas étranger à cette décision, n'est-ce pas ?

Elle resta silencieuse, sans baisser les yeux.

— Bon, j'ai abordé de loin le sujet avec le professeur Vignaux, continua-t-il, sans parler directement de notre entrevue et de cet article médical. Je voulais le « sonder ». Il est formellement opposé à cette tentative et, je dois l'avouer, je suis de son avis. Vous commettez une erreur tant pour vous que pour votre fille et pour votre mari. Vous devez m'écouter ! Continuez votre chemin tous les trois, mais ne changez pas de route : celle que vous souhaitez prendre se termine par un précipice !

Elle soupira et regarda par la fenêtre. Pas un mot, pas une émotion.

— Je ne veux pas en référer au professeur Vignaux, mais s'il le faut…

— Et que lui direz-vous ? Je ne fais que suivre vos recommandations. Ce transfert, l'hospitalisation à domicile, c'était votre souhait, non ?

— Mais ce n'est pas la vérité !

— Alors, allez voir votre chef et battez-vous pour garder Guillaume, si vous pensez avoir des arguments assez forts. Je vais lui répéter exactement vos propos, avec vos mots, vos conseils. À votre avis, que rétorqua-t-il ? Sinon, facilitez-nous la vie, et faites au mieux pour son retour à domicile.

Vincent grimaça. Il n'y avait aucune alternative. Que Castelas reste ici était tout simplement inenvisageable si sa femme organisait un retour chez eux dans les meilleures conditions. Et même s'il confessait son erreur concernant l'article, il était totalement impossible de garder ce patient pour le « protéger » de sa femme sans arguments forts.

Il soupira et se dirigea vers le malade. Guillaume regardait l'étendue sans fin du ciel au-delà de la fenêtre. Un bleu intense où s'effilochaient quelques rares nuages. Un ciel de peintre, loin des tourments de Van Gogh.

— Qu'allez-vous faire ? reprit-il à voix basse sans quitter son patient des yeux.

Justine se mura dans son silence. Elle piétinait autour du lit en fixant le carrelage. La main de Guillaume était épaisse, un peu œdématiée par l'immobilité. Son alliance encerclait son doigt de trop près, le boudinant en aval. Il se demanda s'il ne serait pas préférable de l'enlever.

— Alors ?

— Pourquoi cette question ? demanda-t-elle.

— Pour savoir ce que vous comptez faire. Pour vous, pour lui.

Elle fit un sourire plein d'amertume et de tristesse. Elle avait une beauté fanée, ternie par les ravages de la vie. Elle avait dû être très jolie les années d'avant, quand son corps pouvait se laisser aller à la douceur de l'insouciance.

— Comme ça, vous pourrez aller le répéter à votre chef, n'est-ce pas ?

— Non. De toute façon, ça ne changerait rien. Et puis, on ne va pas s'engager dans une lutte sans fin pour garder ce pauvre homme ici, contre notre volonté, contre la vôtre. Ce serait absurde.

Il s'adossa au mur, et planta sur Justine un regard presque désarmé. Il n'était plus grand-chose malgré sa blouse, son stéthoscope et son marteau à réflexes. Tous les vents de ses émotions s'étaient estompés, laissant une mue sèche vidée de sa substance.

Cette chambre était le lieu d'une tragédie, dont le dernier acte venait sans doute de commencer, après de longues scènes menant à une fin irrémédiable. Un théâtre qui ne laissait pas à espérer. Il y avait une fin connue, évidente, que les protagonistes n'éviteraient pas. Bien au contraire. Il était de leur devoir de s'y laisser aller pour mettre un terme à ce drame.

— Je veux juste m'assurer que vous êtes consciente de ce que vous faites.

— Et vous, l'êtes-vous toujours ? rétorqua-t-elle sans animosité.

Il inspira profondément en prenant le temps de réfléchir à sa réponse.

— Je pense. J'essaie, en tout cas, de le maîtriser, même si je n'ai pas choisi le meilleur métier pour cela. On en a la preuve aujourd'hui. J'ai mes certitudes, qui me protègent et m'accompagnent.

— On ne peut pas toujours avancer avec des certitudes ! Depuis que Guillaume est ici, je ne sais même plus ce que ce mot signifie. Sauf peut-être concernant mes sentiments pour lui. Je suis au courant de ce que vous pensez de moi et de ce que je devrais faire. J'aurais aimé ne pas être dans ma tête, ces derniers jours. J'ai passé des nuits entières à réfléchir, entre deux crises de larmes et instants d'espoir. J'ai eu peur, et c'est encore le cas. J'ignore si j'ai raison ou si je commets la pire erreur de mon existence. Je ne sais pas ce que Guillaume souhaiterait à ma place. J'ai ma petite idée. Mais est-ce mon interprétation de ce qu'il exprimait avant, ou est-ce la réalité ? Vous savez, il ne se passe pas une seconde sans que je doute.

Il écoutait ces paroles qui s'écoulaient calmement, sans trémolos ni hésitations. Il n'y avait plus de barrières entre eux ni de jeux de dupes. Tout était limpide.

— Quand je vois Élisa, si douce et si belle, si amoureuse de ce père étrange, absent de sa vie, silencieux… je doute encore plus. Je tiens à lui offrir quelques instants avec lui, des choses qui resteront en elle. Il l'adorerait tellement. Vous ne pouvez pas imaginer... Il ne doit même plus avoir de souvenirs de son odeur, lui qui aimait tant respirer sa peau de bébé.

Elle écrasa une larme qui pendait sur le bord de ses cils.

— Je sais qu'il repartira ensuite. C'est peut-être tout ce que je peux faire pour lui, dans l'horreur de sa vie, continua-t-elle au milieu des sanglots qui montaient insidieusement. J'ai lu beaucoup de choses sur les personnes dans sa situation. Malheureusement, on sait tous les deux comment ça se termine. Un jour, son état va s'aggraver. Quelque chose le frappera. Puis ce sera un processus sans fin vers la mort. Malheureusement, inéluctablement. Parce que ça doit se passer ainsi. C'est toujours le cas, n'est-ce pas ? Vous voyez, docteur Dellecoste, je ne suis pas si innocente. Je suis même très lucide. Au quotidien, je n'espère pas plus que ce que la vie me propose. Et c'est tellement dur, tellement violent. Mais quand je le vois, quand mon amour prend le dessus, alors oui, ces jours-là, j'espère au-delà de la raison.

Une aide-soignante passa dans le couloir en sifflotant un air de reggae. Elle était toujours de bonne humeur, un peu comme Catherine. Des êtres solaires qui manquaient au service quand ils étaient absents.

— Je vais être franche avec vous : je n'ai aucune idée de comment je vais devoir m'y prendre ni de quand je vais avoir le courage de le faire. Mais je donnerai cette chance à Guillaume, en espérant que ce soit la meilleure décision. Je sais que ce sera terrible avant, et encore pire après. Je suis consciente que je vais affronter des tourments plus dévastateurs que tout ce que j'ai vécu jusque-là, et qu'il faudra tenir envers et contre tout pour Élisa, tout en lui expliquant un peu ce qu'il se sera passé... si ça fonctionne. Ça va être compliqué, docteur Dellecoste. Très compliqué. Ça me fait peur. Si vous saviez… Mais je n'ai pas le choix. Guillaume le mérite, et Élisa aussi. Je veux qu'ils se retrouvent, qu'ils se connaissent, qu'ils s'aiment le temps d'un câlin, le temps de quelques baisers volés. Il le faut !

Elle marqua une pause en reprenant son souffle. Elle ne contenait plus ses larmes qui descendaient le long de son nez et de ses joues. Il était improbable de pouvoir pleurer si abondamment. Un corps pouvait-il contenir autant de tristesse ?

Guillaume toussa, un bruit rauque remonta au cœur de sa poitrine. Justine et Vincent le regardèrent. Sa gorge fit un léger mouvement de déglutition tandis que ses bras bougeaient en même temps dans un geste stéréotypé, puis il repartit dans son silence abyssal. Des spasmes comme on en voyait souvent…

— Un jour, ce sera différent. Ce ne sera pas bien pire que ça. Il sera là, devant nous, avec de l'oxygène, à respirer sur des poumons envahis de sécrétions, luttant pour gagner encore quelques heures de vie grâce aux machines et aux antibiotiques. Qui voudrait de ça ? Pensez-vous qu'il ne désirerait pas avoir quelques heures pour enlacer sa fille avant ce destin ?

— Tout le monde le voudrait.

— C'est ce que je me dis. C'est peut-être pour me donner bonne conscience. Je n'en sais rien. Mais je tiens à lui donner cette chance. Je le ferai, docteur Dellecoste. Je lui administrerai ce médicament.

Elle respira profondément et se pencha vers son mari. Elle posa ses lèvres sur les siennes. Un baiser doux, tendre, mouillé de larmes. Elle murmura un « je t'aime » en filigrane. Les yeux clos, elle le respirait, frottait sa joue contre lui. Un amour à sens unique.

Elle serra l'une de ses mains.

— Guillaume, est-ce que tu veux qu'on essaie ? Je t'en prie, si tu m'entends, aide-moi. J'ai besoin de toi. Guillaume…

Son visage se tourna vers Vincent, un peu étonné.

— On dirait que sa main a bougé. Juste les doigts, comme s'il répondait à ma question. Vous pensez que c'est possible ?

— Pour être franc, ça m'étonnerait, mais…

— Il ne l'avait jamais fait, coupa-t-elle en parlant pour elle, le regard sur son mari. Jamais, même quand je restais des heures. Et là, j'ai l'impression qu'il m'a répondu.

— C'est peut-être vous qui l'interprétez ainsi.

— Peut-être. Mais je connais Guillaume. Je suis sûre que ça vient de lui.

Le médecin baissa les yeux vers sa montre. Le temps pouvait être assassin. Si précieux, si cruel.

— Aidez-moi, docteur Dellecoste. Organisez ce transfert. Ensuite, je ferai de mon mieux pour lui. Je vous le promets.

— D'accord, souffla-t-il. Je m'en occupe aujourd'hui.

— Merci.

Il lui fit un signe de tête et sortit de la pièce. Il crut entendre dans son dos encore un remerciement, étouffé dans les larmes, lorsqu'il ferma la porte sur eux.

16

Une solution qui vous démolit vaut mieux
que n'importe quelle incertitude.

Boris Vian, *L'Herbe rouge*

L'ambulancier rangea la prescription de transport dans la poche arrière de son jean, et revint vers le brancard où Guillaume l'attendait sans le savoir. Il lui posa la main sur l'épaule avec une forme de complicité.

— Allez, docteur Castelas, on y va ? On a chargé toutes les affaires. On vous ramène au bercail, OK ? Vous allez voir, ce sera bien. Tout est prêt.

Vincent se tenait près d'eux, contemplant ce départ avec la boule au ventre. Dans un sens, il était presque soulagé de voir ce patient si singulier repartir chez lui pour y passer ses derniers mois, ou peut-être ses dernières années. Il avait une tendresse particulière pour lui, qui aurait pu être son collègue ou un pote de promo. Un mec comme les autres, avec lequel il aurait refait le monde, en commençant par celui de la médecine, avec un café noir ou un demi. Dans la cité lyonnaise, ce n'étaient pas les bonnes adresses qui manquaient pour partager une gamelle.

Aujourd'hui, dans une ville apaisée par les vacances, ils auraient eu tout le loisir de profiter d'une terrasse sur la place Bellecour, ou quelque part dans le Vieux Lyon.

Un après-midi simple entre jeunes médecins. Ils auraient sûrement eu des choses à se dire. Au lieu de cela, ils n'avaient partagé que du silence, brisé par la voix isolée de Vincent. Un rapport unilatéral sans intérêt.

Catherine et quelques autres membres du service étaient passés saluer le patient en prenant cette voix lente, aux syllabes calmement détaillées, comme s'il s'agissait d'un enfant ou d'un vieillard sourd. Ça partait d'un bon sentiment et de l'envie d'être sincère.

Une aide-soignante écrasa discrètement une larme, tandis qu'une autre prenait Justine dans ses bras en la tutoyant.

C'était la valse des au revoir, dont on sait qu'ils ne seront pas des adieux. Dans la tête de chacun, une chambre serait perpétuellement gardée pour lui, qui reviendrait un jour ou l'autre, quand son état ne serait plus compatible avec la vie à la maison, ou quand sa femme craquerait à force de vivre avec un fantôme.

Vincent se tenait un peu en retrait. Il était le dernier arrivé, en quelque sorte l'étranger à ces instants familiaux. Le matin, même Vignaux était passé discrètement avant les autres pour donner quelques consignes patriarcales à Justine, sans se douter de ce qu'elle avait dans le cœur. Vincent avait assisté à la scène à l'écart, tandis qu'il apportait les papiers du départ dans la chambre.

Le chef de service avait parlé de courage, de patience, de préservation… et d'autres choses dont il n'avait pas retenu l'essence. À aucun moment, il n'avait été question d'espoir.

— Allez, docteur, cette fois, c'est la bonne ! On y va. Si on attend de terminer les adieux, on sera encore là demain. Toutes vos admiratrices sont là. En route !

L'ambulancier plaisantait encore quand la porte de l'ascenseur se referma sur eux.

— Il est gentil, fit Vincent, tandis que Justine s'approchait de lui. S'ils étaient tous comme ça avec les patients, ce serait génial.

— C'était un patient de Guillaume quand il exerçait. Ils s'entendaient très bien. Ils avaient même joué une fois au tennis ensemble. C'est à chaque fois étrange de le voir trimballer mon mari sur ce brancard, mais je préfère que ce soit lui. Ça me rassure.

— Je vous comprends. Et votre mari doit sûrement ressentir ce côté positif. Ça ne peut être que bénéfique.

— Je l'espère.

Elle prit le sac de voyage où elle avait déposé les dernières affaires restées dans la chambre. Elle soupira.

— Si vous avez besoin… souffla simplement Vincent.

— Je sais. Mais vous ne pouvez pas vraiment m'aider. En tout cas, je ne peux pas vous le demander. Je suis juste à un moment particulier de ma vie. Élisa dansait hier sur son lit en pensant au retour de son père. Elle n'arrivait pas à se calmer. Elle chantait encore et encore. Je ne l'ai jamais vue si heureuse. Il fallait la voir, docteur…

— J'imagine.

— C'est un peu grâce à vous, tout ça. Je ne sais pas si vous m'avez mise sur le bon chemin ou si, à l'inverse, vous m'emmenez vers un précipice, mais en tout cas, vous avez fait souffler un vent nouveau sur notre vie.

Vincent eut un sourire perplexe.

— Sans grande délicatesse…

— C'est le moins que l'on puisse dire, fit Justine. Mais il faut parfois des tremblements de terre pour faire naître des continents. Vous l'avez fait, sans vous en rendre compte.

— Si cela a pu vous aider, alors tant mieux. Mais j'aurais aimé que ce soit différent.

— Et pourquoi ? Par peur ? Par doute ? Et si mon choix était le meilleur ?

— Vous savez ce que j'en pense, confia-t-il.

— Je sais. On verra ensuite si vous aviez raison. De toute façon, je vais souffrir. Terriblement, irrémédiablement. J'ai un stock de mouchoirs et des pages à remplir pour y déposer mon chagrin. C'est cela qui m'attend, sans autre solution. Alors, autant y aller vraiment, en tentant d'offrir à l'homme que j'aime et à ma fille quelques heures de bonheur avant la nuit.

Il acquiesça en la regardant dans les yeux. Elle s'était maquillée, comme si son mari l'emmenait au restaurant. C'était touchant de la voir si belle, si délicatement apprêtée pour lui. Elle avait une longue robe à fleurs assortie à ses chaussures. Pour la première fois, elle portait de jolies boucles d'oreilles en argent qui scintillaient à chacun de ses mouvements. Son fond de teint masquait ses cernes. Un voile de gloss faisait luire ses lèvres fines.

C'était une femme amoureuse. Comme au premier jour. Peut-être encore plus…

— Je vous laisse, docteur. Est-ce que…

Elle interrompit sa phrase en regardant autour d'eux. Toute l'équipe était repartie, Catherine en dernière position. Lucienne gémissait au loin, mais personne n'y prêtait attention.

— Je sais que vous désapprouvez cette idée, et je ne vous condamne pas, mais…

Elle fit un pas vers lui. Il pouvait sentir son parfum l'entourer.

— S'il y a quelque chose… je ne sais pas, en fait. Mais peut-être qu'il y aura un problème. Est-ce que je peux vous appeler ?

Elle détourna la tête comme si ses mots devaient faire demi-tour. Elle était pleine de fragilité.

Vincent sortit son carnet de la poche de sa blouse. Il en arracha une page, et griffonna dessus avant de la replier. Il la tendit à Justine. Elle saisit le papier du bout des doigts.

— Le jour où vous serez « décidée », appelez-moi. J'ai noté mon numéro sur la feuille. Ne faites rien sans me prévenir.

— Est-ce que vous… vous n'allez pas…

Il écarta les bras autour de lui et les rabattit sur les cuisses, comme des ailes brisées.

— Non, je n'en dirai rien à Vignaux ni à personne. De toute façon, on ne pourrait pas débarquer chez vous pour vous attacher. Je veux seulement faire du mieux possible pour lui et pour vous. Et si je ne peux pas vous dissuader, alors autant vous accompagner.

Elle avait la bouche entrouverte. Ses lèvres bougeaient à peine pour formuler des mots silencieux.

— Je le fais aussi pour votre fille : elle serait traumatisée de voir… je n'ai aucune idée de ce qu'elle pourrait voir, d'ailleurs, mais il faut que ce soit parfaitement organisé et cadré. Je dois être là et faire le nécessaire pour Guillaume. S'il s'éveille, je vous laisserai ensemble. Mais ne faites rien sans m'en parler.

— Je ne sais pas quoi dire… Je sais que vous ne vouliez pas. C'est presque… dangereux pour vous, non ?

— Pas si vous gardez cela pour vous. Si vous le dévoilez d'une manière ou d'une autre, alors oui, ça risque de chauffer pour mon matricule. Vignaux trouvera un autre larbin, tant pis. Mais si vous restez discrète, même avec vos proches, tout ira bien.

Elle serra le papier contre son cœur. Elle avait une croix argentée qui pendait entre ses seins. Sa poitrine se souleva sous l'effet de l'émotion.

— Je ne m'y attendais pas… Ça me touche énormément, balbutia-t-elle. C'est tellement gentil.

— Ne vous emballez pas trop vite ; le plus dur est devant vous, et on ne peut pas savoir si ça fonctionnera. Et quand bien même ce serait le cas… comment sera-t-il ? Que direz-vous ? Et que ferez-vous ensuite ? Franchement, vous vous préparez des nuits blanches…

— Et vous aussi ! plaisanta-t-elle.

— Oui, je n'ai jamais été très bon pour éviter les galères. Celle-ci fera date.

Ils restèrent quelques instants silencieux, sans savoir comment mettre fin à ce dernier contact. Kovac passa sur le côté sans un regard. Justine la suivit du sien avec un rictus.

— C'est la seule qui ne me manquera pas.

— Je vous comprends…

— Bon, je vais y aller. Je ne veux pas faire attendre les ambulanciers.

— OK, tenez-moi au courant. Ne faites rien sans m'en avertir.

Elle murmura un dernier « merci » tremblotant, les yeux humides. Il ne répondit que par un signe de tête, avant de partir dans le service masquer son émotion entre deux dossiers.

Il se préparait à d'interminables semaines d'insomnies et de débats métaphysiques sur l'existence, tout ce qu'il n'avait jamais affronté jusque-là.

La vie était un fait ; la maladie aussi. C'était simple, limpide. Il était là pour soigner ses patients dans un duel manichéen. Toute sa longue scolarité s'était basée sur cette vision claire et réductrice qui le protégeait autant qu'elle l'attirait.

Justine et Guillaume venaient d'ailleurs, de ce no man's land, où les frontières s'effacent, où les notions de vivre et mourir se confondent et se mêlent en un concept indéfini. C'était un endroit intime où l'on pouvait se perdre.

Sans comprendre pourquoi, il avait fait le choix de les accompagner vers ces brumes qu'il appréhendait par-dessus tout.

Il fixa le service qui s'était vidé de ses soignants. Chacun avait repris son poste. Un calme étonnant régnait maintenant.

Lucienne recommença de gémir. Ça, ça ne changeait pas…

17

Ce que l'amour peut faire, l'amour ose le tenter.

WILLIAM SHAKESPEARE, *ROMÉO ET JULIETTE*

Guillaume,

Je passe mes journées à écrire pour les autres, pour rendre les gens heureux. Je remplis des pages d'histoires improbables pour lesquelles on m'acclame, on me félicite, on m'adore.

Aujourd'hui, assise à tes côtés, je ne trouve pas les mots. J'aimerais te parler de cœur à cœur, pour te dire tout ce que je ressens. Mais je n'y arrive pas. J'ai peur de ce que je veux faire, peur de me tromper, peur de te faire du mal.

Je te connais tellement bien. Une partie de moi a la certitude que tu me suivrais sur cette voie et que tu défierais la raison pour ces quelques heures de lumière. Au fond, je sais que tu me parlerais de ta voix grave, enveloppante, si douce pour calmer les maux. Celle qui m'a permis d'être heureuse et accomplie. Tu serais là, à briser le silence et les doutes d'un revers de la main pour engloutir la vie de ta passion. Tu n'hésiterais pas. Tu me dirais de ne pas réfléchir, de me faire confiance,

parce que ma voix intérieure ressent ce qui est bon pour nous. J'ai l'impression de t'entendre.
C'est grâce à toi si j'ai cru en moi au point d'écrire et d'être lue. C'est grâce à toi si ce premier livre a vu le jour, amenant tous les autres derrière lui. Même si tu n'as jamais pu le découvrir…
J'aurais aimé que tu sois là pour te rendre compte à quel point cette réussite est la tienne, à quel point mon bonheur c'était toi, c'était nous.

Élisa est partie se coucher tôt. Ces derniers jours, elle restait tout le temps à tes côtés jusqu'à ce que le sommeil l'emporte. Elle luttait jusqu'aux limites de la fatigue, même quand j'essayais de l'endormir. Elle avait peur que tu retournes à l'hôpital. Elle est tellement heureuse de vivre avec toi.
Hier, elle me racontait qu'elle te parle la nuit, que vous allez marcher ensemble dans le jardin, que vous cueillez les fleurs et que tu lui chantes les chansons de l'école. Quand elle se réveille, elle a l'impression que tout cela était vrai. Elle pense que tu dors la journée parce que tu es trop fatigué d'avoir fait le fou avec elle pendant mon sommeil.
Quand elle m'a dit ça, j'ai tenté de retenir mes larmes. Quelques-unes sont sorties. Elle s'est demandé pourquoi.

Guillaume,
Il nous reste quelques heures à attendre, quelques heures à craindre et à espérer, à vouloir et à redouter.
Il me tarde de te voir. Reviens-moi, je t'en prie.
Juste une heure, juste un instant…

18

Il y a toujours un peu de folie dans l'amour,
mais il y a toujours un peu de raison dans la folie.

FRIEDRICH NIETZSCHE,
AINSI PARLAIT ZARATHOUSTRA

Vincent préparait la seringue sur la table du salon. Élisa était partie jouer dehors avec sa poupée Elsa. Elle lui faisait geler toute la pelouse et construire un immense palais de verre, d'où elle contemplerait son royaume de solitude. Elle sautillait d'un bout à l'autre du jardin, en réécrivant l'histoire de sa princesse au diapason de sa propre vie.

— Allez, pscht. Glaaaace ! Voilà un g'os château de glace pour moi. Comme ça, le prince va pouvoir do'mir dans sa chambre. Tu as vu maman ?

— Oui, ma chérie, c'est bien.

— Elsa, elle a fait un château avec sa main pour mettre son amoureux. Le prince, il va dormir là.

Elle montra du bout du pied une dalle que Justine avait installée l'année précédente, pour faire une allée de pas japonais. Elle n'avait jamais trouvé le résultat très esthétique, et avait abandonné le projet rapidement. Mais Élisa adorait ces quelques plaques posées au sol, sur lesquelles elle sautait tout le temps.

Parfois, l'herbe était parsemée de crocodiles féroces (des c'ocodiles...), qu'il fallait éviter à tout prix pour ne pas finir dévorée. Elle levait les bras au ciel quand elle atterrissait avec succès sur la pierre. À d'autres moments, c'était la mer ou une étendue de neige qui l'encerclait. Elle passait d'un bateau à l'autre, d'une embarcation à l'autre, puis revenait sur ses pas. Elle y jouait des heures entières, écrivant et réécrivant ses histoires où le prince était toujours somnolent, et où la reine se battait pour le protéger des reptiles, des guêpes, des souris et du soleil.

Justine avait sorti un parasol qui étalait un large rectangle d'ombre sur le tas de Playmobil. Élisa les alignait les uns à côté des autres. Elsa était assise dans un coin, entre deux touffes d'herbe. L'heure n'était plus à sa magie. L'un de ses personnages avait retrouvé son lit, comme d'habitude.

— Que vais-je lui dire ? chuchota sa mère, pendant que Vincent terminait sa préparation.

— Si vous espérez une aide quelconque de ma part, vous faites erreur. Je serais bien incapable de vous répondre. La seule pensée d'être à votre place me flanquerait une crise d'angoisse.

— Mon Dieu, je vais devenir folle...

Il leva la seringue devant lui et s'approcha d'elle. Elle était assise à côté de son mari. Le conduit qui amenait la nourriture directement dans son estomac courait le long du lit jusqu'à la machine. Depuis trois ans, c'était cet engin qui permettait à Guillaume de vivre. Des poches remplies d'un liquide épais et marron qui venait se déverser dans ses intestins.

— Ce n'est pas le moment de perdre vos esprits. Êtes-vous sûre de vous ? Quand j'aurai injecté le zolpidem dans la tubulure, il sera trop tard pour flancher.

Elle fit un dernier geste vers son mari. Deux mains l'une dans l'autre. Un instant de partage. Vincent recula d'un mètre en regardant le produit qui attendait dans la seringue. Les deux amants étaient devant lui, encore séparés par le silence. Il se sentait étranger à ce moment de communion.

Il fit quelques pas dans la pièce, et observa la petite fille qui restait patiemment à l'abri du soleil, sous son parasol. Quand il était arrivé à l'heure du petit-déjeuner, elle s'était cachée derrière sa mère, le doigt dans la bouche. Son regard avait viré à l'inquiétude en reconnaissant le docteur de l'hôpital, celui qui marchait tout le temps avec sa grande blouse blanche volant autour de lui.

Malgré un sourire et des croissants, il n'avait pas réussi à l'apprivoiser. Elle ne l'avait pas quitté des yeux pendant les longues minutes où il avait échangé avec sa mère. Elle était même allée près de son père, pour lui prendre la main et la coller contre sa joue, avec une sorte de férocité animale, un instinct de défense.

Son minois si doux et coquin avait abandonné toute ingénuité pour venir protéger ce père qui revenait de nulle part. Elle semblait prête à se battre pour lui, avec toute la force de ses petits bras d'enfant.

Justine l'avait rassurée tant bien que mal, l'emmenant dans le jardin, dans son coin de jeu, pour refaire le monde avec Elsa et ses Playmobil.

À présent, elle était là, si loin d'eux, à profiter de la chaleur encore supportable du matin pour se divertir comme les autres enfants.

— Maintenant, tu fais plus dodo ! ordonna-t-elle à l'un de ses jouets avec le doigt menaçant. D'accord ? Tu viens t'amuser avec moi !

Justine embrassa son mari et s'approcha de Vincent.

— Je pense qu'on peut y aller, bredouilla-t-elle.

— OK, vous êtes sûre de vous ?

— Non, je ne suis pas convaincue de l'être un jour. Je crois que c'est la meilleure décision, mais je suis bien loin des certitudes.

Il soupira. Lui non plus ne savait pas ce qu'il faisait dans cette maison de banlieue bourgeoise, un dimanche de repos. Normalement, il aurait dû aller bouquiner sur les bords du Rhône ou dans un coin calme à une heure de Lyon. Un jour comme les autres, dans une vie bien rangée. Il aimait flâner autour des librairies qui exposaient des livres anciens devant leur porte, dans les ruelles pavées du Vieux Lyon. La douceur de la promenade accompagnait ses rêveries. Il revenait avec deux exemplaires, qu'il admirait le soir avant de lire les premières pages. L'odeur du papier usé, parfois mêlée aux fragrances de cigarette et d'encaustique, était un réel plaisir.

Au lieu de ça, il transgressait les ordres de son patron et sa propre conscience pour une cause perdue, un instant d'éternité qui accoucherait du malheur.

« Une vie, ce n'est rien, disait sa grand-mère sur les dernières années de son existence. Ça passe en un clignement de paupières. Un jour, on se réveille et on est vieux. Tout est terminé et on contemple son histoire avec les regrets d'avoir oublié de vivre. Ne néglige pas cela quand les gens viendront te voir au cabinet. »

Dans son métier, le quotidien des patients défilait devant lui, avec des questions sur l'imminence de la fin, ou sur l'espoir de temps meilleurs. Quand la maladie avait frappé la première, chaque minute devenait précieuse et utile, chaque seconde avait un sens. Ce qui se raréfie est inestimable.

Pour autant, avait-il raison de suivre cette femme dans ce projet ? Il regarda la seringue et hésita. Quand cet homme ouvrirait les yeux, si seulement ça se produisait, que devrait-il lui dire ? Jusqu'où faudrait-il expliciter la vérité ?

Sur le large bahut du salon, des photos de famille étalaient un bonheur ancien, stoppé net quelques années auparavant. Tous les cadres montraient un jeune couple et un bébé avec des sourires collés au visage. Des clichés de félicité, de la maternité au baptême, de la mer à la montagne, des forêts à la plage. Toutes ces séquences qui se succèdent avec simplicité quand la vie se déroule normalement.

Justine avait patiemment archivé tous les paradis perdus sur du papier glacé, pour se souvenir que peut-être, à un moment, ils avaient été heureux tous les deux, puis tous les trois, avant que tout ne s'évapore dans les larmes. Elle gardait ce passé au contact direct de ses yeux et de sa peau, comme une belle cicatrice refermée sur le tissu atrophié du présent.

Vincent avait l'impression d'avoir un album périmé à portée de main. Élisa était affichée seule avec un déguisement de Tigrou, ou en maillot de bain au bord de la piscine. Il y avait même une photo de son premier jour d'école, avec son petit cartable de *La Reine des neiges* sur le dos, un bandeau dans les cheveux. Elle exhibait un sourire fier, mais légèrement inquiet.

Elle était la vie qui continuait malgré tout, évoluant, témoin de ce temps qui passait sans père. Dans toute la pièce, elle était là avec sa gaieté et ses yeux coquins, mais seule. Sans papa, sans maman. Justine n'existait plus. Absente de l'image. Hors du cadre, loin de tout, elle s'était elle-même exclue du paysage, comme si vivre sans son mari était une trahison.

À la voir quotidiennement à l'hôpital, Vincent comprenait pourquoi : elle ne savait plus sourire, même pour une photographie. Son visage heureux sonnait faux sur le papier glacé. Et quand une lueur passait presque par erreur, elle s'éteignait en un instant, ne laissant qu'une trace vite oubliée.

Élisa était sa seule lumière, son dernier phare dans la nuit.

Il s'approcha du lit et posa ses yeux sur Justine. Elle avait pris sa croix entre les mains et l'embrassait avec ferveur. Au loin, les chants d'Élisa montaient comme des pépiements d'oiseaux. Elle dansait sur ses plaques de pierre et s'amusait à esquiver le soleil. Il y avait encore de l'éclat dans sa vie.

— *Il était un petit homme, pirouette, cacahuète, il était un petit homme...*

Vincent débrancha la tubulure qui reliait son collègue à la machine et l'accrocha à la potence. Il prit entre ses doigts le conduit qui menait à l'estomac. Justine respira profondément. L'air pénétra en sifflant dans ses poumons.

— *Il était un petit homme qui avait une drôle de maison, qui avait une drôle de maison...*

Il fixa la seringue au tuyau et, après une dernière hésitation, son pouce pressa le piston pour pousser le médicament. En une seconde, tout fut terminé.

— *Sa maison est en carton, pirouette, cacahuète...*

Vincent rebrancha la nutrition parentérale et recula de quelques pas. Il s'épongea le front. Ses mains tremblaient encore. Il essayait de le dissimuler en les calant dans ses poches, mais sa nervosité débordait de tout son corps.

— Maman ! cria Élisa.

Justine sursauta.

— Qu'y a-t-il ? bredouilla-t-elle.

— Tu as vu comme je chante bien ? Je la connais bien, la chanson du petit homme !

— Oui, ma chérie. Bravo ! Je te félicite.

Elle s'approcha de sa mère et lui enserra la taille. Son regard se fronça un peu.

— Pourquoi tu trembles ? Tu as froid ?

— Euh… non, ça va.

— Il fait chaud ici. Moi j'ai pas froid !

— Tant mieux, tant mieux…

— Alors ? Pourquoi tu trembles ?

Justine chercha ses mots entre tous ceux qui se bousculaient aux portes de son esprit. Elle voulait parler de son espoir, de sa peur, de la crainte d'échouer, de la douleur de trop aimer. Elle aurait juste souhaité la prendre dans ses bras et lui murmurer des paroles douces, simples comme celles d'un enfant. Des paroles d'amour, des paroles de vie.

Elle se pencha vers elle et lui embrassa le front. La petite transpirait. Ses joues rouges luisaient dans la lumière du soleil.

— Il part quand, le docteur ?

— Je ne sais pas, murmura Justine. Il s'occupe de papa. Il va peut-être rester encore un moment.

L'enfant se cacha entre ses bras.

— Combien de temps ça peut mettre ? Vous avez une idée ?

— Dans les vingt à trente minutes. Mais rien n'est sûr. Il faudra peut-être recommencer… et on n'est même pas certains du résultat.

— Je sais.

Ils fixèrent Guillaume en même temps. Lui gardait son regard vitreux posé sur le plafond de la chambre attenante au salon. Ses lèvres entrouvertes laissaient passer un peu d'air et quelques râles de temps en temps.

— Maman ? Tu veux que je te chante encore la chanson ? Avec les gestes ?

— Euh… oui, pourquoi pas ? Mais tu ne veux pas jouer un peu dehors un petit moment, le temps que le docteur termine avec papa ?

— Non, non, s'il te plaît ! Allez, moi, j'aime bien chanter. Je suis sûre que papa aime bien, en plus.

— Oui, j'en suis certaine.

Elle la prit dans ses bras et l'embrassa intensément. Elle essuya quelques larmes du bout des doigts pour les cacher à sa fille.

— Je peux y aller ? répéta la petite.

— Oui, si tu veux.

— Mais il ne faut pas faire de bruit, d'accord ? Comme ça, papa va bien entendre.

— OK, on se tait.

— Je vais aller chanter en même temps pour mes jouets. Ils adorent ma chanson.

Elle se positionna devant eux, les doigts sous le nez pour simuler des moustaches, et étala son plus beau sourire.

Reprenant son refrain, elle se dirigea vers le jardin en emplissant le silence de sa voix d'ange.

Ils la regardèrent s'éloigner dans le soleil en tournant sur elle-même comme une figurine de boîte à musique.

Une voix s'éleva doucement derrière elle :

— Élisa…

19

Il n'y a que l'amour qui nous rende à nous-mêmes.

Albert Camus, *L'Envers de l'Endroit*

— Justine…

Elle resta quelques secondes enfermée dans sa stupeur. Une voix venue du passé s'élevait dans cette maison, où il n'y avait plus que des souvenirs anémiques.

Vincent s'approcha de son patient. Il essayait de masquer les signes de son excitation. L'homme devant lui revenait d'entre les morts-vivants, d'un monde de silence que la science ne côtoyait que de très loin.

Il se posa juste à côté de lui. Derrière, les sanglots de Justine montaient et tombaient entre ses doigts.

— Docteur Castelas ? Vous me voyez ? Vous m'entendez ?

— Oui… murmura Guillaume en le dévisageant.

— Je suis le docteur Dellecoste, votre neurologue. Comment vous sentez-vous ?

— Je ne sais pas. Bizarre… Qu'est-ce que je fais là ? Et vous ?

Vincent lui fit un sourire et tendit la main vers Justine.

— On parlera après ? Je crois qu'elle a besoin de vous. Je vous laisse vous retrouver.

Elle se jeta sur son mari et le serra avec passion, un baiser rempli de larmes et d'amour, des sanglots qui se mêlaient aux lèvres humides.

Il ne put réprimer un sourire en les découvrant ainsi, si puissamment amoureux. Il voyait de nouveau de la vie, une vraie vie pleine de sens.

— Gui… Guillaume. Je suis tellement heureuse, balbutia-t-elle. Tu m'as manqué, si tu savais ! Je pensais qu'on ne se reparlerait jamais.

— Chérie, j'ai un peu de mal à tout comprendre…

Il avait un rictus tendre, étonné, et des yeux ronds comme des soucoupes. Il lissait les cheveux de sa femme avec ses doigts, et contemplait la douceur de ses traits.

— Il faut que j'aille chercher Élisa, se reprit-elle.

— Élisa, murmura-t-il comme si ce mot seul était déjà précieux.

— Attendez juste quelques minutes dehors avec elle. Je dois expliquer à Guillaume tout… tout ça.

Justine s'éloigna au petit trot jusqu'au jardin. Accroupie devant sa fille, elle essuya ses larmes et la prit par la main. Vincent les observait avec une bulle au creux du ventre, une émotion comme il n'en avait jamais connu.

— Qu'est-ce qu'il se passe ? Je suis malade ?

— Je vais tout vous expliquer, mais il faut que vous m'écoutiez patiemment. C'est assez compliqué, et probablement assez dur à entendre.

Guillaume le regardait avec des sourcils froncés, comme au sortir d'un réveil trop long devant un soleil vigoureux.

— Vous avez fait une asphyxie grave qui vous a plongé dans le coma. Je pense que vous n'en avez aucun souvenir, n'est-ce pas ?

— En effet…

— Vous êtes partiellement sorti de ce coma, mais vous êtes resté dans un état mutique, cataplectique depuis ce moment. Un trouble de l'éveil profond qui vous empêchait de communiquer et… de vous nourrir.

Il désigna la sonde de gastrostomie du bout des doigts.

— Nom de Dieu… grommela Guillaume.

— Je comprends. Ça fait beaucoup… Avez-vous des souvenirs, des images qui remontent ?

— Je ne sais pas. C'est bizarre. J'ai l'impression de sortir d'un rêve, mais qui avait l'air un peu réel. Comme si j'avais perçu de loin plein de choses, des phrases, des sensations…

Vincent acquiesça. Il restait encore plusieurs éléments à lui communiquer, et pas les plus simples. Il espérait que Guillaume les oublie ou y vienne spontanément. Il n'attendit pas longtemps :

— Ça fait combien de temps ? Depuis quand suis-je comme ça ?

— Trois ans…

— Trois ans ! C'est impossible…

Il contemplait ses mains et ce tuyau qui courait le long de son abdomen. Il fléchissait les doigts et bougeait les bras comme si un nouveau corps lui était donné.

— Trois ans, reprit-il en séchant une larme. Ça veut dire que… Élisa. Elle a…

— C'est une petite fille, maintenant. Elle a beaucoup changé. C'est pour cela que je souhaitais vous préparer. C'est compliqué de…

Il interrompit sa phrase en entendant s'ouvrir la porte du jardin.

— Papa ?

La voix enfantine vint de l'extérieur, crevant le silence lourd des deux hommes. Le visage de Guillaume s'illumina. Une lueur qui n'avait plus balayé ses traits depuis trois ans.

Dans l'entrebâillement de la porte, une petite fille avançait avec la même hésitation que lorsque Vincent était arrivé le matin. Mais un sourire se cachait au bout de ses lèvres.

— Regarde bébé, ton papa veut te faire un câlin, murmura Justine à ses côtés.

— Papa ?

Il posa les yeux sur elle et cessa de respirer. Sa bouche tremblait tandis que deux filets brillants descendaient le long de ses joues. Il hoquetait en balbutiant le prénom de son enfant, une prière d'amour pour des retrouvailles inespérées.

— C'est toi, papa ?

— Oui, ma chérie… Tu es grande, dis donc… Tu es… tu es tellement belle.

Elle s'arrêta au pied du lit, serrant la main de sa mère contre sa joue.

— Tu viens me voir ? reprit-il en chassant les sanglots de sa voix. Tu veux bien ? Ça fait longtemps, hein… La dernière fois, tu étais si petite… Encore un bébé… Et maintenant…

Elle fit un pas, puis un deuxième. Sa minuscule menotte se détacha de celle de sa mère et vint se loger devant ses lèvres.

— Je suis une g'ande fille, murmura-t-elle.

— Oui, une grande et belle princesse. Approche…

Justine s'épongeait les yeux avec un mouchoir en tissu. Tout son maquillage avait coulé, dessinant des arabesques colorées sur ses joues. Ses lèvres soufflaient des encouragements muets à son enfant qui avançait vers un semiinconnu qu'elle aimait tendrement, mais qui, pour la première fois, se mettait à bouger et à parler.

Le soleil inondait la pièce et se reflétait contre les miroirs. Les cadres photo étiraient leurs ombres contre le mur, comme si leur place devenait bien plus grande.

Élisa fit encore quelques pas, un peu plus rapides. Au bord du matelas, elle baissa légèrement les yeux, regardant son père à travers la frange.

— Je peux te prendre dans mes bras ? demanda-t-il du bout des lèvres.

Elle acquiesça et tendit les mains dans sa direction. Tendrement, il se pencha vers elle en glissant ses paumes sous les aisselles. Il la souleva avec précaution. Ses bras tremblaient comme des branches dans le vent.

Il l'approcha de lui et la déposa sur le lit, sur ses jambes. Elle lui fit un sourire, et ses petites dents de lait brillèrent comme des diamants.

Vincent les regardait en se mordant les lèvres pour ne pas pleurer. Il avait vu des gens vivre, d'autres mourir. Il avait vu des patients sauvés *in extremis* retrouver leur famille en remerciant le ciel, les médecins, et tout ce qui pouvait être remercié. On lui avait offert des cadeaux ; une femme avait même sangloté sur son épaule en le serrant de toutes ses forces.

Tout cela, il l'avait déjà vécu et pouvait l'affronter de nouveau.

Pour le meilleur comme pour le pire.

Mais rien ne l'avait préparé à ce jour où le meilleur et le pire se mêlaient, sans savoir lequel des deux faisait briller la scène.

Il regarda l'horloge attachée au mur, au-dessus d'une peinture représentant des vignes en automne. L'aiguille ne s'arrêtait pas, et ne cesserait pas d'avancer pour eux. L'amour avait son heure. Mais elle était comptée.

Il se retira un peu du tableau pour reprendre ses esprits. Les trois membres de la famille étaient maintenant réunis sur le lit médical et s'embrassaient avec ferveur, des étreintes passionnées où les larmes se mêlaient aux rires bruyants. C'était beau à voir, encore plus à vivre.

— Attends, papa. Je vais chercher Doudou. Tu ne le connais pas Doudou. Il est dans le jardin. Il joue avec Elsa !

— Sa poupée, intervint doucement Justine pour aider son mari.

— Oui, c'est Elsa. Je vais les prendre.

Elle sauta du lit et partit en courant vers ses jouets qui cuisaient maintenant en pleine lumière. Le carré d'ombre s'était déplacé vers le bosquet de pensées. Le temps passait, le soleil ne l'oubliait pas.

Justine fit quelques pas vers sa fille. À cet instant, Guillaume tourna les yeux vers Vincent. Il avait un sourire encore collé aux lèvres, mais quelque chose aux extrémités pesait un peu trop lourd. Une forme d'amertume ou de mélancolie.

— Docteur Dellecoste ?

— Oui. Je me suis mis en retrait, je ne voulais pas…

— Je comprends. Merci beaucoup. Merci pour tout…

Vincent plissa les yeux en tiquant sur cette dernière phrase.

— Je saisis beaucoup de choses par votre présence. Je sais que vous faites cela pour moi et pour elles. Elles sont toute ma vie. Je suis touché par votre geste. Sincèrement…

— Il ne faut pas, c'est normal.

— Je ne suis pas très bon pour verbaliser mes pensées, et malheureusement, je n'ai pas beaucoup de temps pour les reformuler.

Il prit une grande inspiration et ravala une larme. Le cœur de Vincent s'accéléra quand il entendit les derniers mots. Sa bouche était sèche, sableuse. Il tenta de sourire sans vraiment y parvenir.

— Vous ne répondez pas, constata Guillaume les yeux dans le vague, presque aussi vides que pendant ses années de torpeur. Je comprends ce qu'il se passe. Comme j'ai confiance en vous, je vais vous demander la seule chose que nous ne nous sommes pas encore dite, et peut-être la dernière.

Ils se regardèrent avec intensité, tandis que les deux filles étaient au bord du jardin. Elles s'apprêtaient à revenir.

— Docteur Dellecoste, combien d'heures ai-je devant moi ?

20

Condamnés à la mort, condamnés
à la vie, voilà deux certitudes.

ALFRED DE VIGNY, *JOURNAL D'UN POÈTE*

Guillaume regarda l'Audi de son collègue partir en projetant quelques graviers dans la haie. Il avait tenu à le raccompagner jusqu'à la porte en marchant, comme avant. Ils avaient échangé une poignée de main, et bien plus que cela, même si les mots n'avaient pas forcément été utilisés.

Il contempla le ciel pendant quelques instants. Un bleu fabuleux, sans nuages, sans les longues chevelures des avions qui zèbrent l'atmosphère. Juste un ciel infini inondé de soleil.

Les fleurs que Justine plantait et entretenait inlassablement décrivaient de belles lignes autour de la maison et accompagnaient le chemin qui menait jusqu'au portail. Auparavant, il passait devant sans les remarquer. Il s'amusait même à la voir irriguer ses bosquets patiemment tous les soirs, dès que les températures montaient un peu trop. Il aimait l'odeur de la terre mouillée, et restait souvent à ses côtés quand elle se baladait avec le tuyau d'arrosage. Il gardait un bouquin à la main en profitant de la veillée.

Tous ces crépuscules étaient passés inaperçus dans sa vie d'antan. Peut-être parce qu'ils se ressemblaient beaucoup, peut-être parce qu'il s'imaginait devenir vieux, très vieux. Comme son grand-père qui s'était éteint à quatre-vingt-dix-sept ans, comme une bougie dans le vent, sans un bruit, sans s'altérer. Juste un long sommeil. Un vrai sommeil.

Lui allait replonger à l'aube.

« Une journée, tout au plus. Pas plus de vingt-quatre heures à mon avis, avait murmuré Vincent en s'approchant sur le ton de la confidence. Demain matin, je pense que… »

Il n'avait pas fini sa phrase, car elle était déjà trop claire. Les évidences n'ont pas besoin d'arguments. Elles s'imposent. Il savait que Dellecoste ne se trompait pas. Et qu'il était peut-être même un peu optimiste…

— Quelques heures, murmura-t-il à son espoir. Tu n'as que quelques heures. Demain matin…

Le soleil le surplombait tout autant que la chaleur. Les ombres des arbustes étaient microscopiques. Tout était écrasé par la fournaise estivale. Il sentit une goutte perler sur son front. Ce n'était rien, presque rien. Mais il n'avait plus le souvenir d'avoir transpiré.

Demain…

Il ferma les yeux, alors que sa vie courait dans le salon, à sa rencontre. Ses rires envahissaient la maison.

Demain, dès l'aube, à l'heure
où blanchit la campagne
Je partirai...

— Papa ! Tu es là ! Il est parti, le docteur ?

Je partirai...

— Oui, il est rentré à sa maison.

Je sais que tu m'attends

— On va pouvoir jouer tous les deux ! Tu viens ?

Je ne puis demeurer loin de toi plus longtemps

— J'arrive, ma princesse.

Il referma la porte derrière lui, et congédia le bruit de la ville dans la chaleur extérieure. Dans la maison, il reconnaissait les effluves de leur famille : l'eau de javel, que Justine utilisait tout le temps et pour toutes sortes de raisons ; l'odeur que ce produit laissait sur ses mains, comme sur celles de sa mère quand il était petit ; son parfum *Idôle*, qu'elle gardait depuis leur première rencontre ; la peau de sa fille dans le creux de son cou.

Il se sentait chez lui, même s'il était un peu étranger à tout ça. Une partie de lui venait d'ailleurs, d'un monde à part. Il suivit Élisa d'une démarche hésitante, saccadée. Elle lui tenait le poignet, et tirait parfois plus fort pour qu'il accélère le pas. Ses muscles répondaient tant bien que mal, lui envoyant des signaux imparfaits et des douleurs bien réelles. Pendant ces trois années, quelqu'un avait dû se charger de le masser, d'entretenir ce corps inerte sans savoir pourquoi. Il ne connaissait pas cette personne, mais la remerciait du fond du cœur.

La pointe de son pied accrocha un relief du carrelage. Il trébucha légèrement, et se rattrapa à la table du salon.

— Attends chérie, fit Justine. Papa n'a pas beaucoup de force dans les jambes. Il faut marcher doucement, sinon, il va tomber.

— Tu as bobo aux jambes ?

— Non, elles sont juste un peu endormies.

— Comme toi ! Tu dormais tout le temps ! s'étonna la petite en revenant près de lui. Allez, on va douououcement…

— Oui, là, c'est bien.

Elle le guida vers le salon où elle avait aligné ses jouets sur la table. Elsa était penchée, s'écrasant sur un lapin en peluche bleu, usé de tous côtés, dont les coutures avaient été maintes fois reprises et réparées. Guillaume reconnut son propre doudou, qu'il avait gardé depuis sa naissance. Il n'en avait jamais eu d'autres : celui-là avait occupé toute la place.

Quand il s'était installé avec Justine, il avait constitué une petite valise avec les éléments les plus importants de sa vie, et ce lapin en était la pièce centrale. Élisa était arrivée quelques années après, et il s'était promis de lui offrir un jour, pour lui transmettre une partie de lui.

L'animal en tissu bleu était là, le passage s'était fait sans lui, mais avec tous les sentiments qui comptaient tant. Il eut un pincement au cœur, quand Élisa lui désigna la peluche et l'appela tout simplement « Lapin ». Lui non plus ne lui avait jamais trouvé de nom.

— Tu l'aimes bien, ce lapin ? demanda-t-il.

— Oui, c'est mon doudou préféré !

— C'est vrai ? Et pourquoi ?

Elle le prit dans ses bras, et le serra par le cou en frottant son nez contre le petit bouton en plastique noir qui servait de museau à ce drôle de compagnon. Elle le respirait à pleins poumons.

— Je l'aime bien, parce qu'il sent toi.

Elle déposa un chapelet de baisers sur le visage élimé du doudou en le reniflant intensément. Depuis toutes ces années, que pouvait-il rester de lui ? Une peluche, des senteurs. C'est cela qu'elle avait retrouvé sans le savoir. Et c'est cela qu'elle chérissait.

— C'est vrai qu'il porte encore ton odeur, souffla Justine. Élisa refuse à tout prix que je le lave.

— Comme tous les doudous…

Il caressa les cheveux de la petite fille. Elle chuchotait des mots d'amour à l'oreille du lapin. Elle lui disait, avec ses expressions d'enfant, qu'elle serait toujours là, quoi qu'il arrive.

Guillaume lui lança un sourire quand leurs yeux se croisèrent. La peluche sous le bras, elle reprit sa présentation des objets et des jouets jusqu'au dernier. Un Playmobil à tête de corsaire, allongé sur un lit en plastique.

— Et ça, c'est le pirate qui dort ! s'exclama-t-elle.

— Il dort beaucoup ?

— Oui, et la princesse va le réveiller, et ils vont être amoureux !

— Eh bien ! s'esclaffa-t-il. C'est une sacrée histoire !

— Elle est belle, mon histoire.

Il la prit par les aisselles et la porta jusqu'à la hauteur de la table. Il la posa à côté de la figurine, et se pencha devant elle.

— Et toi, jolie princesse, qui es-tu ? Tu es une fée ?

— Euh… oui. Non, je suis une licorne !

— Une licorne ?

— Oui, j'aime bien les licornes. Je suis une princesse licorne qui va aider le pirate.

— Celui qui dort ?

— Oui. Parce que sa fille, elle veut le voir. Alors, il faut le réveiller. Elle a besoin de lui.

Justine glissa vers eux et les enlaça tendrement.

— Heureusement que tu es là, fit Guillaume, dont la voix vibrait un peu. Il a de la chance, le pirate !

Élisa lui fit un grand sourire. Elle tendit les bras pour s'accrocher à son col. Quand il la porta, ses jambes tremblèrent, autant de faiblesse que sous le poids de l'émotion.

Il la sentit poser ses petites lèvres dans son cou aussi doucement qu'elle l'avait fait avec la peluche. Lui aussi avait un corps abîmé, usé par la vie. Lui aussi avait été bricolé tant bien que mal pour tenir jusque-là. Il avait eu le cuir solide, mais le temps l'avait tanné avec des aiguilles de fer. Des meurtrissures silencieuses qui l'avaient emmené dans le mutisme.

Justine les embrassa en même temps, puis colla sa bouche sur celle de son mari. Leurs pupilles se rencontrèrent de nouveau, aussi fusionnelles que cette étreinte à trois.

Il avait l'impression de l'avoir tout juste quittée la veille, comme après une garde trop longue, dont on revient avec l'esprit hagard et les sens à l'envers. Elle était la même, simplement un peu plus triste sous la surface, toujours amoureuse au fond du cœur.

Il pouvait détailler chacun de ses traits, décrire toutes ses expressions, la connaître et la comprendre avant même qu'elle ne le sache. Elle était comme ça, il était ainsi. Deux qui ne font qu'un, unité indivisible. Il la retrouvait depuis les ténèbres, sorti de la nuit par la force de son choix et de ses sentiments. Elle avait eu ce courage, cette folie passionnée.

Élisa descendit de la table en se laissant glisser le long de son père. Puis elle l'entraîna vers le canapé, où elle le poussa gentiment. Posée sur lui comme un koala, elle ferma les yeux et se frotta le nez contre son lapin.

— Tu es bien sur ton papa ? demanda timidement Justine.

— Oui… il sent bon.

Guillaume l'enserra de ses bras. Ses lèvres plongèrent dans les cheveux de sa fille, tandis que ses doigts pressaient ceux de sa femme.

— Je suis heureux d'être revenu près de vous, murmura-t-il. Vous m'avez manqué… Tellement manqué…

— Toi aussi… Tu restes maintenant, OK ? Faut plus faire dodo, c'est pas bien quand tu dors. Moi, je veux continuer à te faire des câlins. Tu vas rester, hein ?

Il bloqua sa respiration pour ne pas trahir son émotion. Justine avait baissé les yeux vers leurs doigts entrelacés, où les alliances se touchaient de nouveau, comme si elles ne s'étaient jamais séparées.

Élisa attendait sa réponse, la tête penchée. Ses petites lèvres rosées dessinaient un sourire.

— Je serai toujours là, près de toi, dans ton cœur. Même quand je faisais dodo, je pensais à toi, je te protégeais. Et quand tu seras encore plus grande, je demeurerai à tes côtés. Un papa ne laisse jamais son bébé, sa princesse licorne. D'accord ?

— Oui, merci. C'est bien.

Elle replongea contre son torse en respirant son odeur.

— Fais-moi confiance, princesse, bébé koala, je serai toujours près de toi, dans ton cœur.

Il porta la main de Justine à sa bouche. Elle pleurait derrière le voile de ses cheveux. Son maquillage avait définitivement coulé. Il ne restait plus grand-chose de son fond de teint. Juste une pâleur accrue sur le trajet de sa détresse.

Il embrassa leurs alliances, puis lui toucha le menton pour relever son visage vers lui. Le soleil plongeait dans le salon, et éclairait les cadres où ils étaient tous les trois, avec Élisa, en sortant de la maternité. Une photo du bonheur qui brillait dans les rayons de l'été, dont le reflet éclaboussait jusqu'à eux.

Il plissa les yeux, heureux d'être ébloui de lumière et d'amour. Il percevait tant de choses. Le cœur de sa fille, les sanglots de sa femme, la douceur de leurs peaux, la clarté sur eux.

— Merci… murmura-t-il. Merci pour tout.

Elle tomba dans son cou.

— Pourquoi elle pleure, maman ?

— Parce qu'elle est contente qu'on soit ensemble. Elle est très heureuse.

— On pleure quand on est content ?

— Parfois, oui. Quand on est vraiment très, très content.

— Moi, j'avais presque envie de pleurer quand tu t'es réveillé !

Il lui sourit et la serra tendrement. Le bonheur prenait à certains moments un visage simple. On passait une partie de son existence à l'entrevoir ou à vouloir le débusquer dans des idéaux imparfaits, des optimismes incomplets, avec la certitude absolue qu'il était là, juste derrière la colline, juste au-delà du dernier échec. D'une fois sur l'autre, il s'enfuyait ou ne laissait paraître qu'un peu de son éclat pour mieux se dissimuler. C'était une quête sans fin qui ne s'arrêtait qu'au crépuscule, quand les priorités changeaient, qu'on ne parlait plus d'avenir, mais d'espérance de vie.

Guillaume était jeune, mais dans un corps en sursis. Un destin d'éphémère, à bourdonner une poignée d'heures vers la lumière, avant de disparaître dans les cendres de l'oubli. Une chute belle et vertigineuse, comme la dernière danse des feuilles d'automne. Tout était précieux, tout apparaissait neuf et évident. L'absurdité de son existence disparaissait presque dans le bonheur de leurs étreintes.

Il venait de se réveiller, et l'abîme lui tendait déjà les bras. Un gouffre que personne ne maîtrisait, dont il était ressorti par l'audace passionnée d'une femme aimante. La nuit était devant, avec l'éclairage des heures terminales pour le guider. C'était le cas pour tout le monde, car vivre impliquait de mourir. Seulement, lui savait où et comment il s'éteindrait, mais pas pourquoi ni quand ce sommeil de conte pour enfants deviendrait finalement un trépas froid et silencieux.

Il contempla sa fille et se brûla la rétine devant l'éclat de ses yeux. Elle était la lumière, le soleil, l'instant d'avant.

Justine leva les lèvres vers lui. Elle était l'autre partie de son corps, l'autre cœur dans sa poitrine. Il se rappela les frissons du premier jour, quand leurs regards s'étaient croisés. Les mêmes revinrent courir sur sa peau, tandis qu'elle plongeait dans ses yeux.

— Est-ce que… est-ce…

— Ne dis rien. Tu as eu raison. Merci, chérie. Merci…

Elle hoqueta un moment, sans le quitter du regard. Il brillait trop de larmes échappées.

— Est-ce que tu…

— Oui. J'ai discuté avec le docteur Dellecoste. Il m'a tout expliqué…

Il lui prit le visage entre les mains et la colla contre lui, dans le creux de son cou, juste à côté de sa fille. Il sentit leurs deux respirations l'une contre l'autre.

— Je vous aime…

21

Il n'est pas de plaisir plus doux
que de surprendre un homme
en lui donnant plus qu'il n'espère.

CHARLES BAUDELAIRE, *LE SPLEEN DE PARIS*

Justine l'accompagna jusqu'à la douche, comme on escorte un enfant. Elle regardait chacun de ses pas, épousait les vacillements de son corps. Il grimaçait de temps en temps, quand l'une de ses jambes se dérobait à l'improviste et qu'il devait se rattraper à n'importe quoi pour ne pas tomber. Son corps amoindri tremblait alors comme une feuille. Mais il souriait ensuite, parfois pendant de longues minutes, comme si ces accidents de parcours étaient une preuve de vie suffisante pour les apprécier.

Le carrelage était frais sous ses pieds, au milieu de cette douceur estivale qui emplissait chaque recoin de la maison. Justine avait hésité à mettre en marche la climatisation, mais Guillaume préférait sentir cette chaleur l'entourer, lui qui avait toujours aimé les canicules.

— Ça va aller ? Tu veux que je t'avance une chaise ?

— Non, c'est bon, on y est presque. Mes forces reviennent doucement. C'est encore juste, tout de même. On dirait un vieux cheval arthrosique !

— Tu es simplement un peu rouillé, plaisanta-t-elle.

— Un peu, en effet. J'ai l'impression de grincer de partout.

Élisa courait autour d'eux, et repartait ensuite avec son chariot de glaces en plastique, où elle concoctait toutes sortes de sorbets en pâte à modeler. Elle marchait en le poussant devant elle jusqu'à ses doudous, qui prenaient tous des crèmes à la vanille ou à la fraise.

— Glaces ! Glaces ! Glaces !

Elle s'arrêta près d'eux.

— Bonjour, monsieur Papa. Je vends des glaces ! Vous en voulez ?

— Oui, bien sûr !

— À quoi ?

— Euh... chocolat et fraise !

— Non, vanille et fraise !

— Bon, d'accord. Va pour une vanille et fraise...

Elle attrapa deux morceaux de pâte à modeler : un rose et un blanc, et entreprit de les transformer en boules harmonieuses. Un petit bout de langue perçait entre ses lèvres quand elle se concentrait sur quelque chose. Guillaume l'aperçut tout de suite.

— Elle fait comme toi, fit Justine en suivant son regard. Parfois, elle peut rester très longtemps sur un dessin ou sur des Lego, à adopter cette mimique qui te ressemble tant. Elle ne t'a jamais vu faire ça, et pourtant, c'est une réplique exacte de ton expression. Le même regard, les mêmes sourcils qui plongent l'un dans l'autre... C'est incroyable.

— C'est peut-être écrit en nous !

— Qui sait ?

Il prit avec une joie excessive le cornet de glace que lui tendait sa fille en lui donnant un billet imaginaire, et reçut une monnaie tout aussi imaginaire.

— C'est bon ? demanda la petite.

— Oh oui, excellent ! J'adore ! Vous êtes la meilleure, mademoiselle !

— Merci, monsieur ! Je vais servir mes doudous. Ils ont chaud. Ils veulent des glaces.

— Pas de problème, revenez quand vous le souhaitez.

Il la regarda repartir et s'abreuva de chacun ses gestes. Du plus insignifiant au plus excessif.

— J'aurais fait n'importe quoi pour la revoir, si tu savais, murmura-t-il à sa femme. Et toi également.

— Merci, ça me rassure un peu. J'avais tellement peur que tu m'en veuilles, que tu... que tu sois en colère.

— Je comprends. Mais c'est l'inverse, en fait. J'ai l'impression que c'est un cadeau. Et même si tout se termine demain...

— Ne dis pas ça, s'il te plaît. Peut-être que...

— Justine, souffla-t-il en s'approchant d'elle. N'y pense pas. On le sait, toi et moi, que ces instants ne dureront pas ! Je ne veux pas les gâcher à souhaiter ce qui ne viendra pas. L'espoir fait des promesses. La vie, elle, est bien réelle. Vous êtes le présent, vous êtes là, et c'est tout ce qui compte pour moi.

Elle tomba dans ses bras, lui faisant perdre un peu l'équilibre.

— Oh ! Excuse-moi, je n'ai pas fait attention.

— Avant, j'étais plus costaud. Bon sang, va falloir que je mange des épinards.

Il réussit à lui arracher un sourire. Sur la table, un magazine montrait un paysage d'Afrique, avec le coucher de soleil en toile de fond. Justine avait toujours aimé voyager, aussi bien dans la vie que dans son cœur.

— Quel mois sommes-nous ? Quel jour ? C'est l'été, non ?

— On est le 20 juillet…

— Le 20… juillet. C'est notre anniversaire de mariage…

— Oui.

Le soleil se déposait sur ses lèvres, en faisant briller les reliefs de son visage. Elle souriait avec la même tendresse que cet autre 20 juillet, où ils s'étaient unis dans l'ancienne église du village, sous le regard de leurs familles. Justine était ainsi : entière, évidente, sincère, déraisonnable parfois. Ce qu'elle exprimait n'avait pas besoin de mots, tant elle transpirait ses émotions sans les travestir. Il n'y avait jamais de jeux, jamais d'erreurs, jamais de mensonges. Et surtout pas en amour. Justine aimait, l'affirmait, le montrait, le souffrait.

Il l'avait su dès le premier jour, presque dès le premier regard, même si c'était un peu audacieux d'aller jusque-là. Ils se l'étaient souvent dit ensuite, quand les sentiments avaient quelque peu enjolivé la réalité pour la rendre encore plus romantique.

Mais, au fond de lui, il en avait la certitude silencieuse, pudique, presque honteuse. Cette femme, cette jeune fille qui le soutenait comme un arbre fêlé par le vent, il l'avait adorée au premier instant. Quand elle lui avait souri, quand elle était repartie, quand il avait vu ses cheveux se soulever dans l'air chaud de la bouche de métro. Tout s'était imprégné dans sa peau comme une persistance rétinienne affective, une drogue dure, dont il avait presque voulu se sevrer au plus vite en la revoyant quelques jours plus tard. Juste pour se dire que tout cela était faux, une erreur hormonale, un instinct primitif de mâle célibataire qui ne se reproduirait pas, ou sous une forme bien moins poétique.

Il fallait l'avouer : il s'était trompé dans les grandes largeurs sentimentales. Elle était revenue aussi simplement que le soleil prend son poste le matin et laisse à la lune le soin de se retirer. Et comme la première fois, il était tombé amoureux dans la seconde.

Un instant d'éternité.

Sa voix intérieure avait admis l'évidence, et il n'avait plus eu d'autre choix que de s'y soumettre, pour son plus grand bonheur.

Elle aurait pu être fragile. Peut-être se voyait-elle ainsi. Souffrir nous fait croire qu'on n'est pas à la hauteur, qu'on s'écaille jusqu'aux couches profondes qui laissent sourdre nos faiblesses au détriment de nos qualités. Souffrir fait de nous des aveugles qui ignorent les miracles du quotidien et se contentent de l'obscurité.

Justine brillait plus que tout ça, depuis toujours, depuis son enfance, et au-delà même de sa propre conscience, de la propre connaissance de sa vie. Guillaume l'avait compris dans ses mots et ses tons, dans ses regards vers le sol quand elle pouvait trouver quelque chose d'un peu correct venant d'elle. Ils en avaient parlé pour un résultat qui n'arrivait pas. Elle était une anonyme comme les autres, et sûrement moins que tout le monde. Ce qu'elle faisait était bien banal, réalisable par le premier venu.

Dans son regard si tendre, si plein d'amour inconditionnel, il voyait cette force sans limites qu'il avait fallu déployer pour croire à la passion, quand tous les gens auraient hurlé à la folie.

Oui, Justine était une étrangeté, une erreur. Elle n'était pas de ce monde.

Tu es tellement mieux, pensa Guillaume en l'embrassant du bout des lèvres.

— C'est toi qui as choisi ce jour ?

— C'est ce que je voulais. Et puis, le docteur Dellecoste m'a appelée pour me dire qu'il n'était pas disponible aux autres dates, que c'était le 20 juillet ou jamais. J'ai su que c'était un signe, que tu reviendrais. C'était écrit...

— Il y a huit ans, à cette heure-ci, on se préparait chacun dans nos familles. Je n'avais pas eu le droit de passer la nuit avec toi ni de voir ta robe.

— C'est la tradition, et c'est tellement mieux comme ça...

Il chercha leur photo de mariage dans le salon. Elle était accrochée au mur, au même endroit depuis toutes ces années. Ils étaient heureux devant l'objectif, simplement plus jeunes. Lui, un peu plus vaillant.

— Tu m'offres le plus beau des anniversaires, lui murmura-t-il à l'oreille en la prenant contre lui.

— Ce ne sera pas le dernier, Guillaume. Il y en aura plein d'autres.

Il ferma les yeux. Derrière le voile de ses paupières, il se souvint en flash de la cérémonie, du baiser dans l'église, puis des pas de danse incertains au crépuscule, quand la musique était montée des enceintes.

Il la revit se perdre de bonheur dans ses bras en vivant ce rêve de toujours. Ils avaient le monde pour terrain de jeu, et une envie furieuse de le dévorer. Ils étaient deux à ne former qu'un, depuis le premier regard jusqu'à ce mariage.

Élisa n'était pas encore là, mais dans leur cœur, elle était l'évidence d'après. La promesse que la vie faisait aux amours heureuses. Elle avait déjà ce prénom, ou celui de Samuel, si la génétique voulait en faire un garçon. Elle était là, quelque part entre eux, contre eux, à s'annoncer pour le futur.

Quand les derniers invités étaient partis aux premières lueurs de l'aurore, ils étaient retournés chez eux simplement, comme un couple banal, à une robe de mariée et un costume près.

Il l'avait portée solennellement pour franchir le seuil de la maison, poussant la porte du bout du pied, leurs lèvres se dévorant. Sans se préoccuper de la refermer derrière eux, ils s'étaient étendus sur le lit et avaient fait l'amour jusqu'au matin. Aux premiers rayons du soleil, ils s'étaient regardés jouir passionnément avant de s'endormir l'un contre l'autre.

C'était intact dans son esprit. Aussi fort et vivant que ce jour-là.

— Tu veux encore une glace ? demanda Élisa en s'interposant entre eux.

— Oui, la même, s'il te plaît. Elles sont vraiment trop bonnes !

— D'accord. Après, on ira jouer dehors avec les doudous.

— OK, j'arrive.

Elle repartit vers son chariot en sautillant. Ses cheveux volaient sur ses épaules. Elle embrassa son lapin bleu, avant de le remettre en place sous son bras.

Guillaume glissa jusqu'à la salle de bains et fit tomber ses vêtements au sol. Le tuyau qui sortait de son abdomen pendait comme un appendice inutile. Il grimaça en l'observant.

Devant lui, c'était un autre corps que le sien, que celui de sa mémoire. Le même, mais avec des traits tirés et le teint pâle. Ses joues creusaient de longs vallons dans son visage. Ses jambes grêles avaient oublié ses heures passées sur les courts de tennis. De ses bras flottaient des résidus de muscles devenus des lambeaux de peau inutiles.

Il soupira.

— C'est normal, intervint Justine devant son air dépité. Tu es déjà incroyablement bien, par rapport à ce que tu as enduré.

— Je suis diablement moins séduisant qu'il y a huit ans, complètement estropié.

— Non, tu es le même. Tu es toujours aussi magnifique. Je t'aime, mon beau docteur Castelas.

— Si tu me rencontrais aujourd'hui, tu m'enverrais chez un légiste. J'ai l'air plus mort que vivant. Merde, alors…

Elle lui tourna le visage vers elle en se désignant de la main.

— Guillaume, regarde-moi. Est-ce que je suis aussi charmante qu'avant ? Jeune et fascinante, comme tu disais ?

— Oui.

— Alors, ta mémoire te joue des tours, mon vieux. Je ne vais pas sortir les anciennes photos, sinon, on va déprimer tous les deux. Pourtant, tu me trouves encore un peu jolie ?

— Toujours autant envoûtante.

— Eh bien, moi également, je te trouve toujours aussi beau.

Elle se colla à lui, contre cette peau sèche qui ne l'avait plus touchée depuis des années. Elle entendit son cœur battre à son oreille. Des pulsations rapides, et les mains de son mari autour de ses épaules.

Elle oublia une larme qui glissa entre leurs épidermes.

Parce qu'on peut pleurer quand on est heureux.

22

Vienne la nuit sonne l'heure
Les jours s'en vont je demeure.

Guillaume Apollinaire,
« Le pont Mirabeau », *Alcools*

Le sol carrelé de la douche vibrait du clapotis des gouttes tombant de ses cheveux. Il contemplait ses pieds dans ce liquide bruyant, où la mousse l'enveloppait doucement avant de disparaître dans l'évacuation.

C'était une sensation étrange que celle d'être debout avec une eau brûlante dégoulinant autour de lui. Il avait l'impression que sa peau respirait de nouveau, au sortir de ce long sommeil. Chaque parcelle de son organisme se réveillait lentement, avec une forme d'hésitation.

Être vivant est souvent une affaire de point de vue, correspondant généralement à l'idée d'être heureux et épanoui, en accord avec ses désirs et ses objectifs, avec tout ce qui fait vibrer notre cœur. Guillaume était loin de cette réflexion-là. Lui se sentait de nouveau vivant, mais au sens littéral du terme, comme s'il intégrait un corps dont il avait ignoré toutes les évolutions depuis sa naissance, s'embarquant avec lui dans le jeu du temps et de la vie, dans la croissance et le vieillissement.

Il redécouvrait des perceptions pourtant si proches dans sa mémoire et dans son cœur, mais que tout le reste de son organisme avait oubliées depuis une éternité. Il en interprétait les signes le plus objectivement possible, comme si le médecin devait s'approprier cette enveloppe charnelle pour mieux la comprendre.

Ce corps lui parlait après un silence complet de trois ans, et presque un simple murmure depuis sa naissance. Aujourd'hui, tous ses sens s'agitaient de concert, dans une polyphonie sensorielle explosive. Il découvrait tout ce qu'il avait ignoré jusque-là. C'était une évidence qui serait éphémère, qui lui parlerait vite, fort, sans détour, sans filtre. Une expérience unique dont il oublierait tout à l'aube.

— Ça va ? demanda Justine en passant la tête.

— Oui. C'est assez étrange, mais ça va.

— Tu me dis si tu as besoin de quoi que ce soit. Je surveille un peu Élisa du coin de l'œil. On ne sait jamais.

— Ne t'inquiète pas. Je maîtrise.

Elle lui envoya un baiser et disparut aussitôt. Quand ils étaient jeunes, ou plutôt, quand il était réveillé, ils prenaient presque toujours leur douche ensemble. Que ce soit le matin ou le soir, que ce soit après le sport ou après le travail, ils se retrouvaient sous l'eau brûlante. Souvent un peu trop chaude pour lui.

Quand l'un y allait, l'autre le rejoignait systématiquement, même s'il n'en avait pas besoin. C'était une nécessité, un impératif physique. Ils se parlaient et se regardaient dans la brillance de l'eau sur la peau. Leurs lèvres venaient se coller, avalant de temps en temps un peu de shampoing. Ils riaient du goût affreux, mentholé ou artificiellement fruité, que cela laissait dans la bouche, au milieu de leurs salives entremêlées.

Leurs corps chauds s'enlaçaient tendrement parfois ; ils s'aimaient passionnément souvent, sans penser au temps ni aux obligations de la vie. Ils suffoquaient de plaisir dans l'incandescence de l'instant. C'était à ce moment-là seulement que Justine pouvait prendre une douche un peu froide.

Il leva la tête vers le pommeau. La pluie lui rinça le visage, emportant des larmes silencieuses dont il ne voulait pas sentir la descente contre sa peau. Une vapeur enveloppa la salle de bains et vint masquer son reflet dans le miroir. Il coupa l'eau, jeta une serviette sur ses épaules et enfila avec précaution les habits que sa femme avait disposés sur l'évier. Une chemise Kaporal qu'ils avaient achetée ensemble, un jean bleu glacial, et sa ceinture préférée. Tout ce qu'il aimait porter avant.

Il referma les boutons de sa chemise un par un, évitant avec délicatesse le tuyau de gastrostomie qui pendait devant lui. Il l'avait fixé à son abdomen avec un morceau de sparadrap pour ne plus le voir, tenter de l'oublier le temps de quelques heures.

Ces habits étaient devenus un peu grands, trop larges pour ce corps d'un jour. Il serra un peu plus la ceinture, et arrangea le tout le mieux possible.

Sa main effaça la buée qui voilait le miroir. Son reflet apparut à travers une myriade de gouttelettes. Ses traits étaient ternes, sa peau pâle attachée aux reliefs osseux de son visage, pour lui donner un aspect aquilin qu'il n'avait jamais eu. Ses joues s'enfonçaient vers le menton en longs creux concaves.

Une petite barbe de trois jours venait le vieillir. Avant, il aimait bien, et Justine aussi. Il avait l'air moins jeune et un peu plus sérieux. Elle lui trouvait un côté latin très charmant, un poil macho. Il avait gardé l'habitude d'entretenir ce style pour lui faire plaisir.

Mais aujourd'hui, au pied de la douche, le Latino était bien altéré. Son visage émacié ressemblait plus à celui d'un SDF ou d'un fumeur invétéré en phase palliative de cancer. Elles semblaient loin, ses jeunes années sportives où il était bien dans son corps, bien dans sa peau.

De l'autre côté du miroir, il ne restait rien.

Un reflet attira son regard juste à la racine de son sternum. Une croix en or scintillait discrètement sous la lumière du plafonnier. Il la saisit délicatement en fermant les paupières.

Ses pieds l'entraînèrent hors de la salle de bains, perdu dans ses pensées. Justine nettoyait les mains de sa fille avec un gant humide.

Elle vit la croix entre ses doigts et la brillance dans ses yeux.

— C'est… c'est la croix de ma mère ?

— Il est joli ton collier, papa.

— Merci, répondit-il en lui faisant un sourire.

Justine s'approcha en laissant le gant sur la table. Elle se mordillait les lèvres.

— Oui, elle voulait que tu la gardes. C'était sa façon de te dire… d'être près de toi, toujours avec toi. De te protéger.

Il ferma les yeux. Les mains de sa femme se posèrent sur ses joues. Elles sentaient la javel, cette odeur du passé qu'une autre femme avait eue sur elle quand elle lui caressait le visage pendant son enfance. Une mère qui l'avait porté, qui l'avait aimé, qui l'avait soutenu, qui l'avait entouré. Celle dont il avait accompagné la vieillesse et les douleurs, en tant que fils comme en tant que médecin.

Ils s'étaient parfois mal compris, mais s'étaient toujours aimés, jusqu'à ce que le silence les sépare.

Il serra ce bijou dans sa paume, avec une intensité déchirante. Justine s'était lovée contre lui, et essuyait les larmes qui coulaient de ses yeux.

— Elle… elle est partie, c'est ça ?

— Oui, il y a un peu plus d'un an… C'était en janvier.

Il renifla bruyamment en essayant de maîtriser les secousses de ses sanglots. Au loin dans le jardin, Élisa construisait une maison avec ses Lego. Insouciante et heureuse.

— Que s'est-il passé ?

— Elle a fait un petit AVC, quelques jours après les fêtes.

— Juste après son anniversaire…

— Oui, juste après. Son bras droit était partiellement paralysé et elle parlait avec difficulté, mais les infirmières de la maison de retraite ne l'ont pas vu tout de suite. Compte tenu de son âge et du retard de diagnostic, les médecins se sont contentés d'un traitement médical. Ça ne s'est pas aggravé, mais elle avait du mal à boire et…

Il regardait sa fille, que sa mère avait tellement aimée. Elle l'avait tenue entre ses mains osseuses pour l'embrasser tendrement quand elle n'était âgée que d'une semaine. Elle lui chantait des berceuses et lui racontait la vie d'avant, celle de son papa quand il était, lui aussi, un petit bébé.

— Elle a fait une fausse route et une infection pulmonaire dans les jours qui ont suivi. Malgré les traitements, les antibiotiques, son état s'est aggravé progressivement.

Justine parlait de plus en plus lentement, cherchant les mots pour dire l'indicible, ce qui faisait mal à n'importe quel enfant : que sa mère était morte, qu'il ne la reverrait plus, qu'il ne toucherait plus sa peau, qu'il ne sentirait plus ses lèvres sur ses joues.

Il embrassa sa croix en murmurant quelques mots.

— Elle est partie apaisée. Elle m'avait donné cette croix avant que son état ne se détériore, comme si elle savait ce qu'il allait se passer. C'était pour toi, parce qu'elle est là, dans ton cœur, tout près. Elle parlait tout le temps de toi, même quand ses facultés déclinaient et qu'elle te croyait encore à l'école…

Il fit un sourire pris entre deux larmes. Le paradoxe de l'amour qui peut extraire un peu de joie, même au cœur de la tristesse.

— Tu peux être fier de toi, du fils que tu as été. Tes parents ont eu de la chance de t'avoir. Est-ce que tu t'en rends compte ? Quand on parlait de toi, je voyais briller leurs yeux de vos souvenirs ensemble, de tout ce que vous aviez partagé, de tout ce que tu leur avais donné. Tu peux être certain que ta mère est partie apaisée.

— J'aurais voulu être là…

— Je sais, murmura Justine en lui caressant la joue.

— J'ai perdu tout ce temps… J'ai perdu ses derniers jours, les premières années de notre fille… Tant de choses…

Ils se regardèrent intensément.

— Elle t'aimait, et c'est cela que tu dois garder en toi.

Il acquiesça lentement. Ses yeux brillaient au-dessus de la croix en or. Sa maman avait acheté ce bijou au cours d'un pèlerinage quelconque, un parmi tant d'autres. Mais elle l'avait conservé auprès d'elle, et le serrait entre ses doigts lorsque les bourrasques de la vie frappaient leur histoire. Il revoyait son visage au regard plongé dans le lointain, quand elle cherchait des forces dans ce petit pendentif si banal.

Dans ses souvenirs, elle avait encore les traits vivants, avec une alternance de sourires larges, de joies expressives et de froncements de sourcils, quand elle se laissait submerger par la colère. Elle était comme ça : binaire. Le soleil et l'orage, le feu et l'eau. Il l'aimait aussi pour cela.

— Ses derniers mots ont été pour toi. Elle te parlait comme si vous étiez à deux, comme si vous discutiez. Et elle souriait… J'étais à ses côtés. Je pouvais voir ce sourire sur ses lèvres alors que tout le reste s'enfuyait. Elle était heureuse, parce qu'elle était avec toi dans son cœur. Vous étiez ensemble. Et…

Elle prit une grande inspiration en tentant de refouler ses larmes. Ses mains tremblaient contre la peau de Guillaume.

— Je suis sûre que, d'une certaine manière, elle t'a aidé à revenir. Ça peut te paraître bête, mais… je ne sais pas. Moi, j'ai l'impression qu'elle est là, avec nous, et qu'elle t'a donné cette chance. Le docteur Dellecoste n'y croyait pas. Pour lui, il était peu probable que ça fonctionne. Et pourtant, tu es ici, avec nous.

Il l'embrassa tendrement. Ce baiser était un mystère, une anomalie dans l'histoire de sa vie. Même si ce type de réveil était connu, c'était une rareté, un accident. Le médecin qui parlait au fond de lui y voyait un miracle. L'homme y voyait un peu plus…

Élisa courut vers eux et les enlaça tous les deux en même temps de ses petits bras. Elle nicha sa frimousse entre leurs cuisses.

— On peut manger au McDo, maman ? Comme quand on allait chez papa ? S'il te plaît…

Elle joignit ses mains devant elle comme un enfant de chœur et retroussa sa lèvre inférieure. Une tête de

Calimero, où les grands yeux éclatants de beauté brillaient d'une lueur insolente.

— Tu sais, ce n'est peut-être pas une bonne idée pour papa, d'aller déjeuner là-bas. Tu comprends ? Il n'a pas l'habitude.

— Oui, mais moi, j'aime bien les frites et les nuggets ! Allez, papa !

— D'accord, mon chaton. Tu vas me montrer tout ce que tu manges, OK ?

— Ouiiiiiii !

Justine se tourna vers lui.

— Tu es sûr que c'est prudent ? Passer de la nutrition par sonde au McDo, c'est un peu… dur, non ?

— Ne t'inquiète pas. C'est surtout pour elle. Moi, je me contenterai de quelques broutilles, et surtout de profiter du temps avec vous.

— On ira chez papi ? reprit la petite.

Ils se regardèrent pendant quelques instants. Élisa était déjà en train de mettre ses chaussures.

— Est-ce que tu veux que je l'appelle ? murmura Justine à l'écart.

— Non…

Le soleil était au zénith. Les ombres avaient presque disparu, au profit d'une lumière éclatante. Une pureté totale qui préfigurait la langueur estivale des heures jusqu'au crépuscule. Pour le premier et dernier jour de sa vie, le ciel lui faisait une fête exceptionnelle, comme un cadeau avant une longue nuit.

Il allait vivre une belle journée d'été, qui aurait été anodine si elle n'avait pas précédé l'hiver.

Un frisson le parcourut. Que serait ce sommeil ? Que serait-il ensuite ? Aurait-il une autre chance, un jour prochain ?

Albert Camus avait écrit : « Aujourd'hui maman est morte. » Des mots simples pour une douleur insondable. Pour elle, il n'y avait plus d'espoir. Il ne subsistait qu'une tristesse infinie qu'il ne pouvait même pas digérer, qu'il ne pouvait même pas prendre le temps de souffrir ou de pleurer, qu'il devait accepter dans l'urgence.

L'urgence de vivre avant de s'éteindre. Même pas la « chance » de mourir et de partir avec la certitude que tout s'achève.

Pour sa mère, sa chère et tendre mère, celle dont il aimait les imperfections et l'humanité, les sourires et les caresses, l'histoire était close. Refermée à jamais sans pouvoir tourner de nouveau les pages de la vie. Un livre terminé dont les souvenirs étaient les chapitres, à fleur de mémoire.

Mais pour lui, que fallait-il espérer ? Où se situait simplement l'horizon de son existence ? Il se refusait à songer à cet « après » dont il ne connaissait rien, hormis qu'il le subirait avec impuissance. Cette nuit future qui s'offrait à lui dans toute sa certitude s'étendait comme une marée noire lugubre et invincible, dès qu'il y pensait. Il la repousserait de toutes ses forces tant qu'il resterait un peu de vie devant lui, en lui. Elle avançait malgré tout, minute après minute, inexorablement.

Il avait peur d'espérer, car l'espoir gâche quand il ne peut donner. Croire à une autre chance aboutirait à la conviction de compromettre celle-ci.

Il écrasait de son énergie vitale les voix intérieures, qui lui promettaient le jour et le temps, qui lui offraient autre chose que sa condamnation silencieuse. Des sirènes dont il voulait fuir les chants et les mensonges.

Il n'avait qu'une poignée de sable à laisser couler entre ses doigts, quelques instants auprès des deux femmes de sa vie. Des heures à consumer à tout prix, envers et contre tout, sans attendre autre chose.

Justine ferma la porte du jardin à clef et baissa un peu les volets pour congédier la chaleur hors de la maison.

Guillaume regardait sa fille, qui mordait son bout de langue en bataillant avec ses sandales mises à l'envers. Elle accueillait son retour avec la joie simple d'une enfant heureuse. Comme si c'était une évidence, et que les autres jours du reste de son existence, ceux dont elle n'imaginait pas la complexité, allaient être à l'image de cet instant de fin de matinée presque normal : la vie est un peu difficile, comme des chaussures trop étroites, mais au fond, on y arrive toujours, quitte à marcher de travers.

23

Le temps mène la vie dure
à ceux qui veulent le tuer.

JACQUES PRÉVERT, *FATRAS*

Ils avancèrent jusqu'à la voiture. Guillaume se concentrait principalement sur la marche, avec cet effort simple, mais considérable pour lui : mettre un pied devant l'autre. Il sentait ses jambes trembler à chaque mètre parcouru.

Toutes les sensations extérieures étaient multipliées par dix, par cent, par mille. Les bruits, les odeurs, les éclairages, l'enchevêtrement des couleurs et des parfums. Il progressait dans ce lieu dont il avait connu les moindres recoins, avec le sentiment d'être sur une terre nouvelle, une contrée aux horizons infinis. Son cœur battait de plus en plus fort, faisant monter un bourdonnement sourd à ses oreilles.

La lumière aveuglante l'agressait en inondant tout son périmètre. La blancheur des galets de l'allée lui semblait trop vive. Le parfum des fleurs, pourtant engoncé dans l'épaisse pollution périurbaine, lui était parfaitement accessible.

Le pire, c'était le bruit, notamment les jappements des deux minuscules chiens des voisins, des êtres informes, petits, aux yeux exorbités, qui sautillaient et s'agitaient sans raison tout au long de la journée. Il y avait aussi les voitures, qui passaient dans cette rue calme. Elles grondaient comme des avions.

Tout l'agressait, tout était trop.

Il s'arrêta un instant pour respirer et recouvrer ses esprits. Sa main s'appuya sur l'épaule de Justine, tandis qu'Élisa dansait autour d'eux en regardant les papillons.

— Tu veux qu'on reste ? C'est peut-être imprudent de sortir ? Tu es encore faible…

— Ne t'inquiète pas, il me faut juste quelques secondes pour… pour reprendre l'habitude de tout ça, de toutes ces choses. Ça fait beaucoup, tu sais…

Elle lui caressa le bras, où de la sueur coulait lentement.

— Tu veux que j'aille te chercher une canne ? Ça te sécuriserait peut-être.

— Oui, pourquoi pas ? J'aurais l'impression d'être le docteur House.

Il lui fit un sourire essoufflé, qui masquait assez maladroitement les difficultés qu'il endurait. Elle s'absenta un instant.

— Papa, tu viens ?

— J'arrive, mon chaton.

— Tu as mal aux jambes ?

— Oui, un peu. Elles sont fatiguées, mes vieilles jambes.

Elle s'approcha et lui donna la main.

— Je vais t'aider. C'est pas facile d'être un vieux papa !

Il lâcha un rire qui lui fit du bien, un instant étrange où le carcan de son destin se relâcha. Oui, il était un vieux papa dans un corps pourtant jeune, privé trop longtemps de la sève de la vie. Il restait l'écorce et quelques fibres encore intactes. Un arbre à moitié mort, au sortir de l'hiver, et dont le printemps ne serait qu'une éphémère éclaircie.

Il se nourrissait de ces racines aimantes qui l'entouraient de bienveillance et de tendresse. Assez pour résister à la peur et à l'effondrement. Assez pour chérir malgré tout cet œil calme au milieu du cyclone.

La main d'Élisa était minuscule dans la sienne. Il palpait ses petits doigts si fins dans sa grande paume osseuse, décharnée. C'était leur première fois à tous les deux : les quelques mètres d'un père et de sa fille sur le chemin de la vie.

Elle leva sa bouille vers lui, plissant les paupières sous le soleil. Elle mit sa main en visière et lui fit un sourire. Ses dents étaient légèrement écartées, comme les siennes. Un air de famille qu'il tenait de sa mère. Elle avait les yeux de Justine, ces grandes amandes éclatantes qui inondent chaque regard dès qu'on y plonge.

Elle était belle. Il voulait fixer chacun des détails de son visage pour l'emmener avec lui dans l'obscurité. S'il devait errer dans les rêves et les cauchemars jusqu'à la fin de son temps, alors autant avoir les traits de sa fille pour l'accompagner.

Justine revint près d'eux avec une grande canne, dont le pommeau représentait un chamois. Guillaume l'empoigna et la contempla longuement.

— C'était celle de maman !

— Oui, celle qu'elle prenait quand elle allait marcher, avant que ça ne devienne trop difficile. On l'avait laissée dans la chambre à l'EHPAD, pour lui rappeler toutes ces journées de randonnées. Elle aimait bien parler de ses montagnes.

— Elle se sentait apaisée là-bas, quand on arrivait en haut et que tout était calme. À chaque fois, elle avait l'impression de revivre.

— C'est pour cela que j'ai gardé cette canne ; comme beaucoup de choses, d'ailleurs. Mais celle-là, je savais qu'elle était chère à ton cœur.

Il la prit dans sa paume et avança doucement, le bâton d'un côté, la main de sa fille dans l'autre.

— C'est la canne de mamie, fit-elle. Je l'aime bien, mamie, mais elle est au ciel, avec les anges. C'est dommage…

— C'est vrai, mon chaton, elle nous manque, mamie…

— Oui, mais toi, tu es là, maintenant. Ça, c'est bien, je suis contente !

Il se pencha sur elle et l'embrassa sur le front.

— Viens, papa, j'ai faim ! On va manger des frites, lança Élisa.

— D'accord, allons-y.

Ils parcoururent les trois kilomètres les séparant du fast-food en quelques minutes. Il était presque tôt. Le coup de feu serait pour plus tard. Mais l'estomac d'Élisa ne faisait pas de cadeaux, encore moins quand on parlait de nuggets, de frites et de glace. Elle salivait dans son rehausseur, en cherchant le restaurant des yeux.

— Papa ! C'est là-bas !

Ils se garèrent et se posèrent rapidement à une table. Les jambes de Guillaume faiblissaient à vue d'œil. Justine se chargea de la commande, pendant que le père et sa fille jouaient aux devinettes. Elle revint avec un plateau rempli.

— Super ! J'adore ! Et toi, papa, tu ne manges pas ?

— Si, on partage avec maman…

— Maman, tu as pris le truc préféré de papa ?

— Euh… non, il n'y en avait plus.

Guillaume lui jeta un regard interrogatif.

— Quand on venait te voir, on passait parfois par ici pour apporter quelque chose à l'hôpital. C'était meilleur que les affreux sandwichs qu'ils font là-bas, et ça lui faisait plaisir. On prenait toujours un menu pour toi qu'on laissait sur la table.

— Oui, ton préféré, intervint Élisa.

— C'est ça. Et au moment de partir, on le mettait bien en évidence pour que tu le manges le soir, n'est-ce pas, ma chérie ? Quand on revenait le lendemain, tout était terminé. Tu comprends, continua-t-elle en faisant un clin d'œil, on demandait à Catherine si tu avais bien aimé. Et à chaque fois, elle disait que tu avais adoré…

— Je vois…

C'était l'un de ces mensonges de mère que la douleur dicte à la raison pour créer une illusion passagère, le temps de trouver les mots, le temps de comprendre soi-même ce que le destin vous inflige. Ce qu'un adulte ne peut tolérer, comment Élisa aurait-elle pu l'entendre ? Alors, pour donner à leur vie un aspect moins rugueux, elle utilisait une ruse de nécessité, de celles qu'on prononce avec les larmes au coin des yeux, trop pudique pour les laisser couler. Lui, qui devait garder l'espace de quelques heures la réalité de son destin dans le silence, mesurait de plus en plus ce qu'avait dû être le quotidien de sa femme depuis trois ans : un cache-cache sans fin entre le devoir de vérité et l'illusion d'un espoir de bonheur.

Jusqu'où pouvait-elle aller dans ces deux sens ? Il n'en avait pas la moindre idée, et souffrit pour elle en imaginant l'avenir. Elle serait seule, bien trop seule pour aider cette enfant à grandir, et lui apprendre jour après jour que ce père somnolent ne mange pas le Big Mac qu'elle laisse sur la table, que les infirmières écrasent une larme quand elles finissent le paquet de frites pour ne pas le jeter, que l'odeur du fast-food dans le service de neurologie est celle de la tristesse.

Ce serait un passage obligé, un glissement lent de l'innocence à la souffrance, puis à la résignation. Faire accepter qu'il n'y aurait plus de promenade à deux, main dans la main, si ce n'est sur les quelques photographies et vidéos qu'elle prenait à la dérobée, cachée sur le pas de la porte ou dans les allées du McDo. Ces souvenirs rempliraient surtout des dossiers sur disque dur, vus et revus, effaçant progressivement ceux de sa mémoire.

Dans son cerveau de gamine, Élisa imprimait quelque part que cet homme était son père, et que ce père était là comme ceux des autres enfants. Il devenait normal. Mais il allait repartir vers le sommeil, et cette illusion de normalité serait rapidement remplacée par la réalité des journées à l'hôpital. Le papa vivant allait disparaître, inéluctablement, irrémédiablement.

Guillaume en ressentait la douloureuse évidence au fur et à mesure que passaient les heures. Ils étaient ensemble, et ces minutes s'inscriraient dans un coin de la mémoire de sa fille. Mais qu'en resterait-il ensuite, quand le temps, ce même temps qui jouait contre lui, s'acharnerait à effacer ses souvenirs d'enfant ?

Il regarda Élisa attaquer ses nuggets avec appétit. Elle les trempait délicatement dans le ketchup et les dégustait un par un, en s'essuyant parfois avec la manche. Chaque frite était exposée devant ses parents, surtout les plus grandes – des « géantes », comme elle disait. Elle avait sorti le jouet en premier de son Happy Meal pour le montrer. Un bonhomme en plastique qui devait appartenir à un dessin animé quelconque. Elle en était heureuse ; rayonnante, même.

L'odeur dans le fast-food était puissante, agressive, presque écœurante. Elle lui rappela la jeunesse de leur couple, quand ils se voyaient le week-end et se payaient un burger, à défaut de pouvoir faire mieux, avant de flâner sur les hauteurs de Fourvière ou sur la place Bellecour. Ils n'avaient pas d'argent, mais de l'amour en illimité. Maintenant, il aurait pu l'emmener chez Bocuse, mais il n'en aurait pas le temps. Elle serait peut-être au bras de quelqu'un d'autre…

— Tu manges, papa ? marmonna Élisa, la bouche débordant de frites.

— Oui, je vais goûter tout ça. Ça a l'air trop bon !

Elle l'avait arraché à ses pensées avec toute la douceur de sa voix enfantine. Il croqua dans le burger et ne put s'empêcher de sourire. C'était tellement étrange, tellement violent comme sensation, pour un repas si banal. Ce fut un mélange de nausée et de plaisir, un instant explosif qui accompagna les aliments entre ses lèvres.

Autour d'eux, des adolescents, des couples occupés à regarder leur téléphone, des familles bruyantes, des commerciaux solitaires. Toute une faune qui passait près de lui, un déjeuner sans envergure dont elle ne garderait rien, qui ne laisserait aucune trace dans sa vie, si ce n'est un peu de graisse dans le ventre ou dans les artères.

Parce que le quotidien est une succession de clichés neutres qui terminent dans les poubelles de la mémoire. Au milieu de tout ça, il y a quelques exceptions, des instants précieux dont on a compris l'importance, ou dont l'impact s'impose seul. Ceux-là prennent une place sur un cadre en bois accroché au mur du salon, ou dans la cuisine de la belle-mère.

John Lennon disait que la vie, c'est le truc qui se passe quand tu es occupé à faire autre chose. Guillaume aussi avait été de ce côté-là de la barrière, lorsque des gens dont il croisait la route vivaient peut-être l'enfer dans l'anonymat. Lui traversait son existence en attendant les moments de grâce, parmi une réalité simple et sans relief. Il était comme les autres.

Élisa déballa sa glace ; alors même qu'il avait encore sa première bouchée entre les dents. Elle était heureuse de tout, envers et contre tout.

Il mastiqua lentement, longuement, avec une forme d'appréhension. Ce n'était qu'un burger – certes, son premier depuis des années –, mais un truc mou et sans consistance, de la nourriture prémâchée.

Pourtant, il gardait une peur au fond de lui : la dernière fois qu'il avait mangé, il était mort.

24

Un beau soir l'avenir s'appelle le passé.
C'est alors qu'on se tourne
et qu'on voit sa jeunesse.

LOUIS ARAGON, *LE NOUVEAU CRÈVE-CŒUR*

Ils passèrent devant la maison de ses parents. Le pavillon était le même, aussi bien entretenu que dans ses souvenirs. Son père avait toujours mis un point d'honneur à avoir une haie impeccable et des massifs de fleurs parfaitement organisés. Il tondait encore malgré ses quatre-vingt-un ans.

Justine se gara en face, de l'autre côté de la route. Elle avait hésité à prendre ce chemin, mais Guillaume avait insisté. Il voulait voir son père, juste un peu, même de loin. Il l'aimait beaucoup, aussi tendrement qu'un gosse puisse aimer l'homme doux et généreux qu'était son papa. Ils n'avaient jamais eu d'accrochages ni de conflits. C'était une relation simple et puissante, qui s'était nouée dans une affection inconditionnelle et dans l'intelligence. Celle d'élever son fils, avec toute la complexité de ce rôle, et celle d'être l'enfant grandissant sans comprendre tout ce qui est mis en œuvre pour que l'on soit protégé et que l'on mûrisse dans les meilleures conditions. C'était une alchimie qu'ils avaient réussir à produire. Une vraie profondeur qui lui manquait terriblement.

— Comment tu te sens ? demanda Justine à demi-mot.

— C'est dur… Je donnerais n'importe quoi pour y aller, le prendre dans mes bras, lui dire que je l'aime, comme je fais avecvous, juste le temps d'une journée. J'ai tellement de retard sur ma vie, sur tout ce que j'aurais voulu expérimenter, dire, écrire… J'ai l'impression que ce livre va se terminer et que je n'aurai pas eu le temps de vous aimer. Ni toi, ni elle, continua-t-il en désignant Élisa de la tête… ni lui. Il a été formidable, même quand il se trompait. C'était si simple d'être son fils. Je m'en suis presque toujours rendu compte. Parfois, j'enviais un peu les autres pour ce qu'ils avaient. Et puis, je regardais leur vie de famille, et tout devenait plus évident. J'avais une chance inouïe : c'était de les avoir tous les deux.

— Tu as peur d'y aller ?

— J'ai peur pour lui. Je sais à quel point ça va être douloureux… Pour toi, surtout !

— Ne dis pas ça…

— Si. Ça va être terrible pour Élisa et toi. Moi, je vais simplement m'endormir, et tout sera fini. Je n'aurai pas ces peines sur le dos. Mais lui, à son âge… Ça doit être si dur d'enterrer son fils ou, en tout cas, de faire comme si. Et le voir revenir quelques heures, pour qu'il replonge ensuite dans cet abîme. Il n'y survivrait pas… Je ne peux pas lui faire ça. Je préfère qu'il reste avec cette souffrance lente, et peut-être cet espoir lointain qu'il y aura un jour du mieux, même si c'est faux.

— Tu es bien là. Personne ne sait s'il n'y a pas d'autres choses à faire, s'il n'y a pas d'autres solutions ! Si ce médicament a fonctionné, d'autres le peuvent peut-être aussi.

Élisa était derrière, dans son rehausseur, en train de faire voler ce drôle d'homme en plastique dont les yeux étaient aussi gros que les pieds. Elle lui parlait et lui racontait des histoires dont il était le héros, bien qu'il n'en ait pas du tout l'allure.

Guillaume entendait sa voix comme un murmure délicieux, un pépiement qui berçait ses oreilles. De temps en temps, elle lui faisait un sourire dans le rétroviseur, puis recommençait son jeu imaginaire. Chacune de ses mimiques était un élan de douceur dans le cœur brisé de cet homme. Il goûtait ces moments avec l'avarice d'un condamné.

Sur le tableau de bord, il remarqua qu'une dizaine de minutes s'étaient déjà écoulées sur cette place de parking, à côté de sa maison d'enfance. Il y avait encore la musique en fond sonore.

— Il faut garder un peu d'espoir, Guillaume, reprit Justine. Je ne te laisserai pas tomber, jamais…

— Je sais. J'ai simplement peur d'attendre quelque chose qui ne viendra jamais. Peur de gâcher ces heures, alors que c'est peut-être ce que je suis en train de faire en me posant ces questions. J'aimerais brûler mon temps avec vous pour qu'il soit inoubliable, pour vous rendre heureuses avec le peu de vie que j'ai devant moi.

Il fixa la maison en se pinçant les lèvres. Elle était le témoin de son passé, d'une époque où tout semblait simple et apaisé, où le destin se dessinait comme un long parcours, avec certes quelques embûches, mais un beau voyage, finalement.

En réalité, il s'était arrêté à la première station et avait laissé le train de son existence partir dans l'horizon.

Justine le vit se redresser brusquement, se raidir. Son regard se tourna vers la maison de son beau-père. Il était sorti sur le seuil, arrosant précautionneusement les hortensias qui étalaient leurs larges fleurs violacées. C'était un bel homme malgré ses quatre-vingt-un ans. Ses cheveux grisonnants devenaient de plus en plus clairsemés sur l'arrière. Il marchait d'un pas leste et assuré.

Quand elle l'avait connu, il l'avait accueillie les bras ouverts, tendrement, chaleureusement. C'était sa façon d'être, qu'elle avait retrouvée presque à l'identique chez son fils. Les deux hommes se ressemblaient beaucoup dans leur vision de l'existence et du rapport aux autres. Ils aimaient aider de quelque manière que ce soit, sans recherche de bénéfices ou d'une quelconque gloire.

La vie n'était pas toujours juste. En découvrant son mari ainsi, comme un enfant abîmé devant la silhouette lointaine de son père, elle se dit qu'il méritait tellement mieux. On pouvait être exemplaire, gentil et honnête, et ne récolter que ce destin lugubre.

Elle lui prit la main sans dire un mot. Il ne quittait pas son père des yeux, laissant filer des larmes le long de ses joues. Elle voyait ses lèvres trembler en silence. Il n'y avait pas besoin de parler. Juste se taire et souffrir.

Raymond arrachait quelques herbes qui s'infiltraient dans ses allées caillouteuses. Il errait dans cet espace, sans expression particulière sur le visage. Depuis la plongée de son fils dans un état léthargique et la mort de son épouse, il dérivait dans ses vieux jours, lentement, sans bruit, sans heurts, abolissant toutes les perspectives. Il passait d'une journée à l'autre comme on tourne une page, en arrivant au dernier mot sans savoir ce qu'ont raconté les précédents. Il s'animait un peu, voire beaucoup, quand son unique petite-fille venait mettre son grain de vie dans ce cocon triste. Justine le voyait alors revivre pendant quelques heures, comme son fils en ce moment. Ils étaient deux à effectuer ce voyage vers l'obscur, chacun à sa manière, chacun vers une station différente.

Guillaume s'essuya les yeux.

— Tu es sûr de toi ? demanda sa femme.

— Oui. Je ne peux pas lui infliger ça…

— Mais…

Elle inspira en serrant sa main plus fort. Ils s'observèrent un instant.

— Élisa parlera de toi, même si j'essaie de lui expliquer. À un moment ou à un autre, elle lui dira ce que nous avons fait ensemble. Je ne pourrai pas lui mentir.

Il posa son regard sur le rétroviseur, pour voir sa fille étudier la rue à travers ses doigts. Elle jouait avec les ombres. Un peu comme lui.

— Je comprends, reprit-il. Mais je n'y arriverai pas. C'est peut-être indigne de ma part. Je ne sais pas… mais je ne peux pas. En fait, je l'aime trop pour lui faire endurer ça. Quand je ne serai plus là, dis-lui simplement que c'était un moment, juste un petit moment. Quelques minutes, à peine une heure, juste assez pour se parler, pour échanger avec Élisa. Il sera heureux. Peut-être qu'il y trouvera un peu d'espoir.

— Tu es sûr ?

— Oui, certain.

Raymond s'épongeait le front avec le dos de la main. Son voisin s'approchait de la maison en promenant son chien. D'aussi loin que Guillaume se souvenait, il l'avait toujours vu se balader en marcel blanc, les lunettes sur la tête et le sourire aux lèvres. Ils parlaient tous les deux, désignant le ciel avec une grimace. C'était la canicule, le principal sujet de conversation.

— Je suis content d'être venu, même si c'est comme ça, dans ces circonstances. J'espère qu'il vivra encore longtemps, pour voir Élisa grandir et pour qu'elle profite un peu de son grand-père.

— Ne t'inquiète pas, on prend soin de lui. Et tu connais ton papa : il a une vie bien rangée, pas beaucoup d'excès. Tout ce qu'il faut pour faire un centenaire.

— Moi aussi, je m'imaginais comme ça, murmura-t-il.

— Je sais. Je suis désolée, ce n'était pas très malin de ma part.

Il soupira en lui adressant un sourire plein d'empathie.

— Ce n'est pas ta faute. C'est cette histoire qui est merdique.

— Maman, on peut rentrer ? marmonna Élisa. C'est long…

— Oui, attends encore deux minutes mon chaton. On va y aller.

— On ne va pas voir papi ?

— Non, bébé, papa est un peu fatigué. On va rentrer se reposer.

— Mais il ne va pas dormir, papa ? Hein, papa ?

Guillaume se retourna et lui caressa la main. Elle avait un visage inquiet, où l'innocence de son enfance semblait perdue. Elle mordillait le bonhomme en plastique, dont l'un des yeux était tombé.

— Non, mon chaton, je ne vais pas dormir. On va juste aller un peu à la maison. Il fait trop chaud pour rester dehors. Tu es d'accord ? On jouera ensemble sous le parasol avec tes Playmobil, tu veux bien ?

— Oui…

Elle avait retrouvé son sourire, et lui fit un cœur avec ses deux mains accolées.

— Moi, je t'aime, mon papa d'amour.

— Moi aussi, ma princesse. Moi aussi.

Justine démarra. Raymond et le voisin contemplaient les hortensias et la terre desséchée en bavardant. Guillaume lui adressa des mots silencieux qui portaient tous ses sentiments. Il y fit le souhait de se revoir un jour, ici ou ailleurs. Dans son esprit, c'était plutôt ailleurs. Il fallait se faire une raison.

Il regarda une dernière fois ce décor et cet homme dont il connaissait les traits par cœur. Il avait la certitude qu'il ne reviendrait pas. Quelque chose en lui ne doutait plus.

Il s'apprêtait à quitter le cliché de son enfance, avec ce patriarche tant aimé au milieu. Il ne manquait que sa mère, dont l'absence lui pesait terriblement. Il l'avait perdue quelques heures avant. Maintenant, il s'apprêtait à perdre l'autre pilier de sa vie.

Le bonheur ne tient parfois qu'à un fil. Il faut bien peu de choses pour le tisser et en faire une dentelle qui enveloppe nos destins. Mais il faut aussi bien peu de choses pour le couper nettement. Ensuite, il se rétracte, comme un animal mourant. On le regarde partir, se flétrir, puis tout a disparu.

La voiture se mit à avancer. Raymond tourna son regard dans le vague, glissant vers eux sans les voir. Ils n'étaient qu'un véhicule parmi les autres. Guillaume détourna les yeux et étouffa un sanglot.

À l'instant où Justine quitta la rue, son beau-père aspergea un frêle olivier qui prospérait au bord de la tonnelle. C'était l'arbuste préféré de son fils. Il fit pleuvoir l'arrosoir et écrasa une larme dans la chaleur de l'été. Il aurait aimé lui montrer à quel point ce petit arbre poussait bien dans ce coin de terre où il avait grandi. La vie était injuste. Vraiment injuste.

C'était pourtant une belle journée…

25

Quand le temps s'arrêtera
Je t'aimerai encore
Je ne sais pas où, je ne sais pas comment
Mais je t'aimerai encore.

SERGE REGGIANI, *LE TEMPS QUI RESTE*

L'auto s'arrêta au feu, derrière une antique Peugeot qui polluait plus que les raffineries de Feyzin. Son pot d'échappement dégageait un nuage noir qui empestait dans l'habitacle.

— Ça sent pas bon, maman, bougonna Élisa.

— C'est la voiture, ma chérie. Elle est toute vieille et elle fait de la fumée.

— Bah, c'est moche !

Guillaume sourit en la regardant maugréer avec la paume de sa main sur le nez. Elle avait une voix nasillarde qui l'amusait beaucoup.

— Je l'adore, cette gamine. Elle est fabuleuse !

— Tu l'as dit. Elle est pleine de vie, de tendresse, d'affection. Elle a aussi un sacré caractère. Comme le répète ton père : « Elle n'a pas les deux pieds dans le même sabot. » Elle sait ce qu'elle veut.

— Ce n'est pas ta fille pour rien, plaisanta-t-il en lui faisant un clin d'œil.

Justine lui décocha un petit coup de poing dans l'épaule.

— Méchant ! Mais il faut avouer que tu as raison. J'étais un peu comme ça, à son âge.

— Et maintenant encore !

— On ne change pas, comme dit Céline Dion.

Élisa essayait de se pincer le nez avec le pouce et l'index, puis elle changeait de doigt, tentant des arabesques avec ses mains. À chaque fois, elle retrouvait sa voix de canard et éclatait de rire. Le monde se limitait à ses doigts et à ce son amusant dont elle était à l'origine. Une découverte comme elle en faisait tous les jours. Toutes ces choses de l'enfance qu'elle accueillait avec une effervescence équivalente.

Guillaume l'observait à la dérobée pour ne pas casser ce manège. Ces moments volés étaient rares et précieux. Et encore plus pour lui. Il étreignait chaque seconde entre ses paupières, comme on retient la nuit quand on ne veut pas du jour. Mais c'était la même fin dans les deux cas. L'inévitable arrivait et balayait l'instant présent.

Elle tourna brusquement les yeux vers un chemin qui partait sur la droite.

— On va voir mamie ? demanda-t-elle.

Les deux parents se regardèrent.

— De quoi parle-t-elle ?

— C'est la route du cimetière Saint-Brice, où ta mère est enterrée. Je l'y ai amenée plusieurs fois, parce qu'elle ne comprenait pas vraiment ce qu'il s'était passé, pourquoi nous étions si tristes. De temps en temps, on y vient pour mettre une fleur. Bizarrement, ça lui fait du bien, elle est heureuse d'y aller un moment. C'est là, juste à droite.

Il contempla le panneau blanc, où l'inscription « Cimetière » était à moitié effacée par les ans. Les lettres n'étaient plus que des silhouettes qui semblaient s'excuser d'être encore là.

Le feu passa au vert. Justine regardait son mari avec la main sur le levier de vitesse. La voiture resta immobile, suspendue dans le temps. Le conducteur derrière eux klaxonna sauvagement. À Lyon comme dans beaucoup de grandes villes, il ne fallait pas perdre un instant, nulle part, jamais. On devait rouler vite sans s'arrêter, pour grappiller des secondes inutiles qu'on égarait ensuite sur le fil de l'actualité Facebook, ou à fumer à l'ombre des platanes une cigarette qu'on ne savourait pas. Et en voiture comme ailleurs, peut-être même plus qu'ailleurs, le temps brûlait les doigts pour rendre la conscience un peu plus folle. Ne rien perdre, surtout pas… Se battre avec avarice, furieusement, quotidiennement, pour avoir la jouissance de n'avoir rien gâché à attendre.

Pour quoi, finalement ?

Guillaume entendit ce bruit si familier qui résonnait différemment aujourd'hui. Lui aurait eu raison de crier pour optimiser les dernières heures qui s'effritaient entre ses mains. Chaque battement de son cœur était un décompte dont il avait affreusement conscience.

L'homme qui s'acharnait derrière eux à appuyer sur son klaxon n'en savait sûrement rien, et il pouvait lui pardonner. Il ne lui souhaitait même pas de comprendre un jour à quel point les minutes sont des baisers, et à quel point ces baisers sont déjà des souvenirs au moment où ils arrivent. C'était son destin, pas celui des autres.

Il aurait aimé rester lui aussi dans l'ignorance, ne pas imaginer à quel point vivre est une urgence. Mais ce n'était pas sa destinée.

Deux autres voitures gueulèrent en même temps.

— Pourquoi ils font du bruit, les gens ? interrogea Élisa.

Justine ne répondit pas. Elle fixait son mari en dehors, du temps et de l'espace. Rien ne la touchait.

— Vas-y, juste quelques instants… finit-il par murmurer.

Ils démarrèrent brusquement. En passant près d'eux, les chauffeurs firent de grands signes obscènes, auxquels Élisa répliqua par un coucou de la main avec un baiser volant. L'un d'eux stoppa son insulte, désarçonné par la tendresse qu'elle lui opposait. Les voitures dévalèrent l'immense rue, sans se préoccuper de cette famille qui empruntait seule le chemin du cimetière.

Il était un peu à l'écart, près de plusieurs voies ferrées. À la différence de bien d'autres, il était largement arboré, avec de vastes sapins et de vieux chênes qui lui conféraient un peu de majesté. De longues bandes herbeuses entouraient les sépultures avec, çà et là, des bosquets de roses et de pensées parfaitement entretenus.

En ce jour chaud d'été, il avait des aspects de parc déserté. Les rares compositions qui fleurissaient les tombes s'étaient flétries sous l'écrasant soleil des derniers jours.

Un homme passa près d'eux et les salua avec son chapeau. Il marchait à petits pas, sa canne à la main. Guillaume avait pris la sienne. Il ne se déplaçait pas plus vite que ce vieux monsieur, dont les os dataient de la première moitié du siècle précédent.

— À chaque fois qu'on vient, il est là, murmura Justine en aidant son mari à avancer dans les allées. Quelle que soit l'heure, quel que soit le jour…

Élisa trottait derrière eux en ramassant des feuilles et des pâquerettes. Elle constituait un petit bouquet disparate qu'elle observait avec satisfaction.

— C'est par ici, indiqua Justine. Comment tu te sens ? Tu es tout pâle…

— C'est la fatigue, paradoxalement… et la chaleur, aussi. Mais ça va aller, ne t'inquiète pas. On se mettra un peu à l'ombre là-bas. Si je m'arrête maintenant, l'ancien aura l'impression d'avoir gagné.

Elle laissa échapper un rire qu'elle cacha entre ses mains. Son mari était toujours le même : l'humour au coin des lèvres, même quand les situations étaient douloureuses.

— On y est presque. C'est juste là-bas, le long du mur.

Ils arrivèrent devant la tombe.

— Regarde, maman, j'ai fait un bouquet pour mamie. Il est trop beau !

— Oui, splendide. Elle va être contente.

— Tu as vu, papa ?

— C'est vraiment magnifique, ma poupée. Tu es un amour !

Elle sautilla jusqu'au caveau, et jeta d'un geste vif les pâquerettes séchées qu'elle avait dû mettre la fois précédente. Elle installa le bouquet à l'ombre de la stèle en marbre, et déposa un bisou avec ses doigts.

— Elle a été incinérée, je suppose, reprit Guillaume en voyant la petite taille de la tombe.

— Oui, c'était son choix. C'est pour cela qu'avec ton père, on a fait faire cette cavurne, comme ils disent, à mi-chemin entre un caveau et une urne. Il trouvait ça bien.

— Vous avez eu raison. C'est très joli. Et ce cimetière lui aurait plu, elle qui aimait tant la nature et les fleurs.

Un vent chaud courait entre les arbres et agitait les pissenlits qui parsemaient les étendues d'herbe. Les pâquerettes d'Élisa tremblèrent un peu sous la brise. Elle les réorganisa méticuleusement.

C'était beau et émouvant, de voir cette enfant qu'il découvrait aujourd'hui prendre soin de cette grand-mère dont elle oublierait tout. Il y avait deux générations d'écart entre elles, et personne pour faire le lien. Son grand-père allait peut-être encore vivre quelques années, sa mère serait sa mémoire. Quant à lui… il ne serait pas dans une sépulture, mais ce serait tout comme. Il lut le nom de sa mère gravé dans la stèle. Quelque chose devenait tristement réel, comme si les mots mettaient un point final à tout espoir. Elle était là, quelque part dans un pot en céramique, des cendres noires sous un couvercle de béton et de marbre. Il avait du mal à croire qu'il ne verrait plus son visage, qu'il ne toucherait plus sa peau, qu'il n'embrasserait plus ses joues.

C'était bel et bien fini. C'était bel et bien écrit.

Il se mit à genoux en grimaçant sous l'effort. Encore appuyé sur sa canne, il caressa la tombe du bout des doigts.

— Mamie, elle est avec les anges, fit doucement Élisa à ses côtés.

— Oui, quelque part dans le ciel.

— Maman m'a dit qu'elle s'était endormie, et voilà, comme un dodo qui ne s'arrête plus.

— C'est… c'est un peu ça. Quand on part, tout ce qu'on avait dans notre cœur, notre amour, nos souvenirs, tout ça monte au ciel, avec les anges.

Elle regarda l'azur où s'étalaient d'infimes traînées blanches. Des nuages veloutés qui décoraient le bleu intense de l'après-midi.

— Et toi, quand tu dormais, tu étais avec eux ?

— Moi ? Euh… non…

Il chercha quelques mots dans son cœur, de ceux qu'un père peut trouver pour expliquer l'inexplicable.

— Quand tu vas te rendormir, tu verras mamie ? Moi, je ne veux pas que tu te rendormes. Je veux que tu restes avec moi. Mais quand tu seras fatigué, ce soir, tu vas faire dodo, comme moi… et tu vas encore me laisser…

— Élisa…

— Maman, elle dit que tu aimais beaucoup mamie, qu'elle était gentille et que c'était ta maman. Mais moi, je veux que tu sois avec moi, je ne veux pas que tu partes vers elle. Je suis triste sans toi !

Elle enroula ses bras autour de son cou et laissa tomber une larme sur sa peau. Il l'étreignit tendrement, avec l'inconscience de croire que l'amour pouvait survivre à tout. Elle pleurait doucement, une peine d'enfant qui refuse de voir le bonheur s'éloigner.

Il sentait les tremblements de son corps sous ses doigts. Elle s'accrochait à lui de toutes ses forces, avec la fureur de son affection. Il chercha des mots qui ne vinrent pas. Parce qu'il était trop dur de lui dire la vérité, parce qu'il était presque pire encore de lui mentir. Il ignorait s'il trouverait sa mère quelque part dans son sommeil, mais il ne serait plus avec elle, ce petit bout de chou solaire qu'il aimait éperdument, dont l'éclat des yeux disparaîtrait au crépuscule. Elle était son éclipse de ténèbres, un astre lumineux qui éloignait la nuit par un simple sourire.

Elle ne le savait pas, mais il se rendormirait ce soir, peut-être cette nuit. S'il avait encore quelques forces, il tiendrait peut-être jusqu'à l'aube. Mais il repartirait.

Demain, dès l'aube, tu n'auras déjà plus de papa…

Il ne put contenir ses larmes et les effaça du mieux possible avec ses doigts. Leurs yeux rougis se croisèrent pour échanger tout ce que les cœurs ne pouvaient murmurer. Il y eut un sourire, comme un espoir dans le gris. Juste un instant de communion, où ils surent que le présent n'avait pas de prix.

Justine posa ses mains sur eux. La vie ne faisait pas de cadeaux. De temps en temps, elle laissait échapper des bricoles qu'elle répandait en chemin, dont il fallait profiter à tout prix, car le reste s'enfuyait tellement vite… Les deux êtres qui s'étreignaient devant elle goûtaient à ces instants d'éternité qu'ils devraient bientôt abandonner.

Une brise chaude balaya le cimetière, bousculant les fleurs et les compositions. Elle entendit les annonces de la gare toute proche, où un train allait arriver. Des mots qu'elle avait écoutés des centaines de fois quand Guillaume et elle traversaient la France pour se retrouver. La gare, c'était un peu leur histoire.

Par cet après-midi d'été, ils étaient presque tous là, autour des cendres de la grand-mère, associant tous les éléments de leur vie, de la rencontre avec Élisa, de la gare au cimetière, du soleil à la proximité de la nuit.

— Allez, ma princesse, on rentre à la maison, murmura Guillaume en lui essuyant les yeux autant que les siens. Il fait chaud, on va se mettre un peu au frais.

— Oui… et manger une glace.

Il éclata de rire.

— Toi, tu ne perds pas le nord. Tu es fantastique !

Elle le regarda en souriant, sans comprendre réellement ce que voulaient dire ses mots.

— Allez, on va manger une glace ! Après tout, c'est l'été ! Il faut profiter du soleil et de la vie !

Il prit le bras de sa femme, et ils s'embrassèrent.

— On dit au revoir à mamie, alors, fit Élisa en désignant la tombe.

— Oui. À bientôt, mamie. Là où tu es, prends soin de toi.

La petite fille fit un geste de la main et envoya un baiser volant. Ils s'éloignèrent lentement. Le chemin obliquait sur la droite pour mener à l'entrée du cimetière. Guillaume se retourna une dernière fois.

— À bientôt, maman.

26

On finirait par devenir fou, ou par mourir,
si on ne pouvait pas pleurer.

GUY DE MAUPASSANT,
FORT COMME LA MORT

Ils pénétrèrent dans la maison et furent accueillis par une douce fraîcheur. La climatisation avait congédié la chaleur à l'extérieur. Une parcelle d'ombre grandissait lentement au niveau du jardin, recouvrant progressivement les rosiers et les jeux d'Élisa.

Justine avait emmené sa fille dans la salle de bains, pour la rafraîchir et lui mettre une tenue plus légère.

Guillaume se traîna jusqu'à la table du salon. Ses jambes devenaient de plus en plus raides, tremblant au moindre pas. Une sorte de langueur montait en lui, une sensation étrange de faiblesse qui l'envahissait inéluctablement. Il pensa au repas, même s'il s'était limité à quelques bouchées et à une cuillère de glace.

Peut-être le surplus d'émotions, le fait d'avoir vu son père, même s'il avait l'impression de l'avoir quitté la veille, la tombe de sa mère et son nom gravé dans le marbre ; la rencontre avec sa fille…

C'était une drôle de journée.

Son regard erra sur les couleurs du jardin qui se mêlaient dans la lumière. Les sons se firent un peu plus lointains, presque en sourdine. Ils étaient encore là, près de lui : le rire d'Élisa, la voix de Justine, la chanson de la poupée Elsa… Toute sa vie du jour bruissait dans la maison. C'était comme un murmure, un ruisseau ou le vent dans les feuillages, ces échos qui accompagnent le matin ou les soirs de fatigue, ces sons familiers qui enrobent la venue du sommeil. Ils avancent, tournent, tournent et tournent encore… jusqu'à disparaître dans le voile nébuleux de l'endormissement.

Ses muscles étaient agités de petites clonies, des secousses minimes qui s'invitent quand fuit la conscience. Une sensation de bien-être montait lentement, doucement, presque agréablement.

Il s'appuya sur la canne, et fut tenté de fermer les yeux juste un instant, pour éloigner cette fatigue et pouvoir profiter de nouveau de ses deux amours. Quelques secondes, à peine une minute… ce tourbillon d'émotions était peut-être un peu trop fort pour lui. Il avait besoin de repos.

Oui, un peu de repos…

Juste un instant…

Il ferma les yeux, puis sursauta. Une peur panique monta en lui. Il se sentait comme ces naufragés des cimes qui se perdent dans les tempêtes, paralysés par le froid et la glace, dans un immense cercueil blanc qui les enveloppe lentement. Ils luttent jusqu'aux limites de leurs forces, ils repoussent le sommeil, tentent de rester en vie encore une heure, encore une minute, encore une seconde.

Puis leurs yeux se ferment, et ils s'apaisent enfin. La neige tombe sur eux, le vent ramène un voile immaculé sur leur corps. Sous l'épaisseur des tissus, la peau devient pâle, puis bleue. Elle perd sa chaleur, la vie s'éloigne au fur et à mesure que le cœur ralentit.

Le sommeil est là, bien installé, à précéder la mort dans un cercueil de glace. Le passage se fait sans même s'en rendre compte. L'instant d'avant, il existe encore quelque chose de palpitant qui combat la froideur et s'acharne à vivre un peu plus. Un impératif génétique, qui n'accepte la mort que sous la contrainte, qui résiste envers et contre tout, qui tolère la souffrance, la détresse, les meurtrissures pour subsister malgré tout.

Et puis, quand plus rien n'est possible, c'est la bascule.

Il leva la tête. De grosses gouttes descendaient le long de son front et de son dos. Des sueurs glacées, pleines de terreur. Il n'avait, paradoxalement, plus du tout envie de dormir, bien au contraire. Son cœur battait à tout rompre et injectait de longs souffles jusqu'à ses tempes.

Sa respiration s'était accélérée pour devenir un halètement sifflant. Il regarda autour de lui, comme si cette réalité pouvait encore disparaître, comme si cet instant de faiblesse était le dernier.

Il observa sa femme, qui tendait un verre d'eau à Élisa. Avant qu'il ne ferme les yeux, elle était à un mètre de là, la bouteille dans la main et le verre dans l'autre.

Il ne s'était écoulé qu'une seconde…

Élisa prit son doudou et courut vers lui. Elle renversa quelques gouttes sur le sol.

— Oups ! Maman, Lapin a fait tomber de l'eau par terre…

— Décidément, c'est un coquin !

— Oui, c'est pas bien, Lapin ! gronda la petite fille.

Il la regarda pouffer en silence derrière sa peluche. Elle partageait avec lui le secret de ce minuscule mensonge. Un trésor rien que pour eux.

Sa respiration retrouvait un peu de sérénité, mais une boule d'angoisse restait là, au creux de sa gorge. Il revenait sans cesse à cette seconde où il avait failli s'éteindre, ces prémices de la fin. Dans quelques heures, il n'aurait pas la force de résister, ce serait le départ définitif. Il ne voulait pas y penser, il ne pouvait pas y penser.

Pourtant, c'était trop violent. Cette peur montait en lui au fur et à mesure qu'il sentait la fatigue progresser de nouveau. Il avait envie de se redresser, de parler, de rire, de danser maladroitement avec cette petite fille aimante dont il souhaitait tout découvrir. Il lui demandait de sourire encore et encore, pour que la lumière de son visage l'éblouisse au point de balayer la nuit. S'il y avait une chance, elle venait d'elles, de ces deux femmes dont il chérissait chaque parcelle, chaque chuchotement, chaque soupir. Il désirait s'abreuver de leurs yeux et du son de leurs voix pour s'y accrocher et repousser le précipice.

Il murmura des mots dont il ne comprit pas tout. De ses lèvres sèches ne montait presque aucun bruit. Sa langue ne bougeait plus, engluée dans une salive sableuse à l'arrière-goût acide. Il pouvait encore sourire… un peu. Ses paupières essayaient de rester ouvertes. Mais elles sombraient lentement, millimètre par millimètre.

Sa main glissa le long de la canne, et il se récupéra de nouveau. Un sursaut de plus, qui l'amena devant le visage de sa fille. Elle parlait de Lapin bleu et de son copain le Chien blanc. Il entendait des bribes de phrases qui s'entremêlaient dans son esprit. Il tentait de se concentrer, de se fixer sur sa voix pour rester éveillée. Elle faisait des allées et venues rapides jusqu'à sa chambre pour récupérer des affaires et les aligner devant lui.

— Tu viens dans ma chambre ? Je vais te montrer !

— Oui, souffla-t-il.

Sa voix était un filet à peine audible. Un chuintement sans consistance. Il forçait pour lui donner une tonalité normale. Mais elle lui échappait.

— Qu'est-ce qu'il y a ? T'es fatigué ?

— Non… ça va…

Elle se mit à pâlir. Ce n'était qu'une enfant, mais une enfant meurtrie d'avoir trop attendu, d'avoir eu un père au bois dormant pour les premières années de sa vie. Un père dont elle découvrait tout et qu'elle aimait presque trop.

Ses larges yeux devinrent brillants. Elle échappa le lapin, qui s'écrasa mollement à ses pieds. Ses lèvres bredouillaient des mots inaudibles.

Puis, d'un seul coup, elle cria. Un son déchirant, un hurlement de douleur. Le verre tomba sur le sol, s'éclatant en millier d'étoiles.

— Mamaaaaaan !

Justine accourut. Elle s'approcha d'Élisa, puis de Guillaume.

— Qu'est-ce qu'il se passe ? demanda-t-elle.

— Papa… il va se rendormir !

— Guillaume ?

— Je suis là… C'est juste que… je suis fatigué… J'ai du mal à…

Il l'observait, mais l'image se troublait. Un flou les entourait toutes les deux. Il sentait l'imminence de la défaite, la plongée dans le sommeil.

— Attends, j'arrive ! Ne t'endors pas ! Tiens encore un peu. J'ai ce qu'il faut.

Elle partit en courant jusqu'au placard de la cuisine. Il ne la voyait pas, mais aux sons qu'il percevait, elle fouillait dans des boîtes, probablement avec fébrilité, car des choses tombèrent sur le sol.

Il se mordit les lèvres jusqu'au sang. La souffrance l'arracha à peine à la gangue qui l'ensevelissait.

— Élisa, viens près de moi…

La petite s'approcha. Il l'entoura de son bras et l'embrassa. Son odeur était douce, agréable. Pour elle, pour sa femme, il voulait vivre encore un peu. Il planta ses dents plus fort dans sa chair, grimaçant de douleur. Un goût écœurant de sang envahit sa gorge, faisant monter une nausée atroce. Mais il s'en foutait totalement. Il avait sa fille avec lui, son deuxième cœur à portée de main.

Il sentit ses doigts le caresser dans le cou comme il aurait pu, comme il aurait dû le faire lui-même pour la consoler face à ses premières peines. C'est elle qui le protégeait, qui le maintenait en vie, qui le portait à bout de larmes.

La silhouette de Justine revint vers lui. Il percevait le claquement de ses semelles sur le sol. Sa voix était lointaine, atténuée…

— Docteur Dellecoste ? C'est Justine. Il est en train de s'assoupir…

Ses mots tremblaient de peur, de tristesse. Elle bafouillait entre deux pluies de sanglots. Il ne comprenait pas tout, excepté qu'elle essayait de le sauver. Elle aussi.

Élisa murmurait à son oreille en lui déposant des chapelets de baisers sur la joue.

— Faut pas dormir, papa d'amour ! Faut pas dormir ! Tu dois rester avec moi. S'il te plaît… S'il te plaît…

Il releva la tête dans un effort surhumain. Elle était toujours là, collée à lui, tendre et attentionnée.

— Oui, d'accord. Je lui en donne un. Je vous rappelle après. Merci…

Justine s'approcha de lui avec un verre d'eau à la main.

— Guillaume ? Prends ça, c'est le traitement du docteur Dellecoste.

Elle inséra un comprimé entre ses lèvres. La forme arrondie glissait à peine sur sa langue sèche. Il devinait le pelliculage lisse au goût amer.

Justine porta le verre contre sa bouche. Il sentit l'eau fraîche couler dans sa gorge, emportant le cachet. Il déglutit dans un effort qui semblait impossible.

— J'ai eu le docteur Dellecoste au téléphone. Le médicament va t'aider. Il faut attendre simplement quelques minutes. Je t'en supplie, tiens le coup ! On est là pour toi…

— Allez, papa ! T'es le meilleur !

Il but de nouveau et toussa un peu. Justine fit glisser un gant humide sur son front pour le rafraîchir.

— Donne, maman, je vais le faire.

Élisa prit le gant entre ses mains. Elle le roula en boule et le déposa avec précaution sur le visage de son père, passant avec douceur sur ses joues, puis sur son menton.

— Ça fait du bien ? demanda-t-elle de sa petite voix.

— Oui, merci.

La fatigue l'oppressait encore sans relâcher son étreinte. Il se vidait lentement de cette énergie vitale qui l'avait animé depuis son réveil. Et toute l'envie qu'il avait de demeurer auprès de sa femme et de sa fille ne suffisait plus.

Une goutte d'eau descendait le long de son nez. Elle perlait dans l'horizon flou de son regard, accrochée péniblement à sa peau, en sursis.

Comme lui…

— Guillaume, on est là. Tu m'entends ? On va rester près de toi. On va t'aider, Élisa et moi. Hein, ma chérie ?

— Oui, maman. Moi, je mets de l'eau sur papa. Tu as vu ?

— C'est bien. Tu es formidable !

Il eut un sourire et ressenti une vague d'apaisement en l'écoutant parler. La peur était toujours là, tapie en lui. Un peu d'espoir luttait encore avec ce cachet, dont il attendait tant. C'était un sentiment étrange de se sentir ainsi au bord du précipice, avec un pied dans le vide et l'autre qui glissait sur les gravats de son corps.

Une voix intérieure lui murmurait de se laisser aller une bonne fois pour toutes, de ne pas résister à ces tourments, puisqu'à la fin, ils gagneraient de toute façon. La bataille était perdue… Autant se prémunir des douleurs, autant céder aux sirènes du soulagement.

« Vivre est une torture, puisque vivre sépare[1] », disait Albert Camus. Alors, pourquoi continuer ?

Vivre est une torture… une torture…

S'éteindre… ne plus exister… s'apaiser… enfin.

— Papa ? Tu m'entends ? Tu veux que je te chante Elsa ?

Sa voix. Là, juste à côté…

Libérée, délivrée...

Il ne peut y avoir de soulagement si c'est loin d'elles.

Je ne mentirai plus jamais

Tenir encore un peu, pour elles…

Libérée, délivrée...

Vivre jusqu'à la dernière seconde.

C'est décidé, je m'en vais[2]...

---

1. Extrait de l'ouvrage *Les Justes* d'Albert Camus.
2. Extrait de la chanson *Libérée, délivrée*, du film *La Reine des neiges*

27

La raison et l'amour sont ennemis jurés.

PIERRE CORNEILLE, *LA VEUVE*

Lorsque tu seras vieux et que je serai vieille,
Lorsque mes cheveux blonds seront des cheveux blancs,
Au mois de mai, dans le jardin qui s'ensoleille,
Nous irons réchauffer nos vieux membres tremblants.
Comme le renouveau mettra nos cœurs en fête,
Nous nous croirons encore de jeunes amoureux,
Et je te sourirai tout en branlant la tête,
Et nous ferons un couple adorable de vieux[1].

D'abord, il y eut la lumière. Un voile large et tendre, étalé autour de lui, presque palpable, même s'il ne décrivait que des ombres floutées. Elle emplissait tout l'horizon en lissant les reliefs, pour créer un tableau impressionniste où il n'y avait plus de repères.

Puis ce fut la voix de Justine, une mélodie ensablée et lointaine, murmurée à la périphérie de sa raison. Elle gravitait lentement jusqu'à son cœur, en caressant son âme.

Il reconnut ces vers qu'ils lisaient ensemble au début de leur relation, quand ils prenaient le temps de se décou-

1. Extrait de « L'éternelle chanson » de Rosemonde Gérard

vrir, le temps de s'aimer, le temps d'envisager un avenir de grands, d'adultes, dont ils ne voulaient pas vraiment.

Au crépuscule de l'adolescence, quand l'aube de la vieillesse s'annonce sur le fil de l'horizon, on s'imagine tout et n'importe quoi sur les décennies à venir, comme si l'océan de la vie était un magma tempétueux. On y projette les attentes et les fantasmes, on y intègre les peurs et les écueils qui semblent partout et nulle part. Puis on se dit qu'on est à deux et que, peut-être, la vie sera mieux ainsi, dans les bras l'un de l'autre, à décliner ensemble, à regarder le crâne se dégarnir ou blanchir un peu plus chaque matin.

C'est ce qu'ils avaient ressenti tous les deux en découvrant ces vers qu'ils s'étaient échangés sur le ton de l'amour, l'un contre l'autre, dans les ruines romaines qui surplombaient Lyon, en visualisant avec assurance l'avenir qu'ils espéraient.

Celui qui s'était refusé à eux sans prévenir. Un piège du destin.

« Quand tu seras vieux et que je serai vieille », murmurait Justine près de lui en tenant sa main. Elle reprenait le vers en boucle, comme un refrain contre la fatalité, comme un refrain au nom de l'espoir, peut-être un peu anéanti. Il percevait les imperfections dans sa voix, les fêlures que ses sentiments insinuaient dans ses mots. Mais elle continuait, envers et contre tout, contre le sommeil et ce destin merdique qui devait à tout prix les séparer. Chaque syllabe était plus fragile que la précédente, tremblante sur le filet de voix qu'elle faisait vibrer de toutes ses forces. Le vibrato de l'amour.

Nous nous croirons encore de jeunes amoureux.

Elle espérerait pour deux, pour trois, pour eux tous, pour la terre entière si cela devait lui donner un peu plus de chances de garder son homme entre ses bras. Elle repoussait la nuit en brillant de mille feux, à se consumer de cette passion dont ils s'étaient nourris tous les deux, à ne plus savoir s'il était normal d'aimer tant, d'aimer comme ça, d'aimer trop, sans limites, sans détour, sans horizon, juste celui des yeux, sans autre but que d'être à deux.

La gangue catatonique était là, autour de lui, comme un sarcophage invisible qui dévorerait son corps, mais aussi tout son être, tout ce qu'il était : le présent, le passé, l'absence de futur. Elle était tout, phagocytante et destructrice, et ne cédait rien malgré les efforts considérables que Guillaume fournissait pour rester éveillé.

La vie peut créer la vie, le bonheur, en faire un chemin pavé où chaque dalle est une photo de famille pleine de tendresse et de sens, où chaque pas est mieux que le précédent et chaque destination est un but, tant par son terminus que par son voyage. Oui, la vie peut tout donner, si elle ne reprend pas.

Papa...

Élisa était là, à ses côtés, déposant les notes de sa chanson avec toute son affection. Sa main était contre lui et ne le quittait plus. Il avait une larme au coin des yeux qui hésitait à couler devant cette enfant innocente et fragile, pleine de candeur. Elle vivait tellement d'horreurs. Pouvait-il s'éteindre ainsi auprès d'elle, et obscurcir un peu plus la douceur de ses jours ?

Il naviguait dans cet état de semi-conscience, où il pouvait basculer à tout instant d'un côté ou de l'autre, dans la lumière ou dans l'ombre, dans l'avenir ou dans le néant.

Papa... tu m'entends ?

La vie pouvait tout reprendre. Laisser des miettes en chemin, des vestiges fossiles d'un bonheur achevé. Elle pouvait exciser les instants de joie et épisser les fragments de nuit, pour peindre un tableau noir sur lequel rien ne s'écrirait jamais. Juste de longues traces de pluie que les larmes dessineraient malgré tout au fil des jours.

L'horreur s'anastomosait à la détresse et aux regrets. Elle produisait une note continue dans le cœur des vivants, ceux qui demeurent, qui doivent être et subsister quand tout est parti, quand tout a foutu le camp, quand l'ouragan a tout emporté sans rien céder. Rester malgré tout, rester encore, sans raison, juste par obligation. Ne pas avoir le droit de capituler devant la souffrance…

Lui pouvait disparaître maintenant, en silence, comme depuis le début, avec la culpabilité de les abandonner, mais ce soulagement honteux de ne plus avoir à se battre contre la fatalité. Les sirènes chantaient, criaient, hurlaient. Des sirènes affamées de mort et de corps, des nécrophages intérieures qui le griffaient pour l'attirer vers ce monde noir et abrupt dont il ne reviendrait pas.

Jamais.

Elles étaient là, dans sa tête, cassant ses souvenirs et les clichés du passé, défonçant ses espoirs, comme des châteaux de sable dans la marée. Parce que tout doit crever, tout doit périr. Rien ne reste, rien ne tient. Tout s'effondre. Lui comme les autres. Lui plus que les autres.

Papa...

Laisse tomber, papa, t'es foutu. Tu ne reviendras pas. La nuit n'oublie personne. Tu as eu ta chance, un sacré paquet de chance. C’était un hold-up. Quand on meurt vivant, on ne se paie pas le luxe d’en avoir conscience. On involue, on entre en apoptose, on régresse. On s’éteint enfin, parce que c’est comme ça, c’est ainsi. Laisse tomber… Laisse tomber…

Il laissa tomber… une larme, peut-être deux. Il n’en était pas sûr. Il savait juste qu’elles étaient nombreuses, au bord de ses paupières, à se bousculer pour avoir l’honneur d’être les dernières ; celles d’avant le corps de cire, cet avenir mutique.

S’il avait eu la force de les essuyer, il aurait pu inventer un de ces mensonges d’adulte pour faire croire qu’on est plus fort que les souffrances, qu’on protégera les enfants, ses enfants, par-delà la douleur et les violences, par-delà tout ce qui blesse, tout ce qui tue.

Mais il ne pouvait pas. Elles coulaient, contre sa volonté, le long de ses joues, et devaient s’écraser quelque part sur ses pieds. Lamentablement…

Peut-être sur les doigts de sa fille…

C’était un poignard dans son cœur, un coup de plus. Il avait la peau balafrée de tout ce qu’il avait encaissé. Un cuir déchiré qui saignait de toutes parts. Pourquoi tout cela ne pouvait-il pas s’arrêter ?

Pourquoi ne peut-on pas tout simplement mourir, quand on a déjà souffert pour dix, pour cent, pour mille ? Ne peut-il y avoir un soupçon de justice, un tout petit peu de compassion dans la fin, pour la rendre un tantinet plus honnête, moins dégueulasse ?

La lumière était présente tout autour de lui, tanguant à peine, s’atténuant parfois comme des réverbères fébriles en plein hiver ; un éclat stroboscopique. Il voulait la fixer, s’y accrocher follement.

Et nous ferons un couple adorable de vieux.

Vivre encore, vivre à deux, à trois, et même plus. Vivre encore un peu, un peu trop, même vite, même mal. Mais vivre encore avec elles. Juste un peu…

S'il vous plaît…

Les voix allaient et venaient jusqu'à lui, tantôt avec une clarté cristalline, tantôt délabrées, ensablées, emplies d'un larsen épouvantable qui ne pouvait naître que des abysses de la vie, là où elle ne veut plus s'aventurer, car elle n'y découvre que l'avenir en décomposition.

Son corps bougeait parfois sans qu'il le souhaite ni le comprenne. C'étaient des sursauts, des spasmes qui ressemblaient à des convulsions terminales.

Pourtant… Pourtant…

Il ne rêvait pas ; il entendait, il voyait, il sentait, il percevait au-delà de tout ça des cœurs battant à l'unisson du sien. Des cœurs qui bataillaient plus fort que la mort, plus fort que les tic-tac de l'horloge.

Je t'aime, papa d'amour...

Ce fut comme une lame de fond, un mouvement tectonique qui s'éleva des profondeurs de son âme. Une lumière intense et puissante, invincible.

Comme des milliers de mains accrochées à son cœur, des centaines de voix autour de lui, les mots de sa fille plongèrent au plus profond du néant et l'arrachèrent à la nuit.

Il sentit son être, dont tout le corps semblait de pierre, remonter à la surface de la vie auprès des siens.

Les images devinrent plus nettes ; le flou s'effaça pour dessiner dans toute leur beauté les visages de sa femme et de sa princesse. Elles le regardaient avec encore cette inquiétude chevillée au corps.

Quand leurs yeux se croisèrent, il put y déceler bien plus que de la joie, bien plus que de l'amour. C'était tout ça, et tellement mieux…

Élisa lui prit les joues dans ses petites mains et le fixa avec intensité, comme si elle le découvrait de nouveau. Elle avait les paupières tremblantes, un peu trop rouges de larmes dissipées.

L'une de ses mèches de cheveux lui collait au le nez sur la longue traînée humide que ses yeux avaient laissée.

— Merci, Élisa, souffla-t-il dans un murmure.

— Papa ! T'es revenu… Je croyais que tu allais encore partir…

Il tourna les pupilles vers Justine. Les images bougeaient étrangement, lentement, comme s'il y avait un jet-lag entre son corps et le reste du monde.

Justine était face à lui, entourant sa fille d'un bras. Elle s'était accroupie près de ses genoux et le regardait. Il pouvait lire encore sur ses lèvres les derniers vers de son poème.

— Guillaume…

— Sans vous, je…

— Chut… murmura-t-elle, ne dis rien. Nous sommes là et toi aussi, c'est tout ce qui compte. Maintenant, nous sommes ensemble.

Il ferma les yeux une seconde. Plus rien ne le retenait dans les profondeurs. Il comprit que son heure n'était pas venue. La nuit avait reculé. Il avait gagné un sursis, quelques heures de répit que le sablier lui accordait de mauvaise grâce. Au bord du précipice, il avait basculé du bon côté, cette fois-ci.

— Je me sens mieux, réussit-il à articuler. Je vous entendais, je savais que vous étiez près de moi.

— Maman parlait pour que tu te réveilles. Et moi, je te disais plein de « je t'aime » !

— C'était formidable ! Heureusement que vous étiez là.

Elle sautilla devant lui. Justine repoussa les morceaux de verre du bout du pied et prit Élisa contre elle. Son lapin était échoué sur le sol. Elle le ramassa et le fit danser entre eux, tandis qu'il relevait péniblement la tête.

— Comment tu te sens ? demanda Justine en l'aidant.

— Toujours un peu ralenti. Mais... ça s'atténue de seconde en seconde, comme si on m'avait remis en charge. C'est assez étonnant. J'ai l'impression de sortir des sables mouvants, de rentrer de nouveau à l'intérieur de mon corps, de l'enfiler.

Élisa dansait devant eux avec son lapin bleu, chantant la liberté d'Elsa au sommet de sa montagne, l'abandon des contraintes et des douleurs, toutes ces choses qu'elle percevait sans les comprendre, qu'elle fredonnait sans en concevoir le sens.

— Toi aussi, te voilà libéré, délivré, reprit Justine.

— Oui, en quelque sorte...

Il l'entoura de son bras et l'embrassa tendrement, puis leurs yeux convergèrent vers cette petite fille qui défiait les lois de la vie en dansant sous les rayons du soleil d'été.

Elle était déjà passée de la peur au bonheur absolu. Elle sautait et virait, elle riait et chantait. Sans autre limite que celle d'être heureuse.

— Si la prochaine fois... commença Guillaume. Si...

— S'il te plaît, ne dis rien.

Il se tourna vers elle, et lui fit un sourire qui parlait plus fort que son cœur.

— Si je ne reviens pas, je veux juste que vous sachiez toutes les deux que je vous aime à la folie, que vous m'avez sauvé la vie chaque jour de notre histoire, à chaque fois que je vous ai vues, à chaque fois que je vous ai parlé, chaque jour que nous avons vécu ensemble depuis notre rencontre et depuis sa venue au monde…

Elle le regardait avec des yeux mouillés. La brise fraîche de la climatisation faisait briller les reliefs humides aux coins de ses paupières.

— Pour chérir l'existence, il faut avoir compris qu'on meurt chaque soir, et qu'on renaît à l'aube, quand on croise le visage de ceux pour qui l'on tremble. Il n'y a pas de sens à la vie loin de tout ça. C'est à travers toi, à travers elle que j'ai réellement vécu, que je suis né une seconde fois, peut-être même une première fois. Quand il sera temps, explique-lui, dis-lui simplement, avec tes mots, ce qu'elle m'a apporté. Parce que moi, maintenant, j'en prends infiniment conscience.

Elle se blottit contre sa poitrine, le serrant avec ferveur, avec fureur.

— Je vous aime. Ne l'oublie jamais. Profitons de nos moments ensemble.

Il l'enlaça en posant le regard sur sa fille. Il lui restait une poignée d'heures pour être heureux.

Bientôt, il sera trop tard, pensa-t-il. *Demain, dès l'aube, nous serons de nouveau séparés...*

28

Écrire, c'est aussi ne pas parler. C'est se taire.
C'est hurler sans bruit.

MARGUERITE DURAS, *ÉCRIRE*

Le jardin était partiellement couvert par l'ombre de la maison. Malgré la température écrasante, ils se posèrent tous les trois sur les fauteuils en osier. Élisa avait trimballé tous ses jouets à leurs pieds, et reprenait ses histoires de prince dormant et de princesse de glace.

Guillaume s'était assis contre la demeure et contemplait sa fille dans ses œuvres. Il sentait la chaleur irradier du mur derrière lui.

Les massifs de fleurs bruissaient de dizaines d'insectes qui voletaient d'un bouton à l'autre. Derrière les hautes haies, il entendait les grondements un peu plus lointains de la ville. C'était un quartier calme et paisible.

Il bascula la tête en arrière et fixa le ciel. Le bleu intense et immaculé était relaxant. Pendant sa jeunesse, il avait rêvé de devenir pilote de ligne, ou même astronaute. Les planètes et les étoiles le fascinaient. Il passait parfois des nuits entières avec un télescope de fortune, une couverture sur le dos et un bonnet enfilé sur les oreilles, à essayer de contempler la Lune. Elle n'était pas si belle que dans les livres, car son engin vétuste et de basse qualité ne lui offrait qu'une image approximative. Mais elle était là, près de lui, à portée de main. Quand elle scintillait au milieu d'une obscurité profonde, il pouvait la regarder ainsi sans bouger, juste pour le plaisir d'être dans le calme de la pénombre, avec cette pastille lumineuse dans ce fond noir.

Il y avait quelque chose d'infini, de puissant, mais surtout d'incroyablement apaisant à admirer les étoiles, et à les imaginer à travers les livres, à se voir dans la station orbitale, à découvrir la Terre vue de l'espace.

La vie grouillait tout le temps autour de lui, depuis sa plus tendre enfance jusqu'à ses années d'études à l'hôpital. Tout n'était qu'agitation et stress. Sauf les astres. En toute occasion, même quand rien n'allait, même quand il se sentait bouffé de l'intérieur par les orages de l'existence, il retrouvait une immense sérénité dans la contemplation de ces corps célestes immobiles.

— Tu regardes quoi, papa ?

— Le ciel, mon chaton. J'ai toujours aimé le ciel, les étoiles, les nuages…

Elle se leva et s'approcha de lui, la main en visière pour suivre ce qu'il observait.

— Là, il n'y a rien du tout.

— C'est vrai, juste un avion là-bas.

— Ah oui… Il va vite. Avec maman, parfois, on se met sur les fauteuils ou sur le matelas pour voir les nuages. On regarde s'ils ressemblent à des bêtes.

— Des bêtes ?

— Oui. Maman, elle a reconnu un petit chien l'autre jour. Moi, une licorne !

— Eh bien ! C'est incroyable ça ! On dirait que tu aimes vraiment bien les licornes !

Elle sauta en serrant le lapin contre elle.

— Oh oui. J'aimerais bien en avoir une ici…

Il grimaça un peu. On pouvait nourrir bien des rêves, et c'était même indispensable pour être heureux. Mais celui-là… Il fallait être une petite fille pour espérer avoir une licorne comme animal de compagnie.

Elle changea de sujet et reprit sa contemplation de l'azur. Elle cherchait les avions qui quadrillaient le ciel à cette période de l'année.

De temps en temps, elle essuyait quelques gouttes de sueur qui collaient ses cheveux à son front.

— Tu veux une casquette ? demanda Justine.

— Non. J'aime pas…

— Même pas ta casquette Elsa ?

— Ah, si ! Oui !

— Va la chercher, elle est dans ton armoire. Tu pourras la montrer à papa.

— Ouiiiii !

Elle partit en courant, écrasant deux Playmobil au passage. Ils entendaient ses petits pas parcourir le couloir menant aux chambres.

— Elle est pleine de vie. Je la trouve tellement éveillée… fit Guillaume en se tournant vers sa femme.

— C'est le cas. Elle comprend vite et s'intéresse à tout. Parfois, son caractère la rend un peu turbulente, mais ce n'est jamais très long. Je pense qu'elle est plus mature que les enfants de son âge…

— Peut-être à cause de moi, de la situation.

— C'est possible. Sans doute… Mais ce n'est pas ta faute. Elle le vit plutôt bien… En tout cas, pas trop mal. C'est la force de cet âge. On résiste à beaucoup de choses et on rebondit tellement vite ! Avec ton père, on essaie de la préserver, mais sans trop lui mentir. De toute façon, elle comprend tout, même quand on se tait…

Ils l'entendaient chanter à l'autre bout de la maison. À coup sûr, elle avait oublié la casquette pour enfiler une tenue estampillée *La Reine de neiges*.

— Et toi, comment tu te sens ? Comment tu vis ? Je n'ai même pas pu te le demander…

— Sans toi, je ne vis pas. C'est aussi simple que ça. Je te retrouvais le plus souvent possible dans cette chambre qui était devenue ma seconde maison, et je te racontais nos histoires, tout ce que nous découvrions, Élisa et moi, tout ce que nous aurions voulu partager avec toi. J'ai appris à être une mère sans mari, et elle à être une enfant sans papa. On a fait de notre mieux dans cette histoire bancale, qui débordait pourtant d'amour, d'amour pour toi. Tu as toujours été là, au centre de la vie, au cœur de notre étrange famille. On venait te rendre visite et on partageait nos anecdotes. Parfois, je me disais que tu m'entendais peut-être, et que ça pouvait te faire du bien de savoir tout ça. Élisa faisait la même chose. Elle chantait les comptines de l'école, elle mettait ses dessins devant tes yeux pour que tu les admires. Elle attendait un signe, un clignement de paupières, n'importe quoi qui lui aurait donné l'impression que tu les voyais.

Elle baissa le visage vers le carrelage de la terrasse qui chauffait au soleil. Un lézard passa comme un éclair et se dirigea vers la maison. Il disparut dans une fissure au pied du mur.

Sa tête était posée contre le torse de Guillaume et, au fur et à mesure de ses paroles, elle sentait le cœur de son mari se débattre dans le tourment des sentiments. Leurs mains emmêlées ne se quittaient plus, tandis que leurs regards s'évitaient pour ne pas pleurer. Il y avait trop de silence, d'absence, de moments d'abandon gravés dans les mémoires pour les raviver dans la douleur.

Guillaume avait fermé les yeux. Tout ce qu'il entendait n'avait pas d'images, pas de sons. Pour lui, la vie s'était arrêtée un jour, à l'occasion d'un repas. S'il restait quelques souvenirs, ils avaient le parfum de la veille. Tout était presque palpable. Des premiers sourires d'Élisa aux photos du baptême. C'était juste là, sur le seuil de sa mémoire. Elle ne le trompait pas. Bien au contraire, elle était d'une douloureuse fidélité, puisque rien ne semblait lointain. Elle lui montrait comme récent, imminent, tout ce qui appartenait à un passé presque jauni, blond comme les cheveux de sa fille.

Il pouvait presque percevoir encore l'odeur du lait hydratant dont il enduisait le corps de son bébé quand elle sortait du bain. Il adorait ce parfum sucré.

C'était hier…

Quand Justine parlait, c'était d'un film étranger, une bande originale dont il n'avait pas la traduction, et encore moins les images. C'était une succession de clichés, de tableaux dont il agençait les personnages et les décors comme on structure les repères du malheur. Chaque scène, dans son absolue simplicité, dans sa vérité transfixiante, ne lui laissait que l'amertume d'avoir été absent. Et à cela, il n'y pouvait rien. Il n'avait aucune colère à déverser, puisque ce n'était la faute de personne. Juste celle du destin.

On ne lutte pas contre le destin.

Il donna au soleil son visage à sécher. Tous deux s'agrippaient l'un à l'autre comme au temps trop propice à s'enfuir.

Les pas d'Élisa revinrent aussi vite qu'ils étaient partis. Elle était déguisée en Fée clochette, avec une baguette verte et du maquillage maladroitement étalé sur les paupières. Elle s'arrêta devant eux, prenant une pose de princesse et arborant un sourire espiègle.

— Je suis belle ?

— Oui, absolument magnifique, renchérit Guillaume en montrant le pouce levé. Tu es vraiment une fée !

Elle sautilla de joie, en jetant des sorts autour d'elle, à la vitesse de son bonheur.

— Est-ce que tu t'en sors ? fit-il en relevant le visage de sa femme pour voir ses yeux. Est-ce que… financièrement…

— Tout va bien de ce côté-là. C'est le seul point simple de notre vie.

— Tu fais quoi ?

Il l'avait laissée en congé parental, à organiser une reconversion.

— J'écris…

Il la regarda avec un sourire stupéfait.

— Tu écris ? Tu vis de ta plume ?

— Oui…

— Alors que tu pensais depuis si longtemps ne jamais réussir à rédiger vingt pages ! C'est incroyable !

Elle eut l'air presque gêné. Un fard lui monta aux joues.

— Montre-moi !

Elle se leva.

— Tu vas où, maman ?

— Chercher les livres. Tu veux venir avec moi ?

— Ouiiii !

Elles disparurent un instant, puis revinrent avec trois bouquins, empilés les uns sur les autres. Un bandeau rouge cernait le dernier : « La romancière la plus lue en France. »

Il fixa les livres pendant de longues minutes, les tournant dans tous les sens, parcourant dix fois les résumés.

Ses mains caressaient les couvertures comme on découvre une nouvelle peau après une mue.

Il ouvrit la première page : « À ma fille, à mon mari, pour l'éternité. »

Il entendait presque ces mots comme si elle les lui avait murmurés à l'oreille. Des centaines de milliers de lecteurs étaient passés au-dessus sans imaginer ce que cela impliquait, tout ce qu'elle endurait au moment où elle posait ces lettres sur le papier.

— Mon Dieu, c'est fou… Justine ! Tu te rends compte ?

— Non, pas vraiment. Un peu parfois, mais il y a beaucoup de choses qui m'échappent…

Il étala les trois ouvrages face à lui, les mains jointes devant la bouche.

— Elle est forte maman, hein ? Elle écrit plein de livres !

— Oui, elle est incroyable. Tellement incroyable… Tu as une maman extraordinaire !

— Ça veut dire quoi, ça ?

Il les attira contre lui.

— C'est un mot bizarre pour une petite fille comme toi. Mais ça veut dire que ta maman est la meilleure, tout simplement. Qu'elle est… parfaite, qu'elle est la plus géniale de toutes les mamans !

— Ah ben oui, c'est vrai ! Et elle fait trop bien les crêpes !

Ils éclatèrent de rire devant sa candeur qui associait l'odeur des crêpes, la légèreté sucrée des goûters au rôle de mère. C'était pourtant si simple, si évident. Car, pour une petite poupée de cet âge, que pouvait-il y avoir de plus symbolique de la tendresse maternelle, de l'harmonie du foyer, que de trouver un plat de crêpes chaudes et douces au retour de l'école ?

C'étaient des souvenirs de ce genre qui pénétraient dans les racines profondes de la mémoire, qui s'incrustaient jusqu'au cœur de l'être pour y définir une terre apaisée, la terre de l'enfance.

— Tu peux être fière de ta maman, car c'est franchement une femme formidable, vraiment incroyable, murmura-t-il presque pour lui-même.

Il se leva, oscillant légèrement sur ses jambes engourdies.

— Je n'ai pas les mots pour te dire à quel point je suis fier de toi, de celle que tu étais et de celle que tu es devenue au milieu de ces épreuves. Tu aurais pu t'effondrer… À ta place, je ne sais pas comment j'aurais pu rester debout, comment j'aurais pu gérer ma souffrance, un bébé, et une vie à continuer malgré tout. Et toi, ma petite reine, si convaincue depuis toujours de ton incapacité à réussir quoi que ce soit, toi qui doutais de toi plus que de tout le reste, toi, mon amour infini, tu es celle que tu méritais d'être. Je n'ai pas les mots…

Il la prit dans ses bras et pleura dans son cou, comme un enfant. Les rêves sont parfois accessibles à ceux qui rêvent un peu plus fort, à ceux qui ont la folie d'oublier les limites et les normes, à ceux dont le plafond de verre n'est qu'un plancher qu'on efface pendant le vol.

Justine pensait la vie plus forte qu'elle, et se trouvait moins utile que les autres. Imparfaite et fragile, hésitante et fébrile. Elle était devenue telle qu'il l'avait toujours vue, telle qu'il l'avait imaginée dès le premier jour de leur rencontre : une femme incroyable.

— Elle est forte, maman, murmura Élisa dans les bras de ses parents.

29

Tout moment est dernier parce qu'il est unique.

Marguerite Yourcenar, *La Tour de la prison*

La température de l'après-midi devenait suffocante, avec cet accent un peu piquant qu'occasionne la pollution. Même à distance notable du cœur de l'agglomération lyonnaise, il était impossible d'échapper à ces vapeurs d'ozone aussi inodores que corrosives. C'était comme un voile qui apparaissait au printemps, et jouait ensuite avec le vent et la pluie pour s'atténuer ou perdurer. Quelles que soient les années, c'était un refrain identique où les variations s'avéraient de moins en moins évidentes : la chaleur s'intensifiait.

Une volumineuse plante grimpante, dont Justine avait perdu le nom, étalait ses larges fleurs violettes sur toute la gouttière et venait plonger au-dessus de la tonnelle. Quand le froid se retirait, elle se garnissait progressivement avant d'envahir le mur. C'était un ballet de couleurs, de lumière. Un peu de Sud et de Méditerranée au cœur des terres.

Ils avaient aimé cette maison dès la première visite. Ils en étaient repartis avec la certitude que c'était celle-là. Elle n'avait rien d'exceptionnel, rien qui fasse se retourner les passants. À l'abri derrière de hautes haies feuillues, elle était grande, assez luxueuse, mais sans extravagance ni faste inutiles. Elle irradiait surtout d'une chaleur familiale, parfaite pour y voir s'épanouir de jeunes âmes heureuses.

Sur un regard, ils avaient fait demi-tour et rattrapé l'agent immobilier qui s'apprêtait à repartir, après une cigarette de répit. Ils avaient acheté, sans négociation, sans prendre le risque de la perdre. C'était elle, et pas une autre.

Guillaume en fit le tour pour donner un peu de mouvement à son corps, dont les ondulations de l'éveil lui faisaient peur. Il se sentait terriblement chez lui. Ce sentiment si doux et si nécessaire n'en était que plus acide. Car ce lieu, qui l'accueillait avec la même bienveillance qu'au début, serait le réceptacle de son sommeil.

Au fond du jardin, à quelques pas de la haie, un pommier se dressait fièrement, même si les branches encore grêles témoignaient de sa jeunesse. Il ne produisait qu'une ombre découpée, dont seule Élisa pouvait profiter. Mais il était beau, droit et frais, aux couleurs intenses.

— C'est celui qu'on a planté à la naissance d'Élisa ? demanda-t-il.

— Oui. C'était ta mère qui l'avait choisi pour nous l'offrir.

— Il a beaucoup grandi. Je me revois faire le trou ici, un matin humide d'automne. Elle était là, juste derrière moi, me disant que tout bois prend racine à la Sainte-Catherine.

Justine eut un petit rire. C'était typiquement sa belle-mère. Une fille de la campagne, qui plantait, entretenait et récoltait, au rythme des dictons et des lunes. Elle parcourait son jardin tous les jours comme on examine un corps, organe par organe, plant par plant. Elle grattait un peu de terre du bout des doigts, et arrachait les indésirables qu'elle jetait au loin. Ses bosquets poussaient dans une harmonie qui n'avait rien de strict. C'était une osmose de tons et d'odeurs. Un délice pour les yeux.

Guillaume avait grandi à ses côtés, l'accompagnant dans ses tournées quotidiennes même les soirs de pluie. Elle enfilait des souliers usés, et les nettoyait au retour avec une patience de moine. Le jardin avait de l'importance. Quand les couleurs fanaient au début de l'automne, elle le peignait. Elle avait toujours préféré ces teintes aux éclats printaniers. Il y avait une certaine mélancolie dans ce baroud d'honneur que livrait la nature, ce feu d'artifice de nuances orangées, comme des soleils voilés, qui préfigurait la longue torpeur hivernale.

Il se sentait comme ces arbres, dont le temps est révolu quand le mois de novembre se retire. Il allait s'assoupir comme eux, dans une hibernation glaciale et ténébreuse. Quel printemps pouvait-il espérer ?

Il chassa cette pensée et contempla les fleurs. C'étaient des géraniums. Sa mère les aimait beaucoup. Lui aussi.

Quand se succédaient les saisons, elle regardait la météo et annotait un grand cahier pour trouver une cohérence ou une incohérence aux temps qui glissaient sur les jours. Tout aboutissait à ses décisions de planter ou d'attendre. Il n'y avait rien de primordial, mais elle appréciait ce cycle de la vie à portée de main. Il avait retenu quelques-uns de ses conseils, mais en avait oublié la majorité. Il faisait confiance à Internet et à son instinct. Le premier était fiable, le second était pathétique. Tout crevait dès qu'il y touchait. C'en était presque risible. Mais il s'était acharné pendant les premières années dans cette maison, au point d'y récolter quelques légumes.

Maintenant, son carré potager était plus petit. Justine l'avait tout de même conservé, comme un morceau de lui. Elle était comme ça. Peut-être était-ce un moyen de ne pas l'effacer, de conjurer la peur de la mort avec ces hameçons de vie. À coup sûr, ses outils de jardinage étaient au même endroit.

— Je n'ai pas assez de temps pour tout faire aussi proprement que toi. Mais parfois, on s'y met avec Élisa. Elle aime bien planter et cueillir les fraises.

— C'est déjà beaucoup. C'est avec ma mère que j'ai tout appris, mais j'ai tout oublié. À force de ne pas assez l'écouter…

— Je lui dis que c'est le potager de papa, et que tu seras content qu'on récolte quelques légumes. Elle abreuve les plantations avec le petit arrosoir rose, à côté. Elle en fait, des pas, pour le remplir. Elle est tenace, surtout quand c'est pour toi.

Il observa avec tendresse les fleurs et les plants de fraises qui s'étalaient au milieu d'une terre craquelée par la chaleur. C'était un minuscule bout de vie, un réservoir à souvenirs.

Élisa s'approcha d'eux et se dirigea directement vers son arrosoir. Elle en versa plusieurs fois le contenu, qui disparaissait dans l'instant, absorbé par ce sol desséché. Elle essuyait les perles de sueur sur son front avec le revers de sa manche.

— C'est bien, Élisa. Tu te débrouilles vraiment très bien !

— Moi, j'adore arroser les fraises. C'est trop bon, les fraises…

Elle s'arrêta au bout de quelques minutes, le sourire aux lèvres, mais le regard un peu transparent. Elle se dirigea vers son père et tendit les bras.

— Câlin…

— Viens, mon bébé.

Il posa la canne contre sa jambe et porta sa fille contre lui. Nichée dans son cou, elle respira bruyamment son odeur. Il sentait ses bras le serrer, tandis que sa tête se calait sur son épaule.

— Elle commence à fatiguer, murmura Justine. Elle dort moins longtemps la nuit, depuis que tu es revenu, et là, je ne sais pas pourquoi, elle s'est réveillée tôt, comme si elle avait compris quelque chose.

— On va rentrer dans la maison, ma princesse.

Justine l'aida à ramasser sa canne et les accompagna jusqu'au salon, où la fraîcheur de la pièce offrait un contraste thermique presque brutal. Elle modifia un peu la température, tandis que Guillaume se glissait dans le canapé.

Il caressa les cheveux de sa fille. Ils étaient doux, soyeux. Il aimait ce contact entre ses doigts, des brins de vie qu'il aurait voulu attacher à son cœur. Élisa poussait de petits gémissements de plaisir. Sa respiration ralentissait, prenant une amplitude plus large, plus calme.

— Tu vas pas partir, papa ? marmonna-t-elle au bord de l'endormissement.

— Non, mon bébé, tu peux te reposer.

Il fit vibrer sa voix dans un son proche du murmure :

On allait aux feux d'artifice
Voir ces étoiles de pas longtemps
Qui naissent, qui brillent et puis qui glissent
En retombant vers l'océan
Et ça fait des étoiles de mer
Ça met dans les yeux des enfants
Des constellations éphémères
Et on s'en souvient quand on est grand[1].

Ses bras retombèrent lentement. Il sentait ce petit corps s'affaisser dans le sommeil, calme et détendu. Elle était apaisée.

1. Extrait de la chanson *Les Feux d'artifice* de Calogero

Nous sommes comme des feux d'artifice
Vu qu'on est là pour pas longtemps
Faisons en sorte, tant qu'on existe,
De briller dans les yeux des gens
De leur offrir de la lumière
Comme un météore en passant
Car, même si tout est éphémère,
On s'en souvient pendant longtemps.

Il la fit glisser sur le côté pour l'observer dans le creux de son coude, comme au temps de ses premiers jours, quand elle n'était qu'un nourrisson. Il avait manqué des étapes. Mais ce qu'il ressentait était intact.

Elle respirait calmement, plongée maintenant dans une somnolence profonde. Il l'embrassa tendrement.

Justine prit une photo d'eux. Le temps était précieux et ces instants éphémères. Elle voulait conserver un peu d'éternité, un morceau de présent à figer quelque part.

— Tu as raison. J'espère qu'elle gardera quelque chose de moi dans ses souvenirs.

— Évidemment. Et je suis sûre que…

Elle ne termina pas sa phrase. Les mots étaient un peu trop forts pour les articuler. Ils pesaient des tonnes, le poids de l'espoir, le poids de la vie. La vie malgré tout…

— Je suis persuadée que tout ça ne s'arrêtera pas demain !

— J'espère… J'espère…

Il embrassa de nouveau sa fille.

— Viens, on va la mettre dans notre lit. Elle aime bien y faire la sieste.

Ils se levèrent et se dirigèrent vers leur chambre. Justine avait ajouté quelques photos aux murs, mais le reste était semblable aux souvenirs de Guillaume. La maison s'était figée dans la même stupeur que lui, le jour de cet accident. Il la retrouvait à l'identique.

Il déposa délicatement Élisa sur le matelas, la recouvrant simplement d'un drap fin. Elle avait une pellicule de sueur dans le cou, là où leurs peaux se touchaient.

Justine se glissa près de lui. Ils étaient allongés côte à côte, à regarder cet enfant avec un amour inconditionnel. Ils auraient presque pu croire à un matin banal de week-end, un moment de famille où tout le monde se réveille tendrement au lit, un instant de vie ordinaire parmi tant d'autres.

Mais celui-là était le seul. Unique et définitif. Le dernier représentant d'une espèce qui n'avait pas vécu.

Guillaume caressa les cheveux humides de sa fille. Elle ne bougeait pas, si loin dans le sommeil. Était-il ainsi, ces dernières années ? Entendait-il un peu tout ce qu'elles lui disaient ?

Il se tourna progressivement vers Justine. Elle avait les yeux brillants d'amour, de cette lueur qui l'animait quand ils se regardaient.

— Vous êtes drôlement belle, madame Castelas !

— Merci, docteur.

— Votre mari a de la chance de vous avoir…

Il aperçut un voile sur son visage quand il prononça ces mots. Tous les deux savaient qu'ils avaient bien plus de portée que ce qu'ils étaient censés exprimer. Elle entrouvrit les lèvres sans trouver de réponse.

Il posa son doigt sur sa bouche, effaçant toutes les douleurs qu'ils auraient pu se confier, toutes celles qui affleuraient leur mémoire et leur avenir, toutes ces images qui cabosseraient l'instant présent, ce diamant né du déchaînement de pressions extrêmes.

Le soleil traversait les persiennes et découpait la chambre de lames brillantes.

Ils s'approchèrent l'un de l'autre comme des aimants, comme des amants, une attraction puissante, aussi intense que lors de leur premier baiser. Ils étaient un peu plus vieux, beaucoup moins insouciants. Mais la ferveur était la même, et peut-être encore plus forte.

Leurs lèvres se touchèrent à peine. Un effleurement qui fit frémir leurs peaux. Ils n'entendaient plus les tumultes de la ville, congédiée derrière les fenêtres. Le monde extérieur se résumait à une lumière atténuée qui les frôlait doucement.

Ils ne percevaient que le silence, l'absolu silence de l'amour qui n'accepte que les battements de cœur et le chuintement des baisers, le frisson des caresses.

Leurs gestes devinrent plus rapides, plus intenses. Sans un mot, sans un bruit, ils laissèrent la passion s'emparer d'eux pour la première fois depuis tant d'années.

Un amour effusif qui débordait par-delà les larmes, par-delà les peurs. Un amour incontrôlable, inconditionnel, invincible.

Dans la lumière de l'après-midi, ils s'aimèrent comme au premier jour, avec la violence de vivre le dernier.

30

Le temps efface tout, et à la fin,
il ne reste que les ténèbres.

STEPHEN KING, *LA LIGNE VERTE*

Guillaume se leva discrètement et remit le drap sur sa femme. Elle s'était assoupie contre lui, comme elle l'avait fait tous les soirs depuis leur rencontre.

Leurs habits jonchaient le sol. À l'autre bout du lit, Élisa s'était enroulée autour du coussin. Elle respirait lentement, émettant parfois de petits ronflements délicieux.

Il marcha aussi silencieusement que possible jusqu'au salon, et referma la porte de la chambre derrière lui. La lumière de l'après-midi s'étalait encore sans retenue, dans toutes les pièces et autour de la maison. Quand il était plus jeune, il se posait avec son ordinateur quelque part au bord du Rhône ou de la Saône, avec un bouquin dans la poche. Il écrivait un moment, parfois une journée entière lorsque les mots venaient sans les appeler. Il pouvait ainsi remplir des pages et des pages, sans prendre le temps de les relire ou même de les comprendre. Il transcrivait en pixels noirs et blancs les histoires qu'il imaginait chaque jour après les cours. Quelque chose se dénouait quand il posait ses doigts sur le clavier. Tout le stress et la violence de ses études s'évanouissaient dès les premières syllabes. C'était un besoin, une nécessité.

Quand il avait fait la connaissance de Justine, elle aimait lire, mais n'avait pas assez confiance en elle pour mettre sur le papier ses propres émotions, ses propres récits. La mise à nu lui faisait peur. Ils en avaient parlé pendant des heures et des jours, car elle veillait sur lui et se passionnait pour ses romans, même s'ils n'existaient que pour eux. Il voyait dans ses yeux vibrer cette envie de franchir le cap.

Aujourd'hui, elle l'avait fait, et même tellement mieux. C'était une consécration. Il posa son regard sur les livres qui attendaient encore sur la table de jardin. L'ombre les recouvrait partiellement.

Il se prépara un café, un ristretto très dur, très fort. Le genre de breuvage qu'il adorait, mais qu'il évitait avant, à cause de sa tendance aux insomnies. Il y avait quelque chose de risible dans ce paradoxe. Il avait suffisament dormi pour une décennie et peut-être plus. Pourtant, malgré tout, il devait lutter minute par minute contre ce sommeil qui l'attendait.

Le soleil avait déjà parcouru du chemin. Il n'avait pas envie de regarder l'heure, mais aux couleurs du jardin et à l'amplitude des ombres, il savait que l'après-midi était plus que largement entamée. Dans quelques minutes, peut-être une heure, commencerait le ballet des voitures rentrant à domicile après le travail. Un cortège bruyant qui mugissait pendant une grosse demi-heure, avant de s'éteindre progressivement. L'été, c'était un peu plus calme, tout de même.

Il prit la tasse et y déposa un sucre. Le liquide ondula quelques secondes. Il respirait cette odeur si familière qu'il aimait depuis l'enfance, en laissant les vapeurs d'eau monter le long de son visage.

Assis dans le large fauteuil en cuir du salon, il regardait tous les recoins de la maison. Justine avait tout conservé presque en l'état : des bibelots sur les meubles aux fleurs à demi desséchées sur le bord de la fenêtre de la cuisine ; même ses raquettes de tennis trônaient encore dans la buanderie, juste à côté de la machine à laver. Elle avait rangé ses baskets avec les autres chaussures, mais elles restaient là, à portée de main, comme s'il allait revenir du jour au lendemain, et reprendre le cours de son existence normale. Ce n'était pas grand-chose, mais c'était le reflet de leurs vies à toutes les deux depuis ce jour tragique. Un froid glacial s'était abattu sur cette maison en gelant tout ce qui y produisait un peu de chaleur. Tout s'était figé.

Le calendrier sur le mur montrait une photo d'Élisa dans les bras de son grand-père, le père de Guillaume. Au fil des jours, il y voyait son nom à intervalles réguliers, ou juste un G, comme une évidence. Il était partout, tout le temps.

Il remonta un peu ce temps, naviguant dans des mois dont il ne connaîtrait jamais rien. Celui de l'année précédente était là, juste derrière. Il tomba sur le décès de sa mère et les obsèques qui suivirent. Il eut un pincement au cœur. Ce n'étaient que des mots sur le papier. Juste des mots. Il pensa à ce petit socle de pierre sous lequel reposaient ses cendres. Il aurait aimé lui dire au revoir.

Il continua sa course dans le temps, sans y trouver autre chose que son prénom partout. À l'exception de quelques jours où Justine avait emmené Élisa dans le Sud, près de Cassis, tout le reste n'était qu'une succession de semaines identiques, où la vie tournait autour de lui. Il y avait des séances de dédicaces, exceptionnelles et courtes, où le public devait certainement se précipiter tant elles se raréfiaient au fil des mois. Quelques événements ponctuaient de temps en temps cette tragédie familiale, comme un spectacle de fin d'année à l'école, ou un goûter d'anniversaire chez une copine d'Élisa.

C'étaient des étoiles filantes dans un ciel sans lune, un vaste voile sombre qui ne renfermait que l'infini du chagrin.

Il avait l'impression de les voir dans cette journée sans fin, à recommencer indéfiniment les mêmes gestes et les mêmes rituels pour garder la tête hors de l'eau, pour rester au contact du passé. Garder espoir était une attitude courageuse, mais la plupart du temps inutile, car elle ne servait qu'à camoufler l'obscurité du destin derrière des paravents de sable. À un moment ou à un autre, tout s'effondrait malgré tout. La douleur était identique, et peut-être même pire. C'était juste le chemin jusqu'à ce mur qui était un peu plus confortable.

Ou était-ce l'impression qu'on voulait en garder ? S'il n'y avait aucune fin agréable possible, que pouvait-on partager de sincèrement heureux ? C'était la base de la vie que d'avancer avec la conscience d'une finitude obligatoire. Mais l'existence s'accompagne de l'insouciance, de la certitude que la mort sera douce et tardive, et que, peut-être, elle ne sera qu'une somnolence trop profonde, sans retour, s'arrêtant à l'aube.

À en croire tout ce qu'il voyait depuis son réveil, Justine avait fait le choix de vivre encore à travers lui, malgré tout. Sa vie n'était pas un combat. C'était un espoir permanent qui s'effritait le soir et renaissait chaque matin.

Elle suivait son sommeil, le veillait dans le décours de sa stupeur, avec la patience d'une Marie-Madeleine attendant toujours sa résurrection. C'était son devoir quotidien, son chemin de croix.

Mais il n'était pas un dieu ; il n'était qu'un mortel comme les autres, soumis aux mêmes exigences du destin. Il était revenu de nulle part sur un coup de chance, sur un malentendu. Il n'y avait pas de crédit avec la maladie. Ce qu'elle donnait par moments, elle le reprenait ensuite. Il devait avancer dans l'intranquillité du sursis, et oublier tout espoir déraisonnable.

Il but son café en deux gorgées. C'était une impression agréable de redécouvrir ce goût qu'il connaissait par cœur. Son corps, lui, en faisait de nouveau l'expérience avec le même plaisir. Il était comme un enfant qui appréhende le monde et tout ce qui l'entoure, qui teste tous ses sens en quelques heures. Une vie en accéléré.

À côté du réfrigérateur, un sac en plastique renfermait des œufs en chocolat, des pièces, et même une poule de Pâques. Les restes d'une chasse aux œufs, un dimanche pascal. Cela faisait partie des moments qu'il avait attendu avec impatience quand l'heure était venue d'être père. Ça ne semblait pas grand-chose pour beaucoup de gens, mais pour lui, qui s'était épanoui dans un amour enrobant et chaleureux, c'était un de ces rêves qu'on bâtit pour donner à l'enfance le goût de la magie.

Il s'était vu tant de fois, à travers d'autres couples, faire grandir sa fille dans la candeur de Noël, avec ce soupçon de folie qui entourait ces jours de fête. Il s'imaginait décorer le sapin, faire le choix des boules et des guirlandes, s'improviser père Noël le temps d'un petit mensonge, pour lui offrir un peu de surnaturel.

C'était ce que désirent probablement tous les parents. En tout cas, c'étaient ses rêves à lui, sans extravagance ; juste des rêves de père heureux.

Quelqu'un d'autre s'en chargeait, un anonyme qui changeait tous les ans, en fonction des lieux ; ces multiples pères Noël qui viennent, le temps d'une photographie, déposer la magie sur papier glacé.

Quels souhaits Élisa avait-elle faits, cette année ? Qu'avait-elle demandé à cet homme omnipotent ?

À sa place, il aurait juste espéré être heureux, si possible en famille. Mais il n'était pas certain que ce soit dans ses cordes.

Il tira quelques tiroirs où ne gisaient que des documents administratifs, toute une vie dont il ne connaissait rien. Des paperasses auxquelles Justine devait faire face sans l'aide de son mari. Elle en était évidemment capable, bien plus qu'elle ne le croyait. Mais il était tellement plus simple de tout affronter à deux.

À côté du canapé, elle avait installé une enceinte Bluetooth. Malgré tout, elle avait conservé tous ses anciens CD, qui attendaient dans la même armoire qu'avant. Ils occupaient un pan complet. Une pellicule de poussière les recouvrait. Ils étaient comme lui : immobiles et silencieux.

Il en sortit quelques-uns : Bon Jovi, Simple Minds, Johnny Clegg… Des musiques de ses jeunes années, la fin de l'adolescence et le début de la vie d'adulte, à la fac. Ça lui semblait à la fois si proche et si lointain…

Il grignota un œuf en chocolat qu'il laissa fondre lentement sur sa langue. Justine avait toujours vénéré le chocolat. C'était comme une religion. Elle en mettait dans sa table de nuit pour les fringales d'insomnie, ou pour terminer en douceur une soirée d'amour.

En passant près de la porte, il la vit sur le lit, encore enroulée dans le drap. Élisa s'était collée à elle. Inconsciemment, elle l'avait entourée de son bras. Toutes les deux s'étaient nichées l'une contre l'autre dans une position fœtale.

Il eut envie de s'approcher et de les embrasser, de se fondre dans ce tableau d'amour parfait. Elles étaient dans ce lit comme dans la vie : fusionnelles.

Le sien était dans l'autre chambre, avec la machine pour le nourrir qui attendait son tour à côté. Le matelas à air pour le protéger des escarres était gonflé, prêt à le recevoir. Le moteur ronronnait au pied du lit comme un chat âgé. Justine avait installé une armoire provisoire où elle avait disposé ses vêtements. Tout ce qu'il mettait du temps où il était encore le docteur Castelas. Il y avait même son ancienne blouse d'interne, qu'il avait toujours gardée en souvenir de cet apprentissage long et difficile. Il l'enfilait parfois, et se trouvait un peu vieux dedans.

Aujourd'hui, il était presque nu, avec un tuyau de gastrostomie qui pendait de son abdomen. Ses jambes grêles tremblaient à chaque pas, et son visage n'avait plus le relief d'antan.

Que restait-il de lui ? Que deviendrait-il dans deux, trois ou dix ans, s'il survivait jusque-là ?

Il se mordit les lèvres et retint ses larmes. Les heures étaient précieuses, il ne fallait pas les gâcher ; ne pas gâcher non plus celles de ses deux chéries.

Il s'assit au soleil, sur le fauteuil de jardin en osier. La chaleur l'enveloppa immédiatement. Il ferma les yeux un instant, pas plus, de peur de replonger de l'autre côté. Il sentait encore l'effet du médicament, mais ce n'était qu'un leurre. La montre tournait, et le corps effaçait inéluctablement les secondes volées.

Quand elles se réveilleraient, il leur resterait quelques heures avant la nuit, avant qu'Élisa ne sombre vraiment dans le sommeil long et profond. De celui-là, il ne verrait pas la fin. C'était une certitude. Justine allait sûrement lutter bien au-delà de ses forces. Mais elle était exténuée, rompue par des années de douleurs, par des semaines d'insomnies. Après avoir fait l'amour, elle avait tenté de garder les yeux ouverts, mais elle avait cédé en quelques minutes, apaisée par le bonheur de sa présence. Elle était courageuse, infiniment courageuse.

Il posa un regard horizontal sur la maison et la balaya en entier. Cette demeure banale où ils avaient créé leur famille était devenue un mausolée, un lieu de culte et d'espoir vain, où Justine et Élisa ne vivaient qu'à travers lui, en l'attendant de toutes leurs forces. Elles l'aimaient éperdument, et c'était réciproque.

Il pleura en silence, seulement dérangé par le bourdonnement des insectes. Les voitures entamaient le ballet de la fin d'après-midi. Pour les autres, c'était une journée normale. Un 20 juillet anonyme.

Le téléphone de Justine vibra sur la table du salon. Elle avait coupé le son quand Élisa avait commencé à s'endormir. Il se leva rapidement et l'attrapa avant que le bruit ne réveille les deux filles. Le nom « Docteur Dellecoste » apparut sur l'écran.

En une seconde, il décida de décrocher.

— Allo ?

Un silence se fit au bout du fil. Le neurologue devait s'interroger sur cette voix qu'il ne connaissait pas.

Guillaume intervint :

— C'est Guillaume, docteur Dellecoste. Justine s'est assoupie…

— Ah, rebonjour. Je voulais avoir de vos nouvelles. Comment vous sentez-vous ?

— Ça va, pour le moment. Mieux depuis le deuxième cachet de zolpidem. J'ai sûrement encore quelques heures devant moi.

— Oui, à mon avis, c'est le cas. Vous pourrez en prendre un troisième dans quelques heures, pour essayer de tenir cette nuit. Mais l'effet s'atténuera par rapport aux deux premiers, malheureusement.

Guillaume soupira.

— Je sais.

Il rumina pendant quelques secondes toutes les questions qui le taraudaient. Mais, pour la plupart, il avait déjà les réponses. Pour les autres, il n'y aurait que le doute et l'incertitude.

Il choisit la seule évidence.

— Docteur Dellecoste. J'ai un service à vous demander.

31

Je ferai tout pour soulager les souffrances.

LE SERMENT D'HIPPOCRATE

Vincent,

J'aurais aimé te parler rapidement, mais je pars pour le Congrès de neurologie de Paris. Il est impératif que tu me contactes dans la journée. J'ai reçu tout à l'heure Annie, l'aide-soignante. Elle prenait son poste de l'après-midi.

A priori, elle est allée manger avec ses enfants au restaurant McDonald, et elle y aurait croisé le docteur Castelas, ainsi que sa femme et sa petite fille. Au départ, je n'ai pas cru un mot de son histoire, mais elle m'a donné des détails sur lui, sur Justine Castelas. Je ne pense pas qu'elle soit assez intelligente pour mentir avec un tel degré de précision.

Tu sais tout comme moi que voir Castelas déambuler dans un fast-food relève presque de la fiction. Sauf si quelqu'un lui a administré un traitement expérimental, comme le zolpidem…

Compte tenu de notre récente discussion à ce sujet, je me mets à douter de cette hypothèse, et j'espère de tout cœur, pour toi et pour ta carrière, que je me fais des idées et que cette Annie s'est trompée.

Aux dernières nouvelles, je t'avais interdit de lui parler de ces expériences assez désastreuses sur les patients comme Castelas. Toutes ces histoires n'amènent rien de bon. J'espère donc que tu auras une explication plausible.
Rappelle-moi.

Vincent reposa son téléphone sur le bureau et effaça le message sur-le-champ. Il n'y avait aucune formule de politesse. Son chef s'en passait la plupart du temps ou, s'il les accentuait, c'était à titre méprisant, pour renvoyer son interlocuteur à son rôle de sous-fifre.

Il envoya un message à Justine, lui intimant de ne rien dire à son chef. Elle allait probablement recevoir un appel dans la journée. Il avait confiance, mais…

Quand son téléphone avait sonné avec le nom de son patron affiché sur l'écran, il avait été envahi d'une peur presque panique.

Puis il avait pensé à ces mots, à Guillaume lui parlant de sa fille, de cette joie qui tremblait dans sa voix quand il l'avait remercié de lui avoir permis d'être vivant, même pour quelques heures.

Son bureau était plein de vide, rempli de ses doutes et d'un sentiment d'abandon si nouveau. Il avait couru depuis plus de quinze ans derrière ce poste, et maintenant qu'il l'avait, qu'il pouvait s'y épanouir totalement, cela perdait tout son sens.

Les brancards passaient devant lui, amenant des patients dévastés, des familles endeuillées, et tout un cortège de tristesse auquel il se joignait de loin.

Il était le maillon d'un réacteur nucléaire, d'une machinerie gigantesque qui reléguait l'humain derrière le soin, qui transformait les doutes et les décisions en maillage d'un canevas médical où la souffrance était éclipsée.

Il se laissa tomber dans son fauteuil. Ce bureau était trop petit, il ne respirait plus. À quelques kilomètres de là, un homme dont il ignorait tout quelques mois auparavant vivait ses premières et ses dernières heures. Cet homme-là goûtait probablement à chaque bouffée d'oxygène avec un plaisir sans limites.

Fallait-il regretter ? Fallait-il s'en vouloir ?

Il contempla ce ciel d'un bleu puissant. C'était une belle journée pour retrouver les siens. Il avait pourtant envie de pleurer, de partir en courant, de crier à s'en rompre les cordes vocales.

Vignaux reviendrait à la fin de la semaine. Dans quelques jours, ce serait la grande explication, Salluste devant Ruy Blas. Il n'avait rien pour se défendre, si ce n'est l'astuce de jouer au con, à celui qui ne sait rien sur rien, qui découvre avec stupeur un fait extraordinaire.

Il ne savait pas mentir. En tout cas, pas son visage. Si Vignaux avait un peu de finesse, il comprendrait tout très vite. Il n'aurait aucune preuve, sauf si Justine craquait. Mais ce ne serait pas le cas. Elle était incroyablement forte. Elle le protégerait. Il ne pouvait rien lui arriver, malgré sa complicité dans cette résurrection miraculeuse.

Cette perspective ne lui procura aucun soulagement. Tout juste eut-il un sourire en pensant à Élisa, qui découvrait cet homme avec son regard d'enfant.

Vignaux attendait sûrement son appel. Il repoussa le téléphone loin de lui, aussi loin que possible. Quand il pensa à sa carrière, quelque chose se mit à sonner faux dans sa vie. Il avait pris un chemin qui ressemblait en tout point à celui de son patron, pour devenir cet expert du corps humain à l'empathie atrophiée.

Ça n'avait aucun sens… aucun.

L'après-midi touchait bientôt à sa fin. Il regarda ce panorama exceptionnel qui s'étalait devant lui. Sur la porte, il avait accroché une plaque à son nom, non sans fierté. Maintenant, il n'y voyait qu'une marque d'orgueil inutile. Qu'est-ce qui donnait de la valeur à un individu ? Son titre ? Sa compétence ?

Tout était si brouillé, si abîmé. Au milieu de tout cela, il n'avait qu'une certitude. C'était que sa vie future se déroulerait loin de ces bâtiments, loin de cette atmosphère toxique où il perdrait son âme.

Quand il en eut la conviction, un poids s'envola. Il eut enfin l'impression de respirer et de comprendre le sens de son combat.

Quelque part, dans le couloir, un patient geignait. Il irait le voir, lui prendre la main, lui dire qu'il allait faire de son mieux.

À ce rythme-là, il allait souffrir un peu, peut-être beaucoup. Mais il allait vivre. Enfin…

32

Mais on ne se bat pas dans l'espoir du succès !
Non ! non c'est bien plus beau lorsque c'est inutile !

EDMOND ROSTAND, *CYRANO DE BERGERAC*

Justine se réveilla en sursaut. Une vague de peur la souleva. En une seconde, son cœur se mit à s'accélérer, et elle sauta du lit à la vitesse du malheur. La porte de sa chambre claqua contre le mur.

Guillaume était sur la terrasse, à faire un puzzle avec Élisa.

— Coucou maman ! Pourquoi t'es toute nue ?

Elle s'arrêta un instant, contemplant tour à tour ces deux êtres chéris qui jouaient tendrement dans le soleil de l'après-midi. Elle prit conscience de sa nudité, et ne put s'empêcher de sourire. Guillaume lui répondit d'un baiser volant.

— Faut t'habiller, maman ! Tu avais trop chaud ?

— Oui, c'est ça ! pouffa-t-elle. Je reviens dans deux minutes.

Elle s'échappa le temps de chercher ses vêtements. Elle éprouvait une sensation étrange, presque paradoxale. Son corps était étonnamment détendu, perfusé au plaisir retrouvé de l'amour. Ce n'était pas qu'une histoire physique, hormonale, biologique. Sa chair avait aimé ce moment à la folie, au point d'en oublier, le temps d'une étreinte, que tout le futur serait le fils du passé, sans espoir que les générations s'améliorent. C'était surtout la sensation de respirer, d'ouvrir les lèvres pour la première fois depuis la tragédie, et de faire pénétrer un air pur et salvateur. L'impression que son cœur battait de nouveau…

Elle traversait les heures depuis trois ans dans un cachot sentimental, amoureuse transie d'un fantôme adoré, d'un être un peu trop vivant pour en faire le deuil, dont l'ombre asphyxiait ses jours.

Elle y pensait dans ces termes, culpabilisant parfois, peut-être souvent, de se voir en noyée consentante. Pouvait-il en être autrement ? Le terme était le bon, elle n'en voulait pas d'autres. C'était un choix de sa part de rester sous le niveau liquide de la vie, de boire et de respirer ses larmes chaque soir. À vrai dire, ce n'était même pas un choix ; c'était un état de fait, une situation acquise, figée.

Ils s'étaient promis l'éternité, l'amour pour le meilleur et pour le pire. Ils avaient scellé cet engagement, les yeux dans les yeux. Elle ne pouvait pas l'oublier, elle ne voulait pas l'oublier.

On lui avait parfois suggéré, à mots couverts, à l'aide de silences et d'allusions, de refaire sa vie ou, tout au moins, d'y songer. Ce n'était pas pour tout de suite ; non, ce n'était jamais exprimé aussi directement, surtout qu'il y avait une petite fille au milieu de tout ça, qui découvrait et aimait son père sans hésitation. Personne ne voulait se coller ce rôle sur le dos. C'était une ligne sur l'horizon que les mots des autres dessinaient au loin, qu'ils montraient nonchalamment du bout des doigts, comme l'endroit où l'arc-en-ciel se pose, là où l'on trouve le bonheur. Après ça, ils changeaient de sujet, la laissant avec le désespoir au cœur.

À en croire certains, elle était veuve, et l'amour ne doit pas être une camisole, surtout quand on peut encore s'en extraire. Guillaume était perçu comme ce fantôme, cette ombre dont on ne se détache pas. Il est plus facile de lutter contre un vivant que contre un mort. Mais lui... c'était pire que tout. Il n'y avait plus d'échange, pas de deuil, rien pour avancer, rien pour espérer.

On lui avait dit... On lui avait répété... Aurélie, sa meilleure amie, pourtant témoin de leur rencontre, avait eu le courage d'exprimer le fond de sa pensée, avec la cruauté de la vérité.

— Tu y crois peut-être encore un peu trop, à mon avis. On sait malheureusement comment ça se passe, dans ces cas-là. Je ne suis pas médecin, loin de là, mais je pense qu'il n'y aura plus rien. Ce que tu entretiens, ce que tu veux faire vivre, c'est beau, c'est magnifique, c'est exemplaire de courage et d'abnégation. J'admire et j'envie vos sentiments et votre passion. Cependant... je suis désolée de te le dire, mais tout cela appartient maintenant au passé. Guillaume est encore là physiquement, mais celui que tu aimes n'existe plus. C'est... c'était un gars génial, un mec en or. Cet homme demeure encore dans ton cœur et dans nos souvenirs. C'est cela qui doit persister. Seulement, pas en restant dans le sacrifice de ton avenir, dans une fidélité exemplaire, mais inutile. Je ne te dis pas de refaire ta vie tout de suite, bien évidemment. Mais je pense qu'il faut que tu réfléchisses à tout ça. Est-ce que Guillaume voudrait te voir ainsi ? Est-ce la meilleure solution pour Élisa ?

Justine l'avait quittée sans une parole, courant jusqu'à sa voiture avec des larmes salées et amères sur les joues. Elles ne s'étaient plus parlé pendant des mois, malgré les mots d'excuse et les appels répétés d'Aurélie. Chaque jour, elle laissait un message que Justine effaçait sans l'écouter. C'était trop. Trop violent, trop dur, trop franc. Et tellement ignorant de la passion qui l'animait encore.

Il avait fallu qu'elle vienne en personne à la maison, dévastée de douleur, pour qu'elles se retrouvent un peu.

Elles n'en parlaient plus, mais l'ombre de Guillaume, cette essence spectrale, restait omniprésente.

Les premiers temps après le drame, elle avait continué de prendre la pilule, comme si ce geste banal du quotidien augurait des jours meilleurs. Guillaume allait revenir ; ils referaient l'amour follement, passionnément. Ils auraient encore des enfants, plein de beaux petits enfants aux joues rosées et aux cuisses potelées. Ils décideraient ensemble d'arrêter cette contraception et d'agrandir la famille. Oui, c'était un choix d'amour…

Au fil des jours, les semaines étaient devenues des mois ; elle avait oublié ce comprimé du soir, regardant la plaquette sur l'évier de la salle de bains avec dégoût et colère. Une négligence consciente qui était comme un aveu. Elle avait repoussé l'échéance en la recouvrant d'espoirs anémiques. Pour avoir besoin d'une contraception, il fallait être deux. Alors, pourquoi avait-elle envie de pleurer quand elle déposait le cachet sur sa langue ? Ils étaient encore deux… encore un peu…

Il lui avait fallu du temps pour mettre des mots sur cette décision. Elle s'était presque convaincue que ce n'était qu'une banalité au milieu d'un océan de complexité. Juste un détail, une rayure. Après tout, elle pourrait la reprendre n'importe quand, dès que Guillaume serait revenu.

Et puis… peut-être choisiraient-ils d'agrandir la famille, maintenant que la mort avait joué son mauvais tour, son cache-cache dégueulasse avec la vie. Oui, c'était certainement pour cela qu'elle était dorénavant capable de s'en séparer.

Elle avait jeté la plaquette à la poubelle en détournant les yeux, tandis que son ventre se tordait de douleurs.

On pouvait se convaincre de quelque chose sans y croire vraiment. Entre ce que sa raison lui dictait et ce que son cœur pleurait, il y avait un monde.

Elle se regarda dans la glace, les cheveux ébouriffés. Son corps n'était plus le même depuis la dernière fois où ils avaient fait l'amour. Ça n'avait rien altéré à la beauté de l'instant, à cette passion intense qu'ils avaient partagée.

Elle avait vécu ça comme une première fois, mais en bien plus fort. Peut-être parce que, au fond d'elle, elle pensait que c'était la dernière.

Le rire d'Élisa montait au loin, éclatant et solaire. Il n'en finissait plus de dévaler les notes du bonheur. Quand elle riait, c'était un torrent, un tourbillon de joie aux reliefs cristallins. Elle explosait dans son euphorie enfantine.

À en croire la voix de son mari, Guillaume était lancé dans une blague à répétition, de celles que les gamins redemandent cent fois avec autant de plaisir. Il y revenait avec patience, provoquant à chaque fois le fou rire de sa fille, auquel se mêlait le sien.

Justine se glissa discrètement dans l'encadrement de la porte du salon, les regardant de loin. Le soleil s'étalait avec eux, comme s'il était dans le même état d'esprit, à rire en lumière de ces retrouvailles impossibles.

Elle avança légèrement. Élisa était assise sur les genoux de Guillaume, face à lui. Il adoptait un air méchant, un peu grotesque, et la basculait en arrière en lui chatouillant le cou. Le résultat était tout le temps le même, une répétition du bonheur.

Élisa transpirait et pleurait de joie. De temps en temps, elle s'étranglait presque tant les bêtises de son père la faisaient rire. Il la prenait alors contre lui, tapotant légèrement dans son dos. Un câlin de quelques secondes qu'elle rompait pour demander encore du rire et des larmes. Encore un peu de ce papa qu'elle découvrait.

La canne de Guillaume était posée sur la table du salon. Il y avait toujours les initiales de sa mère sous la poignée. Justine la prit dans les mains. Il l'avait laissée ici pour redevenir lui-même, le temps d'un jeu. Ne plus être ce drôle de papa bancal qui tangue à chaque pas, tel un pingouin.

Elle prépara quelques jus de fruits qu'elle apporta sur un plateau.

— Me revoilà. Je vous ai amené des rafraîchissements. Vous êtes tout transpirants !

— Surtout elle. Hein, ma beauté ? Qu'est-ce que tu as chaud !

— Encore, papa ! Encore des chatouilles ! réclama Élisa en reprenant son souffle.

Justine lui essuya le front avec une serviette-éponge.

— Bois un peu, mon chaton. Je t'ai fait du jus d'orange.

— D'accord, mais après, on recommence à jouer.

Elle vida son verre sans quitter son père des yeux. Il s'abreuvait en même temps qu'elle. Leurs sourires se croisaient autant que leurs regards.

— Ça fait du bien, j'avais soif, soupira Élisa. Il fait chaud…

— Tu as raison. Cet été est vraiment caniculaire. Tu te sens bien ? continua Justine en se tournant vers son mari.

— Oui, ça va, ne t'inquiète pas…

Elle répondit à son sourire, même si l'angoisse remontait tandis que le soleil entamait le déclin de fin de journée. Il restait de nombreuses heures de lumière, mais il se rapprochait de la ligne de l'horizon.

Guillaume se leva en s'appuyant aux accoudoirs de sa chaise.

— Qu'est-ce que tu fais, papa ? Tu t'en vas ?

— Mais non. On s'en va tous les trois !

Justine le regarda sans comprendre.

— Ce soir, on va dîner au bord du lac. Tu veux bien ?

Élisa sauta de joie, les bras en l'air.

— Tu aimes la pizza ? Les croque-monsieur ?

— Moi, j'aime tout. Maman, elle dit que c'est bien de tout aimer. Alors moi, je mange tout. Mais j'aime encore plus la glace. C'est trop bon, la glace.

— Qu'en penses-tu ? Ça te tente ? proposa-t-il à Justine.

— Évidemment.

Ils se parlèrent avec ces mots qui transitent par les yeux.

— On attendra la lune au bord de l'eau. Peut-être même qu'on observera des étoiles filantes !

— C'est quoi, ça ?

— Ce sont de petites étoiles qui passent très vite dans le ciel. On aperçoit juste une lumière très rapide, qui fait un trait au milieu des autres, et c'est terminé.

— Ah bon ?

— Et quand tu en vois, il faut faire un vœu.

Élisa le regardait, la bouche entrouverte. Elle buvait ses mots. Il lui montrait l'espace d'un geste large du bras, embrassant la voûte céleste. Il lui parla des galaxies, des nuages, du soleil qui jouait à cache-cache avec la lune. Il lui décrivit les étoiles filantes comme des boules de lumière qui traversaient le ciel au milieu de la nuit.

— Et quand tu vois une étoile filante, il faut faire un vœu. Ça, c'est très important, continua-t-il en adoptant un ton plus sérieux.

— C'est quoi, un vœu ?

Il lui prit les mains dans les siennes. Elles étaient si petites. Un peu collantes à cause du jus d'orange qui avait coulé le long du verre.

Il se rappela l'enfant qu'il était, qui attendait de croiser ces lueurs éphémères pour voir ses rêves les plus tendres s'accomplir. Il avait rapidement compris qu'on ne souhaitait qu'avec le cœur, que la raison n'y pouvait rien, et que le destin faisait ensuite ce qu'il voulait.

Toutes ces nuits passées dehors, à penser retarder les maladies, à croire que ces étoiles portaient peut-être des âmes protectrices qui donneraient à ses désirs un peu de réalité. Quelque part, sur la planète, d'autres bambins regardaient probablement le même ciel avec les mêmes envies, ou d'autres, bien différentes. C'était universel de voir et d'espérer.

La tristesse aussi était universelle.

Mais il fallait s'accrocher pour continuer à vivre. Un monde sans souhaits, un monde sans rêves éveillés ; même condamnés d'avance, un monde comme ça n'était qu'une coquille vide.

Il caressa la joue de sa fille.

— Un vœu, c'est quelque chose que tu souhaites vraiment, qui te ferait très plaisir, qui te rendrait très heureuse. C'est quelque chose que tu as dans le cœur. Quand tu vois l'étoile filante, il faut fermer les yeux, et penser très fort à ça. Parfois, si tu le désires encore plus fort que tout, ce que tu as demandé se réalise. C'est ça, un vœu.

Elle eut un sourire discret, si loin des éclats de rire qui avaient empli le silence de l'après-midi. Mais celui-là était plus profond, plus intense.

— Moi, si je vois une étoile *sifflante*, je lui demanderai que tu restes toujours avec moi.

33

Le monde se divise entre
ceux qui aiment et les autres.

Léo Ferré

La voiture fut chargée en une poignée de minutes. Pas grand-chose d'essentiel, simplement le nécessaire pour une soirée en famille sans tracas.

Ils quittèrent la maison dans une douce euphorie, tandis que la circulation commençait à peine à se fluidifier. Justine avait commandé des mini-pizzas dans un restaurant tout proche. Ils avaient récupéré l'ensemble, dont l'odeur embaumait l'automobile.

— J'adore ! Ça sent trop bon ! gloussa la petite.

— Tu vas voir : on va se faire une soirée formidable.

Ils roulèrent pendant une vingtaine de minutes, observant le flot de véhicules qui s'étalait encore sur toutes les routes. Il n'y avait jamais de pauses, même la nuit. C'était seulement un peu moins dense, presque fluide parfois. Quand on vivait ici, on grandissait avec cette impression qu'aucun trajet ne serait simple ni rapide. Après quelques années, on n'y prêtait plus attention. Tout devenait long, très long.

Les téléphones compensaient un peu ce temps perdu, au prix de risques inutiles. La moitié des chauffeurs suivait le foot avec une concentration soutenue et un regard très alternatif sur la route. C'était comme ça.

Pris dans ce mouvement perpétuel, vif, presque agressif, Guillaume sentit une angoisse le saisir au plus profond de son être. Tout allait trop vite. Justine conduisait bien ; extrêmement bien, même. Elle était prudente, consciencieuse, prévoyante. Mais dans ce flux stressant où les voitures doublaient de tous les côtés, où le moindre ralentissement provoquait des appels de phare et des coups de klaxon, il eut l'impression d'étouffer.

Ce fut comme un étau, une pression brutale qui se posa avec le poids du malheur sur sa poitrine. L'air ne passait plus. Il le réclamait de tout son corps, de toutes ses forces. Mais il avait cette sensation horrible que quelque chose s'était fermé, un clapet rouillé qui ne demandait qu'à rester clos.

Il n'avait jamais connu ça, aussi loin qu'il s'en souvienne.

Une sueur gelée dégoulinait le long de son front, descendant sur ses côtes saillantes. Derrière eux, Élisa bavardait avec son lapin bleu. Elle monologuait sur les pizzas et les glaces, sur ce qu'elle aimait comme parfums. Elle faisait danser la peluche devant elle, comme si l'animal en tissu se réjouissait autant qu'elle de cette improvisation vespérale.

Il la regardait du coin de l'œil pour fixer son attention sur quelque chose de positif, de doux, d'apaisant. Mais la main de fer qui le broyait ne desserrait pas son étreinte.

Discrètement, il augmenta la climatisation de son côté, provoquant un vent d'air frais sur son visage.

Son cœur battait fort, excessivement fort. La vision de sa fille était brouillée par une lumière singulière. Il ne voyait que son reflet et les ondulations lointaines de ses mouvements. Elle n'était qu'une forme dont il perdait peu à peu les traits. Sa voix d'enfant se faisait de plus en plus distante, sifflante, presque métallique. Il aurait voulu l'entendre encore un peu, juste un peu mieux.

Il tentait de déglutir, sans trouver de salive pour humecter sa langue épaisse et râpeuse.

Calme-toi, calme-toi, pensa-t-il en essayant de regarder vers l'horizon pour masquer son trouble. Le soleil le frappait de temps en temps, entre deux bâtiments. Il plissait les yeux, sans pouvoir retrouver la maîtrise de son cerveau.

Il tendit la main vers la climatisation. Ses gestes ébrieux déviaient, sans réussir à attraper le bouton.

— Qu'est-ce qu'il se passe ? Ça ne va pas ? murmura Justine en l'observant. Guillaume ?

— Ce n'est rien… Ce n'est rien… J'ai chaud.

À force d'insister, il trouva la molette et régla la température sur le minimum. Une bourrasque glacée le fouetta. Il ouvrait la bouche comme un poisson hors de l'eau, buvant l'air qui se refusait à lui.

— Je vois bien que ça ne va pas ! cria Justine. Qu'est-ce qu'il se passe ?

Elle essayait de garder les yeux sur la route, mais tout son être se fixait sur Guillaume. La peur de le perdre était revenue d'un coup, balayant la joie innocente et coupable d'oublier la sentence. Il était là, pâle comme un cierge, recouvert d'un voile de sueur, haletant, suffoquant presque.

Élisa s'était figée. Le lapin pendait au bout de ses bras. Elle regardait sa mère avec un effroi total.

— Guillaume ?

— C'est juste… une crise d'angoisse, souffla-t-il en fermant les yeux. Faut pas… faut pas avoir peur…

Sa voix ensablée s'effritait syllabe après syllabe pour devenir un chuintement inaudible. Il entendait des sifflements assourdissants, résonnant dans tout son crâne. Les appels de Justine lui parvenaient à peine, tout comme son visage effrayé qui fixait la route.

— Je vais m'arrêter sur le bas-côté !

— Non, on arrive bientôt... Non... pas là. S'il te plaît...

Elle le regarda encore une seconde, cherchant entre ces mots ce qu'elle devait faire. Les voitures passaient autour d'elle, hurlant contre son allure qui avait dramatiquement chuté. Elle essayait de les éviter, de leur éviter l'accident. Mais tous ses sens se perdaient dans le labyrinthe de ses peurs.

— Tu es sûr ?

— Oui, oui... murmura-t-il.

Il ouvrit la fenêtre et se pencha un peu vers l'extérieur. L'air chaud le frappait de plein fouet, devenant presque froid sous la vitesse du véhicule. Il pensait à ces patients qu'on protège de l'asphyxie en leur insufflant un oxygène poussé au maximum, un souffle violent pour garder un peu de vie dans la claustration des poumons.

Ses doigts tremblaient sur les accoudoirs. Il retenait des cris de terreur qui s'élevaient du fond de son cœur. Tout ce qu'il avait vécu, tout ce qu'il avait enfoui sous la couverture du bonheur, tout ce que ces heures lumineuses avaient caché, toutes ces ombres qu'elles avaient créées, tout cela remontait à cet instant. L'étranglement de la peur, l'étreinte de la mort. Il se fissurait de tous côtés, craquelé dans son corps et dans son âme.

La nuit était là, au bout de ce chemin, absolue et invincible. Il s'avançait vers elle sans espoir de l'éviter. Une fatalité obscène qui pulvérisait tout ce que les sentiments bâtissaient sur les sédiments de l'amour. Le temps suspendu auquel il s'accrochait le trahirait bientôt.

C'était à mourir, à crever de chagrin.

Il ouvrit la bouche encore, un peu plus grand, cherchant un peu d'air. Il voulait vivre, respirer de nouveau, profiter du crépuscule auprès de celles que son cœur chérissait. Il lui fallait ce temps précieux, ce compromis avec l'enfer.

Une pression monumentale s'exerçait dans son crâne, broyant ses idées et ses espoirs, annihilant sa force de réflexion. Il se perdait, il s'effritait. La peur le submergeait, dévastant toutes les digues de sa raison. C'était une déferlante, un naufrage où sa conscience éclatait contre les récifs de la nuit.

— Guillaume ! Guillaume ? appela Justine en lui serrant le bras.

Elle mit son clignotant et coupa deux files de voitures, arrachant des dizaines de coups de klaxon en une seconde. La sortie était juste là, à une centaine de mètres. Elle s'y engouffra en haletant derrière son volant. Elle le voyait, dodelinant de la tête, les yeux hagards. Il respirait superficiellement, comme un mourant.

Elle tenta de chasser cette image qui devenait trop réelle. Non, son homme ne mourrait pas. Il avait peur, il lui fallait de l'aide. Elle pouvait le sortir de là.

Le véhicule parcourut les derniers kilomètres tandis qu'Élisa gémissait derrière. Elle murmurait des appels à son père en essuyant ses larmes.

— Maman ! Qu'est-ce qu'il a, papa ?

— Ça va aller, chérie, ça va aller… Il est un peu fatigué, c'est la voiture. Mais c'est bon, on arrive. Regarde, le lac est là !

Elle tendit le doigt. Le lac de Miribel était là, devant eux, large et calme étendue bleue bordée d'arbres et de reliefs verdoyants. Il y avait des centaines de personnes que la chaleur de l'été avait posées tout autour, avec leur pique-nique sous le bras. Certains jouaient au foot, d'autres alignaient les bouteilles de bière vides en fumant de l'herbe sans se cacher.

Quelques amoureux s'enlaçaient tendrement, s'embrassant à la lumière chaude du soir.

Elle se gara brutalement, loin de toutes les autres voitures. En une seconde, elle arracha quasiment sa ceinture, et celle de Guillaume vint heurter la porte.

— Guillaume ? On est arrivés. Attends, je vais t'aider.

Elle fit le tour du véhicule et s'approcha de lui. La petite fille la suivit.

— Regarde, on est là, Élisa est avec moi. Tu m'entends ?

— Oui…

— On est avec toi. Tu es en sécurité. On est arrivés. Tu reconnais ? Tu te souviens ?

Il leva la tête. Justine essuya la sueur qui ruisselait de sa peau froide et lui piquait les yeux. Il grimaçait comme si la lumière l'agressait. Les contours s'affinaient sur l'horizon. Il voyait quelques reliefs, quelques couleurs.

— Tu te souviens de nos promenades, quand on venait se baigner tous les deux après tes stages, et qu'on cherchait nos quelques sous pour se payer une glace et un Coca. Tu te rappelles ?

Elle mêla ses derniers mots aux larmes des réminiscences. Ils étaient ici chez eux, dans l'un des bastions de leur histoire, là où ils avaient consumé des week-ends et des soirées à se découvrir et à s'aimer.

— On se mettait toujours là-bas, loin des gens, on se parlait, et on restait dos à dos avec nos bouquins. On y passait des heures, en se disant simplement de temps en temps qu'on s'aimait et qu'on s'aimerait éternellement, ici ou ailleurs, qu'on reviendrait un jour, quand on serait vieux, quand on ne saurait plus bien marcher. On se trouverait un banc de bois pour y poser nos corps abîmés, et on regarderait nos enfants et nos petits-enfants s'amuser dans l'eau. Tu te rappelles ?

Il entendait sa voix au-delà de tous les bruits ambiants. Il se souvenait de tout, de chaque instant. Il avait oublié de vivre pendant trois ans, mais tout le reste était à fleur de mémoire. C'était peut-être un autre temps, pas si lointain. Dans ses souvenirs, il se trouvait encore jeune, tout allait vite, vibrait, avait une saveur exquise. La vie était une émulsion permanente de sensations, des frissons à fleur de peau qui couraient jour et nuit.

Le Guillaume de l'époque ne croulait pas sous la fatigue et sous la peur. Il traversait l'existence, la transperçait au bras de son amour, car l'innocence guide les heureux.

Dans le champ de son audition, il perçut quelques mots de voix inconnues, des gens qui s'interrogeaient sur cet homme mal en point qui haletait sur le siège de sa voiture. Quelqu'un demanda même à Justine s'il fallait appeler les pompiers. En ces périodes de canicule, on se méfiait des faibles qui mouraient un peu trop tôt, un peu trop vite, dans l'indifférence. Celui-là était jeune, certes, mais son visage avait cent ans, peut-être plus. Il divaguait comme ces vieux qui ont fait leur temps, comme ces arbres vivants, noueux et tordus, qui tentent encore de marcher dans la fraîcheur du crépuscule, à l'abri des regards, une canne aussi tremblante qu'eux à la main. Ils n'ont pas d'autres objectifs que de tourner un peu en rond sous les étoiles naissantes, quand le soleil leur laisse un peu de répit. Des animaux nocturnes, que la sénescence a basculés loin du jour et du cycle de la vie des jeunes, des vivants.

Guillaume en avait vu des tas, des centaines, se rendant ainsi à son cabinet avec le sourire déformé par les douleurs et la voix étouffée par le temps passé. Ils allaient et venaient, traînant leurs années comme un boulet trop lourd qui plaquait leurs jambes au sol. Ils rampaient debout, sourds et malheureux. Il les regardait en redoutant ce jour où il serait comme eux, quand ses feuilles seraient tombées et qu'il ne serait, lui aussi, qu'un tronc noueux figé dans une terre épaisse et collante.

Le temps est un sarcophage qui dévore tout et ne laisse rien, qui broie les souvenirs et les plaisirs, les os et les sourires, qui atrophie l'espoir et balaie les ressources. Le temps ne perd jamais ; il mise tout et gagne à chaque fois.

Ce qu'on lui vole, il vous le reprend mille fois, douleurs à l'appui. Il se venge de chaque écart, de chaque mensonge, de chaque instant de bonheur.

Le temps n'a pas d'amis ; il n'a que des ennemis, tous ceux qu'il rendra à la poussière un jour ou l'autre. Dans tous les cas, il vaincra.

Guillaume respira de toutes ses forces, combattant l'étau qui l'étranglait. Ses mains tremblaient encore sur le siège de la voiture. Petit à petit, il voyait les formes apparaître avec précision. Toute la peur refluait un peu, lentement, laissant son corps saccagé derrière elle.

Il entendait la voix de sa fille lui murmurer cet amour infini qui seul pouvait le sauver. Elle s'élevait avec légèreté, au-delà des acouphènes.

— Guillaume ? Ça va mieux ? Ça se calme ?

Il acquiesça doucement. L'air chaud du soir glissait sur sa peau, emportant les odeurs de pizzas jusqu'au dernier de ses souvenirs. La main de Justine passait sur ses joues, caressant sa barbe naissante. Il croisa son visage inquiet. Elle était belle, sa femme, tellement belle malgré les soucis.

Il lui fit un sourire en respirant un peu plus fort. Sa poitrine se souleva en laissant pénétrer l'oxygène facilement.

— Tu te sens mieux, mon papa ? murmura Élisa.

— Oui, beaucoup mieux. C'est passé.

— Tu as eu peur ?

Il la prit contre lui et l'embrassa tendrement.

— Un peu…

— C'étaient les voitures ? Il y a toujours plein de voitures… moi j'aime pas !

— Moi non plus ma beauté, moi non plus.

Il se leva avec précaution. Le lac s'étalait devant lui, le ramenant à cette jeunesse insouciante. Il adorait ce lieu simple, qui n'avait rien d'intime.

— Va doucement, intervint Justine. Tu as l'air encore un peu… secoué.

— Ne t'inquiète pas, je me sens mieux. On va pouvoir aller manger ces pizzas !

— Ouiiiiii ! chanta Élisa en sautant autour d'eux.

— Et tout à l'heure, on observera les étoiles !

Il parcourut le ciel du regard. Les tons azur gardaient encore le monopole des cieux. Mais quelque part, il espérait voir une étoile filante. Il avait tant de vœux à faire.

34

Ô temps, suspends ton vol !
et vous, heures propices,
Suspendez votre cours :
Laissez-nous savourer les rapides délices
Des plus beaux de nos jours !

ALPHONSE DE LAMARTINE, « LE LAC »

Élisa voulut mettre les pieds dans le lac. L'eau était chaude après ces longues semaines de canicule. Une légère brise froissait l'onde sombre et dessinait des ridules par centaines à la surface. Des dizaines de personnes s'amusaient encore, ou nageaient au loin dans l'insouciance d'une soirée d'été. Élisa essayait de négocier avec sa mère pour plonger entièrement dans l'eau, tentant tour à tour la bouderie, le numéro de charme, et pour finir, les larmes.

— Après tout, qu'est-ce qu'on risque en y trempant les pieds ? remarqua Guillaume. Il fait beau, c'est l'été… Elle doit être sacrément bonne, cette eau.

— Tu viens, papa ?

— T'en dis quoi, Juju ?

Ça faisait trois ans qu'elle n'avait plus entendu ce surnom dont elle ne raffolait pas au début, lui trouvant quelque chose de trop enfantin. Et puis, un jour, tandis qu'ils parlaient de passion et de couples mythiques, Guillaume imagina que Roméo appelait sa Juliette ainsi dans les rues de Vérone.

Ils partagèrent un rire complice, et ce surnom resta le seul qu'il utilisa. Justine apprit à l'aimer. Personne d'autre que lui ne pouvait s'en servir.

Élisa était déjà en train d'ôter ses habits. Elle trépignait, s'impatientait.

— J'aurais dû lui amener un maillot de bain.

— Bah, il fait chaud. Un coup de serviette et ça ira.

— C'est vrai. Après tout, autant en profiter !

— On va aller se baigner, petite chérie, reprit Justine avec un clin d'œil. Tu n'as qu'à garder ta culotte. On l'enlèvera après.

Elle ôta son pantalon et accompagna sa fille sur la plage de gravier. Guillaume avait conservé sa chemise, où la tubulure de gastrostomie formait un renflement. La maladie n'était jamais très loin et, pour ces quelques heures volées, il voulait éviter les regards indiscrets.

Ils pénétrèrent dans l'eau lentement, discrètement. C'était une étrange sensation pour le médecin. Son corps frémissait de toutes parts, étourdi de sensations oubliées. Chaque vaguelette qui le frappait déclenchait un flot d'émotions inédites. C'était une chose bien étonnante que d'être vivant.

Le couple se tenait la main en regardant Élisa bondir dans le lac. Elle jetait de longues gerbes d'eau qui retombaient sur sa tête. Au milieu de cette pluie éphémère, elle était comme toutes les autres gamines : heureuse, insouciante, solaire. Elle faisait semblant de nager, d'imiter le dauphin, reproduisant de petits souffles de baleine avec ses doigts.

— Viens, papa ! Viens jouer !

— J'arrive… j'arrive. Mais je ne peux pas aller trop loin à cause du tuyau. Tu sais, le truc pour manger.

Elle le regarda en penchant la tête. Il restait des anomalies qui revenaient malgré tout dans cette vie, malgré l'oubli.

Guillaume fit quelques pas, laissant l'eau monter au niveau des cuisses. C'était assez pour accompagner sa fille qui barbotait jusqu'au menton. Il posa sa main sous son ventre et l'étendit à la surface.

— Regarde, on dirait que tu nages comme les grands.

— Oui, c'est vrai, s'extasia-t-elle. Regarde, maman ! Je sais presque nager !

— C'est bien, ma chérie…

Justine était restée un peu en retrait. L'espace d'un instant, elle avait immortalisé le père et sa fille avec son téléphone. Elle ne savait pas si elle aurait le courage de revoir ces photographies et ces vidéos à l'avenir. C'était une torture de le découvrir si heureux, bercé de bonheur en tenant sa petite dans ses bras, et de l'imaginer ensuite dans sa catatonie.

Elle voulait les conserver au cas où… au cas où la douleur et l'espoir enfantent le désir de revivre ces instants magiques, même s'il n'y avait que de la tristesse au bout des pixels.

Ils jouèrent un moment, presque une éternité. Le soleil déclinait un peu au loin et s'effritait sur la ligne de l'horizon. Quelques familles remballaient leurs affaires et repartaient le visage fatigué.

Au crépuscule, il ne restait que les couples d'amants et les jeunes en quête de tranquillité. On échangeait des baisers, on échangeait des clopes. Certains planifiaient des projets à deux, d'autres refaisaient un monde qu'ils ne connaissaient pas encore, mais dont ils détestaient déjà tout. Guillaume et Justine avaient navigué un peu des deux côtés, mais le sentiment de révolte était vite passé avec l'âge et l'apaisement que procure l'affection. Ils avaient associé ce lac à un lieu de repos où ils n'aimaient que lire et s'embrasser. Et s'il fallait refaire le monde, eh bien, c'était pour le créer à leur image : simple et tendre.

Ils sortirent de l'eau en courant. Le fond de l'air était encore très agréable, bien plus chaud qu'une soirée normale. Justine emballa sa fille dans une serviette de plage destinée au départ à étaler le pique-nique.

— C'était bien, fit l'enfant. On pourra y retourner après manger ?

— Non, mon chaton, il se fait un peu tard. On ne peut plus se baigner quand il fait nuit. Et on ne voudrait pas que tu tombes malade.

— Alors, on reviendra demain !

Guillaume força un sourire. Elle le contemplait avec tellement de tendresse, tellement de joie. Ses cheveux mouillés ruisselaient le long de ses joues. Ils formaient de longues ondulations jusqu'aux épaules.

— Oui, on viendra encore… un jour…

— Tant mieux. Moi, j'aime bien…

Il croisa le regard de Justine. Elle avait les paupières rouges et les yeux trop brillants. Pour elle comme pour lui, la simple évocation d'un demain n'amenait que des larmes.

Elle se leva en détournant le visage.

— Je vais chercher les pizzas dans la voiture.

Il la vit s'éloigner, la tête basse. Il aurait désiré la prendre dans ses bras et la réconforter, lui dire qu'il y avait d'autres solutions, d'autres horizons, que la route cabossée qui les maltraitait depuis trois ans allait prendre fin. Il aurait voulu lui dire tout ça, s'il y avait cru.

Aucun de ces mots n'aurait sonné juste, aucun espoir n'aurait pu leurrer ce qu'ils savaient déjà. Ils pouvaient oublier le temps d'un jour et d'une nuit, le temps d'un échantillon de vie. Ils pouvaient faire semblant d'être comme les autres, avec uniquement l'urgence de s'aimer plus vite et plus fort, de s'aimer pendant quelques heures, pour toute une vie.

Ils avaient fait ce choix, ou plutôt, ce choix s'était imposé comme la seule solution envisageable. Le second était de s'effondrer et de se dire adieu.

Non, non… il fallait vivre, et vivre un peu plus intensément, donner du sens à chaque seconde pour qu'elle n'ait pas existé pour rien. Donner du sens aux regards, aux caresses, aux baisers, aux mots. Donner du sens à tout ce qui nous rapproche et à tout ce qui aurait pu nous séparer.

Il fit glisser ses mains dans le sable et le laissa s'écouler entre ses doigts. C'était son temps à lui. Il pouvait en reprendre quelques poignées, les serrer un peu plus pour les retenir. Il allait bien s'enfuir, ce foutu sable ; c'était une évidence. Mais il allait lui compliquer la tâche. Il allait employer ses heures jusqu'au bout, jusqu'au dernier grain.

Justine revint avec un sourire de mère, le genre qu'on se plaque sur le visage pour préserver son enfant des tracas d'adultes. Elle déposa les pizzas et les ouvrit avec une sorte de solennité. L'odeur s'éleva et les enroba immédiatement.

— J'adore… murmura Élisa. Ça sent trop bon !

— Allez, on attaque !

Elle coupa quelques morceaux qu'elle mit dans des assiettes en carton. Ils mangèrent en silence, écoutant juste les gloussements de plaisir de la petite fille.

— C'est vraiment, vraiment trop bien !

— Tu en veux encore ? demanda Guillaume.

— Non, j'ai plus faim…

Elle se tenait le ventre en soupirant.

— On regarde les étoiles, alors ? reprit Guillaume.

— Ah oui ! Et on essaie de voir des étoiles si… fi…

— Filantes !

— Oui…

Le crépuscule s'était étendu et le soleil avait disparu au loin, ne laissant qu'une bande orangée, aux reflets dorés. Ils s'allongèrent tous les trois les uns contre les autres. Les astres apparaissaient progressivement tandis que la luminosité diminuait.

— J'en ai repéré une ! fit Élisa. Elle clignote !

— Ah non, c'est un avion.

— OK… Mince…

Guillaume tendit le doigt vers le ciel.

— Tu vois celle qui brille beaucoup, là-bas ? On l'appelle l'étoile du Berger. Et celles qui font un W. Regarde, ça fait comme ça.

Il dessina la lettre au-dessus d'eux comme s'il peignait la voûte céleste.

— Oui.

— Elles forment la constellation de Cassiopée.

— C'est quoi, ça ?

— Ce sont juste des noms qu'on donne aux étoiles quand elles dessinent des formes particulières. Celle-ci, on dit que c'est la Grande Ourse.

Il continua ainsi, détaillant le ciel dans le silence ébahi de sa fille.

— Et mamie, elle est là-haut ?

Il s'arrêta et fixa la nuit.

— Maman elle dit que mamie, elle est partie dans les étoiles avec les anges. On la voit ?

— Peut-être. Elle est quelque part là-haut, mais il y en a tellement.

— Alors, on ne peut pas la trouver ?

— Si. Regarde bien, et s'il y en a une qui brille vraiment, qui te plaît, tu peux être sûre que c'est celle-là.

Son visage s'éclaira. Elle détailla tout le ciel, se tordant le cou pour embrasser l'horizon tout entier. Justine s'était collée à son mari. Elle frissonnait contre lui. Leurs mains s'agrippaient l'une à l'autre.

— Je crois que c'est elle, là-bas. Elle brille beaucoup !

— Voilà, c'est bon. Maintenant, j'espère qu'on va voir une étoile filante.

Élisa se blottit contre lui, la main sur la poitrine.

— Elles arrivent quand, les étoiles filantes ?

— Je ne sais pas, il faut être patient. Mais de toute façon, on est bien, là, tous ensemble.

— Oui, mais je suis fatiguée.

Elle fermait les yeux de plus en plus longtemps, son regard roulait sans but. Il sentait sa respiration devenir plus profonde.

— Si tu es fatiguée, chuchota Guillaume, tu peux t'endormir. Si je vois une étoile, je ferai un vœu pour toi, d'accord ?

— Oui, je veux bien…

Elle l'embrassa doucement dans le cou en le serrant contre elle. Elle avait clos ses paupières, marmonnant quelques mots incompréhensibles. Au moment où il la prenait dans ses bras, elle lui murmura à l'oreille :

— Dis, papa… tu seras là demain ?

35

Les aubes sont navrantes.
Toute lune est atroce et tout soleil amer.

ARTHUR RIMBAUD, « LE BATEAU IVRE »

Ils entrèrent à l'intérieur de la maison dans la relative fraîcheur de la nuit. Le ciel était parsemé d'étoiles qui se partageaient la lumière avec les lampadaires de la rue. Le quartier était retombé dans le calme du crépuscule, où tout le monde récupérait de la chaleur écrasante de la journée.

On entendait, au bord des jardins, quelques personnes trinquer dans l'odeur du barbecue. Le crépitement des merguez accompagnait le bruit des verres et les rires du soir. Il y avait une joie légère, superficielle. Ça durait quelques heures, jusqu'à ce que le silence profond des voisins plonge les convives dans une forme de solitude ; celle d'être encore debout, encore heureux, encore vivants, quand tout le reste du monde s'est endormi. Ils se séparaient alors sur une ultime accolade, parfois sur un dernier verre plus calme, pour ne pas s'attirer les foudres des couche-tôt. Il fallait se taire et museler ses ardeurs.

Le bonheur est individuel. Au maximum, il est familial ou local. Mais il ne contamine jamais autour de lui. Bien au contraire, il génère le conflit et les rancœurs, les amertumes de ceux qui vivent à moitié avant de mourir totalement. Parce que les vivants irradient bien trop, brûlent les rétines de ceux qui les observent de trop près et veulent s'en approcher. Le bonheur des autres se contemple de loin et ne s'envie pas.

Guillaume et Justine n'avaient jamais souhaité être différents. Ils s'aimaient, ils aimaient leur couple et s'en contentaient, comme tous ceux qui ont déjà trop pour être heureux. Il n'y avait rien à attendre de plus. Quand les critiques montaient comme un murmure dans le dos, ils se serraient un peu plus fort, se regardaient encore plus intensément, parce que la meilleure réponse était dans la passion qui les unissait, qui brillait trop fort pour les noctambules de la vie.

Ils allumèrent une lampe faiblarde sur le meuble de la télévision, juste assez puissante pour retrouver son chemin sans rencontrer d'obstacles. Justine portait sa fille endormie dans ses bras. Guillaume la suivait en essayant de ne pas faire de bruit avec sa canne. Il avait repris un zolpidem – le dernier – quand les prémices du sommeil étaient apparues, quelques minutes avant de partir.

Il n'avait pas vu d'étoiles filantes malgré toute sa volonté. Quand Élisa s'était assoupie contre lui, il lui avait raconté son enfance, ses heures à jouer dans le jardin de ses parents, ce papi qu'elle aimait tant, et cette mamie qu'elle oublierait certainement trop tôt. Il lui parla de la vie, de toutes ces choses qu'elle découvrirait, de tous ces gens qui lui feraient parfois du mal, de tous ceux qui embelliraient chaque minute auprès d'eux. Il lui conta ces crépuscules d'hiver, où la nuit vient trop vite en accompagnant les flocons de neige. Il lui décrivit l'odeur des pelures d'orange sur les reliefs de la cheminée, et de la douceur qu'ils diffusaient dans le salon les soirs de gel.

Les yeux dans le ciel, absorbé dans son passé, il lui expliqua que l'amour ne se crée pas, qu'il ne se cherche pas, qu'il avance à votre rencontre sous les traits de la personne que vous espériez rencontrer depuis toujours, que votre voix intime reconnaît immédiatement comme étant l'autre moitié de vous-même, la partie manquante qui donne au bonheur sa plénitude. Il lui raconta ce sentiment qu'il avait découvert avec Justine, cette sensation si douce, si brutale, si envahissante qu'on appelle l'amour, qu'elle connaîtrait un jour. Il ajouta que, peut-être, à ce moment-là, elle entendrait la voix de son vieux père dans un recoin ancien de son esprit lui dire de fermer les yeux et d'y aller, comme on choisit son chemin dans le noir parce que la main qui vous entraîne est bienveillante. Oui, peut-être qu'à cet instant, sa voix intérieure aurait le son grave et cérémonieux de cet homme oublié, monologuant un soir au bord d'un lac, le regard planté dans le ciel, dans les espoirs tristes des étoiles, en leur prêtant le devoir de le ramener un jour, de le faire vivre encore un peu.

Peut-être, quand elle aimera, quand elle sera vraiment heureuse, au point d'en balayer les terreurs de la vie, d'en effacer la douleur de son enfance, l'absence de son père, au point d'avoir la folie de croire qu'on peut s'aimer toujours, pour l'éternité, se donner avec le sentiment d'avoir raison et ne plus redouter la mort parce qu'on a enfin trouvé un sens à son existence… Peut-être verra-t-elle, ce jour-là, dans un souvenir inconscient, un homme jouer avec elle aux Lego en chantant la chanson d'Elsa ; peut-être le verra-t-elle lui faire des grimaces et des chatouilles ; peut-être rira-t-elle de bon cœur sans savoir pourquoi, sans savoir pour qui. Mais peut-être seront-ils à cet instant comme aujourd'hui, l'un contre l'autre, père et fille, unis et aimants.

Il n'y avait aucune étoile pour lui venir en aide. Il avait regardé partout, dans chaque recoin du firmament, dans chaque relief de l'horizon, dans les scintillements du lac, par-dessus les arbres. Il avait tout parcouru, tout balayé, tout attendu, tout espéré. Mais elles n'étaient pas là. Il n'avait même pas cette certitude ridicule et puérile de confier quelque chose à la folie d'un ciel trop noir percé d'une lumière éphémère.

Justine avait pleuré contre lui sur ce sol encore chaud tandis qu'il racontait leur vie, quelle avait été leur histoire depuis le premier instant jusqu'à ce jour. Il y avait un scotome, quelques années effacées dont il ne restait qu'une cicatrice. Mais le reste était intact. Et tous ces jours dont il se souvenait avec la netteté du bonheur, il désirait les lui conter, les lui relater jusqu'à ce qu'elle sache qu'on pouvait être heureux avant tout, malgré tout.

Il ne voulait rien oublier, même si la nuit venait les encercler tous les trois avant de l'emmener seul de l'autre côté. Si sa voix devait s'éteindre à l'aube, si ses mots devaient être les derniers, alors qu'ils soient les plus beaux, les plus joyeux, qu'ils portent le son de l'espoir et celui de la vie, car la vie ne vaut que si elle est vécue. Et par-dessus tout, bien plus que ses peurs, il voulait lui dire à quel point il l'aimait, à quel point il avait été heureux de la retrouver quelques heures, même s'ils n'avaient pas eu le temps de se découvrir entièrement, même s'il n'avait pas pu lui apprendre toutes les bêtises à essayer, toutes celles à éviter, toutes celles à programmer.

Il l'avait serrée contre lui en pleurant en silence, sentant les baisers de Justine dans son cou. Les étoiles s'étaient voilées dans l'océan de ses larmes. Le ciel clair et limpide de l'été s'était mué en une rivière scintillante qui emportait ses souffrances et ses regrets, étranglant son filet de voix, de sanglots tourmentés.

Élisa n'avait pas bougé, respirant contre lui calmement. Il s'était tu avant de fermer les yeux. Ses prières étaient devenues silencieuses. De toute façon, il n'y avait pas d'étoiles filantes…

Puis ils s'étaient levés et avaient pris le chemin du retour, comme on clôt un livre avec le sentiment que l'émotion ne sera plus jamais la même. Il avait regardé une dernière fois ce lac aux reflets d'argent que la nuit éclairait de mille feux. Ce départ avait des accents d'adieu.

Il détestait les adieux.

Élisa était allongée dans son lit, le drap remonté jusqu'au cou. La température était douce. Justine avait laissé le volet partiellement ouvert pour que la lumière extérieure pénètre. Sur sa table de chevet, elle avait allumé un koala qui diffusait une lueur orangée délicate, apaisante.

Ils restèrent un moment dans les bras l'un de l'autre, à regarder l'enfant dormir. Ils ne disaient rien.

Arrivés dans leur chambre, ils s'allongèrent sur le lit et fixèrent tous les deux la photo de leur mariage, qu'elle avait mise sur le mur d'en face.

— C'était une belle journée… fit Guillaume en lui caressant les cheveux.

— La plus belle du monde.

Elle avait la voix tremblante ; ses mots incertains vacillaient sous le poids de l'émotion. Il entendait sa respiration découpée de sanglots étouffés. Elle voyait la nuit balayer les heures avec autorité. Le chemin touchait à sa fin. Il leur restait une poignée de minutes ensemble, quelques grains de sable dans la main à disperser sous le vent. Quelques baisers à voler, faire l'amour une dernière fois…

Puis, enfin, se dire au revoir. Ou adieu.

Ils ne voulaient pas y penser, mais ne pouvaient s'en empêcher. Le temps était là, à tenir la chandelle en égrenant la vie. Même la cloche de l'église Saint-François sonnait l'approche du terme.

Guillaume avait bu un café, comme s'il était possible d'agir contre la fatalité. Pour une fois, Justine en avait pris un, elle aussi. Il voyait sur son visage tous les stigmates de la fatigue.

— Ça y est : minuit est passé. On vient de changer de jour, remarqua-t-il. C'est notre première nuit ensemble depuis longtemps. J'ai l'impression de revenir au début de notre histoire.

— Vraiment ? À l'époque, tu étais tout timide, tu n'osais pas me regarder. Tu ne voyais même pas que je te draguais.

— C'est vrai…

— Maintenant, tu ne peux plus m'échapper !

Elle bascula sur lui en l'embrassant. Sans dire un mot, il lui ôta ses vêtements, comme il l'avait fait la première fois, avec un peu plus d'habileté. Leurs yeux se fixèrent un instant sous la lumière de la lune. Dans la clarté nocturne, ils ne voyaient que les ombres de leurs reliefs. Leurs mains faisaient le reste.

Ils s'aimèrent tendrement pour la dernière fois.

Allongés l'un contre l'autre, ils reprenaient leur respiration. Le corps luisant de sueur, ils laissaient le plaisir rassasier leurs esprits. Ils avaient lutté de toutes leurs forces, en s'aimant simplement. Ils n'avaient que ça pour vivre encore un peu.

Ils parlèrent d'Élisa, d'eux, des jours qui viendraient. Il n'y avait plus de tabou, plus de craintes. Le soleil allait se lever en les séparant de nouveau.

Un gémissement s'éleva de la chambre de leur fille. Quand Guillaume entra, elle était assise au milieu du lit, les yeux fermés, bordés de larmes. Elle serrait le lapin bleu en parlant doucement.

— Élisa… je suis là, murmura son père en l'enlaçant. N'aie pas peur. Tout va bien. C'était juste un cauchemar.

— Faut pas partir, papa… faut pas partir…

— Je suis là. Je serai toujours près de toi.

— Faut… rester avec… moi…

Il lui embrassa le front en la recouchant lentement. Elle s'était blottie contre lui et tétait l'oreille de sa peluche.

— Reste avec moi…

— Ce n'était qu'un cauchemar…

36

Il n'y a rien de pire
que l'amour sauf de ne pas aimer.

JEAN-JACQUES GOLDMAN, *CHANSON D'AMOUR*

Justine luttait de toutes ses forces. Contre chaque minute, contre chaque seconde. Contre sa fatigue, contre sa peur, contre l'instant d'après, qui venait toujours trop vite. Contre celui d'avant, qu'elle n'avait pas vu passer.

Contre tous ces jours qu'ils avaient peut-être gâchés à se disputer pour rien, à ne pas s'aimer assez. Car, pour aimer vraiment, il faut mourir tout le temps, à chaque fois que les yeux se séparent, à chaque fois que les mains ne se retrouvent pas.

Il faut vivre seulement lorsque les corps s'unissent, quand ils se découvrent, se touchent, se comprennent. Il faut perdre la raison, oublier le sol, tutoyer les nuages, caresser les étoiles, générer la folie.

Il faut tout, tout le temps, sans aucune limite.

Justine se frottait le visage. Ses paupières se fermaient. Elle avait voulu aller dans la salle de bains se verser de l'eau froide sur la peau pour la martyriser un peu, gagner quelques minutes dans la douleur. Vivre encore à deux, à tout prix.

Il l'en avait empêchée. Ils étaient mieux là, à attendre ensemble ce qui adviendrait de toute façon.

Ils se parlaient avec des mots traînants, ensablés dans la fatigue. Chaque phrase était un dernier soupir, un ultime effort avant de partir.

Guillaume sentait la main froide de la nuit l'étreindre de plus en plus fort. Cette fois, il n'y aurait pas de miracle. Aucune voix pour le sortir de l'enfer, aucun médicament pour lui redonner vie. Il n'avait plus de larmes à verser. Il était trop tard.

Il caressait le visage et le front de sa femme. Couchés l'un contre l'autre comme Quasimodo et Esmeralda, ils attendaient que l'aube arrive.

Dans le dernier murmure que ses lèvres pouvaient souffler, il lui récita les vers qu'ils s'échangeaient :

Lorsque tu seras vieux et que je serai vieille,
Lorsque mes cheveux blonds seront des cheveux blancs,
Au mois de mai, dans le jardin qui s'ensoleille,
Nous irons réchauffer nos vieux membres tremblants.
Comme le renouveau mettra nos cœurs en fête,
Nous nous croirons encore aux jours heureux d'antan,
Et je te sourirai tout en branlant la tête
Et tu me parleras d'amour en chevrotant.
Nous nous regarderons, assis sous notre treille,
Avec de petits yeux attendris et brillants,
Lorsque tu seras vieux et que je serai vieille
Lorsque mes cheveux blonds seront des cheveux blancs[1].

Il lui jeta un ultime regard en espérant garder son image près de lui, dans le sommeil qui l'attendait.

Elle s'était endormie.

1. Extrait de « L'éternelle chanson » de Rosemonde Gérard.

Il déposa un dernier baiser sur son front, une dernière caresse, une dernière larme. Alors, doucement, sans aucun bruit, pour partir enfin, il s'allongea contre elle, la main sur son cœur.

— Tu reviendras, papa ?

— Non, Élisa, je dois partir.

— Guillaume, ne t'en va pas…

— Je suis désolé…

— Papa ? Tu seras là demain ?

— J'aurais aimé, ma chérie. J'aurais aimé…

— Reste, mon papa d'amour… Ne me laisse pas.

— Au revoir, Élisa. Prends soin de toi.

— Papa ?

— Je t'aime.

— Guillaume ? Guillauuuuuuuuuuuuuuuuuuuuuuuuuuuumeeeee

37

Dis, quand reviendras-tu,
Dis, au moins le sais-tu,
Que tout le temps qui passe,
Ne se rattrape guère,
Que tout le temps perdu,
Ne se rattrape plus.

BARBARA, *DIS, QUAND REVIENDRAS-TU ?*

— Comment vous sentez-vous ?

— Mal. Assez mal, en fait. J'essaie de faire front, d'expliquer ce que je peux à Élisa, et d'entretenir un peu l'espoir, tant pour elle que pour moi. Mais… vous n'imaginez pas comme c'est dur, docteur Dellecoste…

— Je comprends. Je ne peux pas savoir ce que vous ressentez, mais je conçois à quel point ce doit être difficile depuis un mois. Vous êtes allée voir la psychologue du service ?

— Oui… elle est bien. Elle nous aide beaucoup. Mais ça ne fait pas tout…

— Je sais…

— J'aimerais trouver les mots pour apaiser ma fille. Parfois, elle fait des cauchemars et appelle son père en pleine nuit. Elle veut le voir, le toucher, l'embrasser, l'entendre. Alors, je la prends dans mes bras et je l'amène à ses côtés. Elle lui parle un peu, juste quelques secondes, en gardant parfois les yeux fermés. Elle regarde le plafond comme si les étoiles étaient au-dessus d'eux. Puis elle se rendort enfin. Chaque jour, chaque nuit, elle me fend le cœur.

— Je suis désolé. J'aimerais vraiment pouvoir vous aider, mais…

— Je sais… Et vous ? Vous n'avez pas eu de problèmes avec votre patron ? Il m'a appelée, comme vous le redoutiez. Mais je lui ai dit que tout cela était ridicule, presque choquant, vu la situation. Il a eu l'air de me croire. En tout cas, il n'a pas insisté plus que ça. De toute façon, que pouvait-il faire...

— En effet, ce n'est pas allé plus loin. Je pense qu'il se doute de quelque chose, mais ça s'arrêtera là…

*

— Vous êtes courageuse.

— Pas plus que vous, Catherine. Vous en faites plus que moi tous les jours.

— Peut-être, mais c'est mon métier. Vous, vous vous occupez de votre petite fille, et vous avez été incroyable pour votre mari. J'ai su, par le docteur Dellecoste, ce qu'il s'était passé.

— Il vous l'a raconté ? Mais je lui avais dit que…

— Tout ça reste entre nous… Vincent et moi sommes… un peu plus que des collègues… C'est pour cela qu'il s'est permis. Je n'ai rien éventé. C'est trop important. Et, pour être sincère, je trouve votre geste tellement courageux que je ne veux rien gâcher.

— Merci. Vous êtes gentille…

— Vous vous sentez bien ? Vous êtes toute pâle.

— Oui… ça va aller. Je suis assez fatiguée depuis quelques semaines. Peut-être le contrecoup. J'ai tout le temps la nausée. Je n'avale rien. Il faudrait que je me force, mais…

— C'est peut-être indiscret de ma part, mais… Vous avez fait un test ?

— Un test ?

*

— Madame Castelas, je suis le docteur Varennes. Allongez-vous. Allez, on va regarder ce que ça donne. Voilà, nous y sommes. Bon… vous êtes bel et bien enceinte, il n'y a aucun doute, et la grossesse est tout à fait normale. Pour l'instant, on ne peut pas en être sûrs, mais je dirais que c'est… un garçon.

*

— Il faut vous reposer, Justine. Vincent va aller voir votre mari. Je sais que c'est difficile pour vous d'avoir été obligée de le faire réhospitaliser, mais vous n'aviez pas le choix. Vous avez eu raison.

— J'en ai conscience, Catherine. Mais je m'en veux. Il avait l'air tellement bien, chez nous. Élisa lui racontait ses journées, elle faisait parfois la sieste à côté de son lit. À plusieurs reprises, j'ai eu l'impression qu'il souriait. Si vous saviez à quel point elle l'aime !

— Je comprends, Justine. C'est une gamine adorable, un vrai rayon de soleil. Mais maintenant, il y a aussi votre petit bonhomme qui pousse bien et qui prend de la place. Vous allez vous fatiguer de plus en plus. Vous êtes déjà au deuxième trimestre. Il faut vous ménager. On fera au mieux pour Guillaume. On vous tiendra au courant. Reposez-vous.

— Vous me promettez qu'on ne le laissera pas trop longtemps tout seul… Il a besoin de nous.

— On va bien s'en occuper. Vincent s'en chargera personnellement. Et s'il ne fait pas bien son job, je lui remettrai les idées en place ce soir, en rentrant à la maison.

— Je ne voudrais pas être à l'origine d'un conflit de couple…

— Ne vous inquiétez pas. On se dispute souvent, mais c'est pour ça qu'on s'aime.

— Profitez-en, la vie est courte.

*

— C'est prévu pour quand ?

— Dans un mois. J'ai l'impression que je vais exploser… Je me sens si lourde, si fatiguée. Heureusement, mon beau-père m'aide beaucoup et Élisa est radieuse. Elle parle tout le temps de son petit frère. Mais il faut que ça se termine. Je n'en peux plus…

— Je vous comprends. Catherine me dit à chaque fois que vous êtes incroyable. Elle vous apprécie beaucoup.

— Elle est formidable. Elle me soutient énormément. Dès que je viens voir Guillaume, elle prend un moment pour moi, pour m'écouter. Il faut la garder, docteur Dellecoste, si je puis me permettre.

— J'espère surtout qu'elle voudra me garder !

— Et pour Guillaume ? Est-ce que les choses s'améliorent un peu ?

— On a eu quelques soucis respiratoires, on essaie de surveiller ça du mieux possible. Il est sous antibiotiques. Les résultats d'analyse sont en progrès, mais il reste assez faible.

— Et sa peau ?

— Malheureusement, c'est toujours pareil. Il s'abîme. C'est lié à l'infection et à la dénutrition. On a eu du mal à changer la gastrostomie. Ça a été préjudiciable. Et dans son cas, on s'altère vite… On essaie vraiment de faire au mieux.

— Est-ce que… est-ce que vous pensez qu'il pourra de nouveau se réveiller un jour ?

*

— Tu crois qu'il aura une seconde chance ? Allez, Vincent, dis-moi que c'est possible !

— J'aimerais tellement, pour Justine et Élisa… Mais je n'en suis pas vraiment convaincu. On a déjà essayé d'autres molécules, sans aucune efficacité. Même le zolpidem ne donne strictement aucun résultat. Et dans toute la littérature de neurologie, on ne retrouve quasiment aucun cas de sensibilité à d'autres médicaments. À croire que ces « résurrections » n'ont aucun lendemain.

— Alors, il est condamné ? Condamné à rester comme ça, à ce que son état s'aggrave lentement ? Plus je le vois se dégrader, plus j'appréhende ces complications.

— Je sais. Moi aussi, Catherine. Et j'ai le sentiment que tout s'accélère depuis qu'il a vécu ce moment…

— C'est-à-dire ?

— Comme si… comme s'il pouvait s'en aller…

*

— Madame Castelas, c'est le docteur Dellecoste. Rappelez-moi de toute urgence !

38

Who cares when someone's time runs out ?
If a moment is all we are
We're quicker, quicker.

LINKIN PARK, *ONE MORE LIGHT*

Justine courait dans les escaliers en se tenant le ventre. Les contractions s'intensifiaient, plongeant comme des lames au cœur de son abdomen. Elle devait parfois s'arrêter et s'accrocher à la rambarde pour ne pas tomber, tant la douleur devenait insoutenable.

Une femme passa près d'elle, le téléphone à l'oreille.

— Attends, fit-elle à son interlocuteur. Ça va, madame ? Vous voulez que j'appelle un médecin ?

— Non, non… je suis arrivée. Merci…

— Vous êtes sûre ? Vous êtes toute pâle… Vous m'inquiétez. Pourquoi n'avez-vous pas pris l'ascenseur ?

— Il y avait trop de monde… et il est trop lent.

À force de venir entre ces murs, elle pouvait donner la durée moyenne d'attente en fonction des patients figés devant les portes coulissantes de l'ascenseur. Avec Élisa, elles étaient toujours montées à pied, en faisant la course. Aujourd'hui, elle faisait encore la course, mais contre autre chose.

— Arrêtez-vous deux minutes quand même. Ce n'est pas prudent de continuer dans votre état.

— Je sais… Je sais…

Justine voyait l'escalier se troubler au milieu d'un grand voile noir. Les gouttes de sueur tombaient sur le sol. Elle sentait les coups de son fils de plus en plus fréquents. À chaque fois, elle manquait de défaillir.

Elle reprit sa respiration.

— Je peux vous accompagner, peut-être. Ce serait plus sage…

— Non, je suis arrivée. C'est la porte, là, coupa-t-elle en désignant l'entrée du service.

— Bon… soyez prudente.

Elle ressaisit son téléphone et reprit le cours de sa conversation, non sans jeter un dernier œil à cette femme enceinte jusqu'au bout des cheveux, qui paraissait si mal en point. Elle disparut, ne laissant pendant quelques instants que l'écho de sa voix forte.

D'autres gens étaient passés près d'elle sans un mot, sans un signe. Ils montaient ou descendaient sans se préoccuper de cette scène. Même des soignants les avaient dépassées sans se renseigner.

Elle regarda le haut de l'escalier. Elle regrettait presque son mensonge : il restait deux étages à gravir. Un bras lui aurait été d'un grand secours.

Elle respira de nouveau comme le lui avait appris la sage-femme.

— Ça va passer, ça va aller…

Elle souffla en fermant les yeux ; ces petites expirations saccadées qui atténuaient un peu la violence des contractions.

— Écoute bébé, calme-toi. Pas aujourd'hui, s'il te plaît. Pas maintenant…

Un orage avait balayé la cité lyonnaise en cette fin de mois de mars. Les températures presque printanières des précédentes semaines avaient laissé la place à un froid glacial et à des gelées hivernales. Le ciel avait même fait cadeau de flocons la veille, déposant un fin revêtement blanc sur tous les reliefs.

Élisa avait adoré. Elle s'était habillée comme une Esquimaude, et était allée courir dehors accompagnée de son papi. Elle était toujours aussi insouciante.

Justine reprit sa marche en avant. La contraction avait cédé. Elle pouvait de nouveau bouger sans prendre le risque de devoir crier. Elle gravit les deux derniers étages en soufflant lentement. Elle ne pouvait pas reculer, elle n'avait pas le choix. La force qui l'animait était comme une main dans le dos, qui la poussait à avancer encore et encore.

Quand elle entra dans le service, elle entendit le silence. D'abord celui de Lucienne. Ses gémissements s'étaient espacés ces derniers temps, au fur et à mesure que sa conscience s'altérait. Était-elle en train de partir ?

Justine ressentait une affection étrange pour cette pauvre femme en souffrance, dont les suppliques hantaient les couloirs.

Elle passa devant la chambre. Le lit était vide.

Catherine arrivait à sa rencontre. Son visage était livide, ses lèvres crispées.

— Qu'est-ce qu'il se passe ? interrogea Justine d'une voix angoissée.

— Guillaume… ça ne va pas. Son état s'est aggravé cette nuit.

Le temps s'était suspendu autour d'elles. Un vide abyssal, un vortex de ténèbres. Elle essaya de parler, de dire quelque chose pour mieux comprendre, pour recevoir une réponse optimiste, quelque chose d'autre… Elle ne put que balbutier des mots imbibés de larmes.

— Qu'est-ce… qu'est-ce que...

— Sa saturation en oxygène a plongé d'un coup. L'infirmière lui a mis de l'oxygène et a appelé le médecin de garde. Quand il est arrivé, Guillaume avait de la fièvre et respirait de moins en moins bien. Ils ont fait une prise de sang, une radio…

Justine était suspendue à ses lèvres, attendant une chute moins négative. Mais dans le ton de Catherine, dans sa façon d'articuler les mots, elle comprenait que chaque phrase allait balayer la précédente et ne laisser qu'un champ de cendres.

— Quand nous sommes arrivés ce matin avec Vincent, il était sous antibiotiques, et on lui avait mis un masque à oxygène.

— Mais…

— C'est… c'est très grave, Justine. Il faut que tu… que vous en preniez conscience.

— Je veux le voir.

— Attendez. Je vais chercher Vincent.

Elle s'éclipsa une minute, juste assez pour que Justine s'approche de la chambre. Sur le pas de la porte, elle s'arrêta, pétrifiée par une lame d'angoisse. À quelques mètres d'elle, Guillaume était allongé avec le masque sur le visage, vrombissant sous la puissance de l'oxygène. Il était d'une pâleur cadavérique. Ses yeux creux semblaient s'enfoncer au fond de leurs orbites. Sa peau avait pris une teinte cireuse.

Elle mit sa main devant sa bouche. Une contraction lui lacéra le ventre. Elle s'accrocha à la porte.

Le thorax de Guillaume montait et descendait de façon rapide, presque anarchique. Une pellicule de sueur luisait sur son visage.

— Justine ! Attendez, ne restez pas comme ça !

Vincent s'approcha d'elle et lui donna le bras pour l'aider à marcher.

— Cependant, vous devez mettre un masque. Dans votre état, on ne devrait même pas vous faire entrer. C'est trop risqué pour vous et pour le bébé.

— Mon Dieu… Guillaume… murmura-t-elle. Ce n'est pas possible, non…

— Venez, Justine.

Ils la traînèrent vers une chaise où elle s'affala. Son regard ne quittait plus le corps de son mari. Vincent s'était approché de Guillaume et l'examinait.

— Est-ce que vous voulez un peu d'eau ?

— Non… Enfin, si… peut-être…

Catherine s'éclipsa un instant, et revint avec un verre à la main.

— Tenez. Buvez un peu. De toute façon, pour l'instant, on doit attendre de voir l'effet des traitements. Vous pouvez patienter un moment, mais après, il faudra retourner dans le salon. Comme vous l'a dit Vincent, ce n'est pas très prudent de rester là.

Brutalement, Justine se tordit, fit un mouvement presque convulsif. Elle laissa échapper un râle de douleur.

— Justine, ça va ? Ce sont vos contractions ? Elles arrivent à quelle fréquence ?

Elle suffoquait, soufflant à peine, comme un poisson hors de l'eau. Vincent les avait rejointes.

— Justine ? Respirez lentement… Voilà, comme ça. On va essayer de vous trouver un fauteuil plus confortable. Vincent, tu la surveilles ? J'arrive…

Catherine s'était accroupie près d'elle pour lui éponger le front. Elle se leva. Au moment où son regard toucha le sol, elle vit une traînée transparente, un liquide qui s'étalait sous ses pieds.

Ses pupilles croisèrent ceux de Justine.

— Qu'est-ce qu'il se passe ? demanda-t-elle en suivant sa vue.

Son pantalon était inondé, virant vers le bleu foncé. Elle écarquilla les yeux.

— Oh, mon Dieu…

— Catherine, appelle le pôle Mère-Enfant. Dis-leur qu'une personne ici a besoin d'une prise en charge en urgence. Qu'on nous envoie une équipe pour l'emmener. Elle ne pourra jamais aller là-bas toute seule.

— OK. J'arrive, Justine, j'arrive…

Elle disparut en courant.

— Ce n'est pas possible, non… pas maintenant…

— Il n'y a pas d'autres solutions, Justine. C'est pour aujourd'hui. Vous venez de perdre les eaux !

39

Plus profondément le chagrin creusera votre être,
plus vous pourrez contenir de joie.

KHALIL GIBRAN, *LE PROPHÈTE*

Il n'y avait que des bruits et de l'agitation. Des ordres qui répondaient aux questions, des alertes sonores qui s'emmêlaient, des pas qui claquaient sur le sol carrelé.

Au milieu de la pièce, le soleil s'était faufilé discrètement. Les soignants passaient dans ce filet de lumière, projetant des ombres angoissantes sur le drap. Ils étaient plusieurs, le visage fermé, les yeux rivés dans l'effroi.

Ils tournaient et tournaient encore autour du lit, comme des abeilles égarées. Il n'y avait plus d'harmonie. Tout était perturbé, tout s'effondrait.

*

— Il est déjà quasiment engagé, madame Castelas. On n'a plus le temps. Il faut vous installer. C'est pour maintenant.

Justine fixa avec désespoir la sage-femme, qui lui parlait avec douceur en lui tenant la main. Elle portait un masque et des lunettes rondes. Elle avait l'air très jeune, mais elle dégageait une grande assurance et une bienveillance apaisante.

Sa collègue entra et lui glissa un mot à l'oreille. Le monitoring faisait défiler une interminable feuille de papier quadrillée, où les contractions dessinaient un tracé agité.

L'une d'elles lui déchira le ventre. Elle serra les dents pour retenir un cri de douleur. Devant ses yeux, elle voyait l'image du lit, de son mari, de ce corps livide.

*

— Vincent ! Sa saturation est en chute libre. Qu'est-ce qu'on fait ?

Le neurologue s'approcha du lit. Guillaume était étendu, aussi immobile qu'il l'avait toujours connu. Il se rappela de leur brève rencontre, de sa voix ensuite au téléphone, de l'un étrange moment où il avait eu l'impression de parler à un être revenu de l'au-delà.

Que restait-il de tout ça ?

— Vincent, bon Dieu ! jura Catherine. Parle-moi !

*

Justine ouvrit les yeux. Elle avait hurlé à s'en crever les poumons. De ce cri déchirant avaient jailli des larmes qui ruisselaient sur son visage. Elle pleurait de douleur, elle pleurait de détresse. Son monde s'effondrait d'un côté, tandis qu'elle donnait la vie à son fils. Ce petit être inconnu qu'elle aimait déjà éperdument.

— Allez, madame Castelas. C'est le moment. Il faut pousser ! Allez-y !

Elle s'agrippa aux barrières du lit et offrit toutes ses forces à cet enfant. Entre deux sanglots, elle pensa à Élisa, à Guillaume, à tout ce qui donnait du sens à sa vie.

*

L'externe déroula l'électrocardiogramme devant Vincent et recula d'un pas, comme un enfant qui a peur d'être grondé.

— J'ai pensé que… peut-être…

— Oui… tu as bien fait, bafouilla Vincent.

Il fixait le tracé sans le voir. Au-delà de cette ligne, il y avait une femme qui devait être en train d'accoucher, une petite fille dont les rêves n'avaient pas de limite, et un bébé à venir. Cette ligne, c'était encore un peu de vie, un peu de ce père dévasté par la maladie.

Il ferma les yeux. Le grondement rocailleux de la respiration de Guillaume lui parvenait à chaque inspiration. Un bruit nauséabond, rempli de mort.

Catherine lui fit une aspiration trachéo-bronchique, extrayant des sécrétions collantes, jaunâtres. Pendant quelques secondes, le silence se fit. Puis le ronflement revint, comme un orage qui reprend des forces avant de tout ravager.

*

— Allez, Justine ! Je sais que vous êtes fatiguée, je sais que ça fait mal, mais il faut pousser encore plus fort ! Vous êtes formidable ! On va y arriver. Allez, donnez tout !

Elle transpirait, la sueur dégoulinant sur chaque parcelle de sa peau. Une jeune étudiante lui passait un gant froid sur le visage entre deux efforts de poussée.

— C'est bien, madame Castelas, vous êtes courageuse, murmura-t-elle.

Les contractions se succédaient à un rythme effréné, un déluge de douleur comme elle n'en avait jamais connu. Elle n'avait plus la force de pleurer, à peine celle de crier.

Les larmes s'écoulaient dans le silence de sa souffrance, entre deux instants de détresse.

— Guillaume… susurra-t-elle.

*

Le monitoring sonnait sans interruption. Les valeurs s'affichaient en rouge, clignotant au rythme des alertes. Vincent regardait ces marqueurs de vie se dégrader de minute en minute, comme la neige qui fond au soleil et dont les gouttes sont semblables à des larmes.

Ce n'était qu'un ensemble de chiffres, des reliefs d'espoir ou de désespoir. Pour lui, comme pour ceux qui gravitaient dans cette chambre, tout cela avait un sens. Le hurlement des machines était un appel de détresse, le dernier cri avant le long sanglot du cœur arrêté.

Vincent recula contre le mur. Son dos heurta la peinture écaillée. Il se sentait enfermé dans cette pièce trop étroite, pleine de souffrances et de désarroi.

Les alarmes hurlaient… hurlaient…

*

Justine hurla de toutes ses forces. Elle avait l'impression que son cœur allait s'arrêter à tout moment tant les douleurs étaient impitoyables.

— Allez-y ! Encore un effort, on y est presque ! Allez Justine, allez ! Il arrive.

Elle ferma les yeux, pleura toutes les larmes de son corps, tandis que ses mains s'agrippaient aux barrières en oubliant les limites de la fatigue.

Elle cria à s'en rompre la gorge, à en crever de chagrin.

*

— Docteur Dellecoste, écoutez-moi…

Il regarda cet homme, dont le corps survivait tant bien que mal, dont les traits devenaient cireux. Les râlements de sa poitrine étaient insupportables.

— Écoutez-moi, Vincent…

— Écoute-moi, Vincent !

Catherine s'était approchée de lui. Elle lui prit la main.

— Vincent, qu'est-ce qu'on fait ? Est-ce qu'on… est-ce qu'on a des consignes ? Est-ce qu'on doit le réanimer ?

Des sirènes, des bruits qui se mêlent. Une voix au milieu… la sienne…

— *Vous m'entendez, docteur Dellecoste...*

— *Tu m'entends, Vincent ?*

*

— Vous m'entendez, Justine ? C'est bon, il arrive, il est là… Voilà… C'est un beau petit garçon ! Il est magnifique ! Le voilà, il arrive !

*

— Laissez-moi partir, Vincent, je vous en supplie… Ne faites pas de moi ce mort qui les entraîne vers le fond. Libérez-moi ! Libérez-les ! Je ne peux pas vivre comme ça…

*

Justine enlaça l'enfant contre sa peau. Il était beau, tellement magnifique. Il avait pleuré quelques secondes, comme le fait la vie quand elle vient au monde, puis il s'était calmé. Instinctivement, il avait pris son sein. Elle avait senti ses petites lèvres entourer le téton, et ce corps minuscule se blottir entre ses bras sous la chaleur du drap.

— Mon amour, mon doux, mon tendre, mon merveilleux amour…

*

Vincent s'approcha du lit. Ses yeux brillaient sous les rayons du soleil. Il respira lentement en regardant cet homme qu'il n'avait connu que le temps d'une conversation, seulement quelques minutes pour décider de son sort, du choix de vivre ou de mourir, pour recueillir ses confessions, ses dernières volontés.

Son téléphone sonna. Un message de la sage-femme lui annonçait la naissance d'un beau petit garçon.

Il pleura comme un enfant en lui prenant la main.

— Guillaume… Votre fils est né, il va bien. Il s'appelle Gabriel. Tout s'est bien passé… Justine a été formidable, comme toujours. Elle s'occupera bien de lui et d'Élisa, ne vous inquiétez pas. On les aidera, tout le monde sera là pour eux. Vous pouvez partir en paix, Guillaume. Vous pouvez partir…

40

Nous sommes comme des feux d'artifice
Vu qu'on est là pour pas longtemps
Faisons en sorte, tant qu'on existe,
De briller dans les yeux des gens
De leur offrir de la lumière
Comme un météore en passant
Car, même si tout est éphémère,
On s'en souvient pendant longtemps.

CALOGERO, *LES FEUX D'ARTIFICE*

Justine referma le livre, et fit glisser sa main sur la couverture. On y voyait son mari de dos, sur une plage du sud de la France, face au soleil couchant. Entre ses mains, on devinait les reliefs d'un nourrisson, cette petite fille qu'il avait si peu connue.

Le soleil leur faisait face, ne laissant que sa silhouette sombre, découpée devant la mer. Une silhouette anonyme, sans visage ni prénom, sans regard ni sourire. Juste le corps d'un homme et de son bébé, devant l'immensité d'un océan au crépuscule.

Elle avait choisi elle-même cette photo de vacances comme couverture du livre, et l'avait imposée à son éditeur envers et contre tout. Malgré ses protestations plates et sans fondements, il avait fini par céder. Justine valait de l'or, et on ne crachait pas sur l'or…

Un bandeau rouge ceignait l'ouvrage, étalant son statut d'autrice à succès, et la réversion des bénéfices au profit de la recherche contre les cancers pédiatriques. Les articles avaient fleuri dans les journaux pour acclamer ce choix plein d'humanité.

À quelques centimètres d'elle, dans son landau en bambou, Gabriel dormait paisiblement. Il avait grandi, et ses traits étaient ceux de son père. Dans sa chambre, Élisa dessinait des cœurs qu'elle collait au mur pour former une constellation colorée. Elle voulait découvrir les étoiles, et chercher dans ces cieux anonymes une quelconque trace d'un papa perdu.

Elle parlait beaucoup de ce père absent, dont il ne restait que quelques souvenirs qui s'accrochaient aux photos et aux vidéos. Toujours les mêmes, rares et précieuses. De sa tristesse, elle ne disait pas grand-chose. Elle pleurait parfois en silence en regardant le ciel. Si les étoiles brillaient toujours, l'une d'elles pouvait-elle scintiller un peu plus fort ?

Le carton de livres était posé sur le sol avec une lettre rapide de l'éditeur, enjoignant à Justine d'offrir ces quelques exemplaires à ses proches. Elle jeta le papier.

Ce livre racontait une histoire, son histoire, un destin brisé parmi tant d'autres, parmi tous ceux qui hantent les hôpitaux. Il n'y avait rien de spectaculaire, pas de pathos en excès. Juste la vérité brute d'une vie abîmée, la sincérité nue d'une femme amoureuse.

On lui avait demandé des interviews, des apparitions télévisées, on voulait savoir quelle était la part de vérité dans cette histoire. Elle avait tout refusé en bloc, s'exilant dans un chalet à Montgenèvre, loin des regards, loin des questions.

Elle se reconstruisait avec ses enfants, pansant ses plaies jour après jour.

Elle repoussa le carton dans un coin de la pièce, gardant son exemplaire entre les mains. Elle l'ouvrit une dernière fois pour lire la dernière page, qu'elle connaissait par cœur.

Guillaume,
Mon amour, mon doux, mon tendre, mon merveilleux amour,
De l'aube claire jusqu'à la fin du jour,
Je t'aime encore, tu sais,
Je t'aime[1]…

1. Inspiré de *La Chanson des vieux amants* de Jacques Brel.

Remerciements

Eh bien nous y voilà, à ce moment étrange où s'arrête l'histoire et le partage de nos émotions : moi derrière mon écran (à défaut d'écrire à la plume…) et vous devant ces quelques lignes. J'ai d'autres histoires dans mes tiroirs. Peut-être nous permettront-elles de nous retrouver prochainement.

J'espère en tout cas que ce récit vous aura fait passer un bon moment, entre émotions et espoir. J'ai fait de mon mieux avec une histoire qui était trop grande pour être écrite dans toute sa splendeur. Car oui, comme je l'ai dit au tout début, presque tout est vrai dans la trame et le fait de base.

Ce livre n'aurait pas dû exister. Il vient d'un article simple tiré du journal Le Monde, tombé dans mes spams que j'explorais pour ne pas rater d'autres mails importants. Je l'ai ouvert par curiosité, en buvant mon café. À peine la lecture terminée, c'était une évidence pour moi. Les autres projets de livre allaient attendre : celui-là s'imposait devant tous. Ce drame de vie, ces questions, ces espoirs, ces détresses… tout était là, dans une magnifique dramaturgie qui me semblait trop vaste. Alors j'ai fait de mon mieux, humblement.

Ce livre n'aurait pas dû exister car, pour que nos bouquins vivent entre vos mains, il faut des éditeurs courageux, qui prennent des risques. Et je n'imaginais pas qu'on miserait de nouveau sur moi. Alors merci aux Éditions City pour leur audace, leur magnifique travail d'équipe, leur volonté de faire vivre nos romans. Merci surtout à Morgane pour sa patience et sa confiance.

Ce livre n'aurait pas dû exister. Car il y avait un précédent, auxquels ont succédé des doutes, des hésitations, des remises en question, des écritures tremblantes. Merci à celui qui m'a

accompagné à distance, qui me considère sans doute comme bien meilleur que je ne le suis mais bon, les compliments font toujours du bien. Merci d'avoir été le parrain du premier livre et d'avoir initié cette belle histoire d'écriture. J'espère que le résultat est à la hauteur. Où que tu sois, quelle que soit l'heure, je te remercie.
Ce livre n'aurait vraiment pas dû exister car votre serviteur ne croyait pas vraiment dans sa capacité à dépasser les quelques centaines de phrases alignées. Et puis, comme c'est souvent le cas, ceux qui nous entourent bâtissent en silence ce que nous sommes au final. Dans ce cortège de gens précieux, il y en a un qui était au départ de tout et qui est, objectivement, le meilleur père du monde. Il est trop modeste pour accepter ce compliment et trouvera la démarche excessive mais, en toute sincérité, Papa tu es le meilleur.
Ce livre a été écrit à une période difficile, où celle qui me berçait aux premières heures est partie un peu trop tôt. Elle n'aura jamais pu le voir ou le parcourir, ni même savoir qu'il parle d'elle, qu'elle est partout au milieu de ces lignes. De là où tu es Maman, j'espère que tu es fière de moi. Au revoir là-haut.
Et si ce livre est entre vos mains, bientôt terminé et prêt à finir sa course dans votre bibliothèque, c'est parce que j'ai la plus belle des familles, les plus formidables des enfants, trois diamants bien plus étincelants que le soleil, trois raisons de vivre un peu plus fort chaque jour, trois raisons de croire à l'éternité. Et j'ai aussi, sans le mériter sans doute, la plus incroyable des femmes. Elle m'a toujours poussé à écrire, envers et contre tout, me jurant que mes histoires valaient le coup d'être lues. Elle est, de loin, la plus belle personne en ce monde et ce serait une injure de dire moins. Il n'existe, à ma connaissance, pas de mots à la hauteur pour dire plus. Mais tu le mériterais en tout cas.

Achevé d'imprimer en mai 2023
sur les presses de la Nouvelle Imprimerie Laballery
58500 Clamecy
Numéro d'impression : 304410

Imprimé en France

La Nouvelle Imprimerie Laballery est titulaire de la marque Imprim'Vert®